五堂诗词课

词篇

野狐狸 著

中国青年出版社

图书在版编目（CIP）数据

五堂诗词课.词篇/野狐狸著.—北京：中国青年出版社，2020.7
ISBN 978-7-5153-6083-6

Ⅰ.①五… Ⅱ.①野… Ⅲ.①诗词–诗歌欣赏–中国 Ⅳ.①I207.2

中国版本图书馆CIP数据核字（2020）第114201号

五堂诗词课.词篇

作　　者：	野狐狸
策划编辑：	于　宇
责任编辑：	于　宇
文字编辑：	张祎琳
美术编辑：	杜雨萃
出　　版：	中国青年出版社
发　　行：	北京中青文文化传媒有限公司
电　　话：	010-65511270/65516873
公司网址：	www.cyb.com.cn
购书网址：	zqwts.tmall.com
印　　刷：	河北华商印刷有限公司
版　　次：	2020年7月第1版
印　　次：	2020年7月第1次印刷
开　　本：	880×1230　1/32
字　　数：	214千字
印　　张：	9.5
书　　号：	ISBN 978-7-5153-6083-6
定　　价：	59.00元

版权声明

未经出版人事先书面许可，对本出版物的任何部分不得以任何方式或途径复制或传播，包括但不限于复印、录制、录音，或通过任何数据库、在线信息、数字化产品或可检索的系统。

中青版图书，版权所有，盗版必究

序

唐诗宋词，是中华传统文化桂冠上两颗耀眼的明珠。这两颗明珠的功用，不只在远观——供后人远远地观瞻敬仰，更在于近玩——让我们细细地品鉴、涵咏、摹习。在这日复一日、年复一年、代复一代的吟赏把玩之中，不断提高审美鉴赏能力，最终将诗词内化为自身的涵养，从而由内而外地焕发出"腹有诗书气自华"的神采。这便是诗词泽被后世的千秋功德之所在。

好的东西，自然会有识货的老师来热心地介绍给有上进心的同学，这就是唐诗宋词各式各样的选本、读本、注释本汗牛充栋的原因。那么多的名家名作，选哪些、怎么讲，如何才能独树一帜，这当然很考验老师的识见、水平和讲解能力，同时，这也跟读者的层次有很紧密的关系——同一位老师，给小学生、中学生、大学生上课，准备的课件必定是不一样的。如果老师能够针对不同的受众做到因材施教，那么他（她）就堪称好老师。野狐狸的《五堂诗词课》是他课子之余收获的成果，是讲给低龄小读者听的课。为了做到"深入浅出"，让大家听得懂、感兴趣，他是很动了一番脑筋的。

语言上尽量做到通俗易懂，表述上尽量做到生动有趣，包括对诗人词人用现代课堂上的班干部称谓来增加代入感，拉近古代作家与小读者的距离，这些都是"深入浅出"的显性体现，但还不是《五堂诗词课》最有特色的地方。《五堂诗词课》的别出心裁体现在"五堂"上。野狐狸将"诗词"进行了一番拆解、总结、归纳，最后从"场景""感情""诗（词）人""意象""格律"五个元素，对诗词作品进行了各有侧重的分析和解读。所谓的"五堂"，就是这五个元素。从前，佛教徒有这样的规定：如果有人要出家，必须要接受早殿、晚殿"五堂功课"所要背诵的经文的考核，"五堂功课"是佛门弟子所必须要掌握的基本功。也许在野狐狸看来，"场景""感情""诗（词）人""意象""格律"这五个元素，是通向诗词内在构造的五个最具有识别度的、最容易让小读者把握的通道。那么，熟练掌握这五个元素的识别、拆解、拼搭——就像搭积木那样玩得得心应手，也可以说是学习诗词所必须要掌握的基本功了。

不能不说野狐狸是聪明的。比如他所提炼的"场景"元素，选讲的诗分别展现了"离别""思乡""边塞""咏物""山水""怀古""忧民""田园"等场景。学过古代文学理论的人知道，这些场景其实就是作品的不同题材，但是小读者不是创作者，跟他们说"题材"实在太违和，不如说"场景"，更容易理解，调动他们人生中极其有限的场景体验，去产生联想和代入，这显然是更好的欣赏者的立场。不同的"场景"，就会生发出诸如"豁达""悲伤""喜悦""思念""厌恶""激昂"

等"感情"。而"场景"的在场者,"感情"的宣泄者,那便是"诗(词)人"。因此,"场景""感情""诗(词)人"这三个元素,是主体与客体、主体通过客体而展现出的三位一体,是诗与词的基本要素。按理说,这三者也是一切文学作品的要素,但对于中国古典诗词来说,"景"与"人""情"的联结显得更紧密、更基本。因为对于绝句、律诗、长短句这样篇幅有限的文学体裁来说,"借景抒情""以景衬情""情景交融"是一种最为经济的表达手法,能起到立意高远、含蕴深刻、意味隽永的艺术效果,因此也成为中国古典诗人们的一种表达习惯。换句话说,中国历代的诗人词人,更喜欢通过具体的场景、物象来传达他内心的所思所想,这与"以物观心""天人合一"的中国哲学思想也是相吻合的。因此,把"场景""感情""诗(词)人"当作古典诗词的基本要素,应该说是很恰当的。同时我们还发现,"以物观心""借景抒情"这样的诗心,其实更贴近童心。孩童的思维特点是形象思维强,抽象思维则有待建立,而"以物观心""借景抒情",正是借助具体物象、形象,来表现思想、情感和某些抽象概念的艺术手法。从这个层面来看,把"场景"这块积木拆分出来,交到孩子们的手里让他把玩,也是很符合小读者的身份的。

正因为景物在中国诗词中的重要性,"五堂"在"场景"之外又专门析出了一堂"意象"课。"意象"是什么呢?简单说来,就是您眼睛看到的某个具体的物象,比如柳树,但是呢,又不止是那一棵柳树,还是你看着那在风中摇摆的柳枝时心里荡漾起的某种情调。这种情调,与杨柳依依的物态有关，由此联想到与亲朋分手时依依不舍的惜别之情。这种情调，还与民俗文化、诗意的累代积淀传承有关，古代有折柳送别的风俗，而历代的诗人也借反复咏柳而叠加这种惜离别的、有些伤感又不失美好的情调，以至于到了后代，受过中国传统文化熏陶的人一看到"柳"这个东西，脑海里就自然而然地浮现出一连串相关情调的联想。这就是"见山不是山"，"见柳不是柳"。因此，"意象"是具体物象经过心灵的滋养、放大而呈现出的更高级的那个有些真实又有些朦胧的物象或形象，它自带中国传统文化独有的能量附加值而魅力别具。通过野狐狸的引导，小朋友会发现梅花、菊花、蝉、杜鹃、江水、月亮等这些东西，是如何散发出独特的中国韵味的。通过对这些"意象"的初步欣赏，小读者才能进一步踏上它的进阶，领会"意境"之美。

中国古典诗词有着与别国诗歌不一样的独特的韵律美感，这是遵从汉字的四声和韵对技巧所发展起来的一种形式美。因此"格律"也是"五堂"诗词课之中不可或缺的一堂。诗词的格律说简单也简单，说复杂也很复杂。野狐狸不是诗词研究专业出身，但也许正因为这样，他反而没有一些诗词专家唯恐挂一漏万的担忧，而有着一种旁观者清的化繁就简的决断干练。诗篇的格律篇依韵选诗，还算是比较容易操作；词的格律本来就比诗要复杂得多，对于原本没有经过辨平仄、对对子这样基础训练的小读者来说，要在词篇的格律篇中做到深入浅出，实在是有些勉为其难的。但好在书中介绍的那些基本的格律常识，对于初学者而言已经足够。而且，虽然野狐狸基本回避了"词与音乐的关系"这个复杂的专业话题，但是词篇格律的"凄婉""豪迈""优美"等诸章，其实依循的还是词人"择声情填词"这个原则。因此，即便从专业角度，野狐狸这样的安排也还是得当的。

在我看来，《五堂诗词课》最首要的意义在于方法论意义。古人云，授人以鱼不如授人以渔。"授人以渔"，就是给人一种方法、一套工具。在这本书中，野狐狸运用模型法思维，展示了五块"积木"把玩唐诗宋诗的一套方法。至于具体怎么把玩、把玩得如何，您不妨带着孩子在书中细看；而如果您受此启发、教会了孩子五堂把玩法，那么，哪怕书里没有讲解到的唐诗宋词篇目，或许也都可以拿来拆解分析把玩一番了。这可以说是《五堂诗词课》超脱于一般诗词选读本而别具价值的地方。为此，我很乐意把这本书推介给您和您的孩子。

二〇二〇年春于杭州城西瓣香居

写在前面的话

不知从何时起,对孩子的诗词教育开始不断升温,线上线下、课内课外,一时间各类诗词教育铺天盖地而来,大有"千树万树梨花开"之势,央视中国诗词大会成了全国老少追捧的"神剧"。我对诗词大会印象最深的是第二季,那时候,许多父母都恨不得让自家的"熊孩子"一夜之间变成别人家的"武亦姝"。其实,我倒不敢有这种奢望,但看着成天舞枪弄棒的儿子,觉得自己就算不能培养出"武亦姝",也不能整出一个"武松"来啊。于是,我毅然翻出书柜里发黄的《唐诗三百首》《宋词三百首》,晃起自己的"半桶水",兼职干起了家庭教师的行当。没成想,教着教着,居然也积累了一点感悟,本着育(娱)人育(娱)己的精神,我决定把它写出来,权做大家茶余饭后的谈资,如果还能够给大家带来一点启发的话,也不枉我辛苦码字一场。

在开始吹牛前,我得先抛出一个问题:"我们究竟需要怎样的诗词教育?"记得我上学的时候,老师教诗词一般都是先介绍作者,再谈诗句的内容含义,最后提炼中心思想。最后,再加上最最要命的一句:大家都得给我老老实实背出来,明天抽查!于是,同学们纷纷开始摇头晃脑,唧唧复唧唧……那时候,我会想,古人真奇怪,有话您直说,写哪门子诗呢?当然,我的想法比较偷懒,应该接受批评。但回过头来看,单纯机械的记忆确实不符合孩子的天性,也无法让孩子完全领略诗词的奥妙,更不可能培养孩子对诗词的兴趣。

诗词的知识其实很丰富:诗(词)人的经历和创作风格,诗词的分类、意象的运用、诗词的平仄与韵脚等,不一而足。这些看似深奥的知识一般只停留在专业书籍中,似乎并不适合孩子。其实,再复杂的道理也可以用通俗的语言表达,哪怕是让孩子先了解一点皮毛,对今后的学习也会大有好处。

于是,我尝试着对诗词知识进行了一番"拆解",从"场景""感情""诗(词)人""意象""格律"五个角度进行,深入浅出地解读,同时还以"玩积木"做比,尽量使孩子能够轻松愉快地完成诗词之旅。

文章本天成,妙手偶得之。我的《五堂诗词课》就这样诞生了!

目录

第一章　总论：唐诗宋词是对孪生兄弟 /015

场景篇

第二章　独居易生愁 /021

第三章　多情伤离别 /026

第四章　田园小清新 /030

第五章　胜迹堪怀古 /034

第六章　韶华不可留 /039

第七章　空怀家国恨 /043

第八章　闺中多哀怨 /049

第九章　冷暖自相知 /054

感情篇

第十章　　喜 /061

第十一章　怒 /066

第十二章　哀 /071

第十三章　忧 /076

第十四章　狂 /081

词人篇

第十五章　　文艺委员晏几道 /089

第十六章　　体育委员辛弃疾 /095

第十七章　　宣传委员陆游 /103

第十八章　　组织委员欧阳修 /109

第十九章　　纪律委员范仲淹 /114

第二十章　　生活委员李清照 /120

第二十一章　　学习委员王安石 /126

第二十二章　　劳动委员文天祥 /133

第二十三章　　副班长晏殊 /140

第二十四章　　班长苏轼 /145

第二十五章　　不想当班干部的柳永 /152

意象篇

第二十六章　　明月 /161

第二十七章　　雪花 /166

第二十八章　　长亭 /172

第二十九章　　栏杆 /176

目 录 013

第三十章　　燕子 /180

第三十一章　鹧鸪 /185

第三十二章　鸿雁 /189

第三十三章　落花 /194

第三十四章　流水 /199

第三十五章　梧桐 /203

格律篇

第三十六章　词牌 /211

第三十七章　词牌名 /217

第三十八章　诗变词 /223

第三十九章　押韵 /229

第四十章　　叠句叠韵 /237

第四十一章　断句 /243

第四十二章　单双调 /249

第四十三章　小令中长调 /255

第四十四章　凄婉 /261

第四十五章　凝重 /267

第四十六章　豪迈 /273

第四十七章　壮烈 /279

第四十八章　多变 /285

第四十九章　优美 /291

第五十章　　联章词 /297

第一章
总论：唐诗宋词是对孪生兄弟

我发现一个很有趣的现象，在班级里，几乎每个同学都会有一个所谓的"绰号"。比如你叫朱艺群，估计是父母希望你将来才艺超群，结果到了同学口里，就成了"猪一群"。再比如我儿子姓周，皮肤又有点黑，就成了同学口中的"周黑鸭"。所以，一个班级活像一个水泊梁山，一百单八将，人人有绰号，今天我们要说的词，也要从它的绰号说起。

词的外号很多，第一个外号叫"长短句"。大家都知道，近体诗的句子长短都是一致的，要么五个字，要么七个字，就像小朋友做操时整整齐齐排列着的队伍。但词就不一样了，有长有短，比如："蓦然回首，那人却在，灯火阑珊处""大江东去，浪淘尽、千古风流人物"等等。相信很多人对词的最直观印象就是句子可长可短，犹如连绵起伏、高低错落的山峰。

因为词的句子字数灵活，所以它的格式也比诗多得多。近体诗只有十六种基本格式，而词却可以千变万化。一个词牌决定了一首词的平仄、押韵以及单句字数。所谓"调有定句，句有定字，字有定声"，它就像填空题一样，等着你按照规定的条件一个个码字进去。当然，这种按图索骥的模式只是看上去简单，你若真想填出一首意境深远、字句优美、韵律和谐的词，还是得下大功夫。

词的第二个绰号叫"曲子词"。 当我们欣赏到一首动听的歌曲时，可能会去查询作曲者是谁，作词者是谁。是的，词一开始就被称为"曲子词"。唐朝的时候歌舞繁盛，域外的曲子不断传入中原，民间艺人不停地创作新乐曲。有曲子自然还要有歌词，我们的"词"就这样跟着繁荣了起来。

久而久之，当人们把曲子拿走以后，发现这些"歌词"本身就具有很高的文学价值。于是，词慢慢地脱离音乐，成为一种文学作品。但是，词和音乐的渊源是不会完全断离的，直到现在，我们的一些流行歌曲中还会有"词"的影子，比如李清照的那首《如梦令·昨夜雨疏风骤》，整首词都被纳入了同名电视剧的主题曲，有段时间，甭管买菜大妈，还是扎辫小女孩，嘴边都哼着"知否，知否，应是绿肥红瘦"。还有很多人都喜欢周杰伦唱的《菊花台》《青花瓷》等中国风歌曲，其实，歌词作者方文山就大量借鉴了宋词的表现手法。从这个角度来看，"曲子词"与其说是词的绰号，不如说是它的本名。

词的第三个绰号叫"诗余"。 说起这个绰号，可能广大宋词爱好者不乐意了。啥叫"诗余"呢？这么优美的"词"怎么就成了作诗剩下的边角料了？事实上，诗和词是一对孪生兄弟，把诗看成词的大哥也不算错。因为，词本来就是由诗演化而来的，最初的时候，人们把一些绝句、律诗配上曲子唱出来，诗也就变成了词。之后，词开始根据曲子的变化增减字数，格式变得越来越灵活，逐渐成为一种相对独立的文学体裁。哪怕是在词最为兴盛的宋朝，在考试中，也是只考诗赋创作，而不考词，填词只是当时文人们闲暇时的一项娱乐活动而已。所以说，词当一下诗的小弟也不算委屈啦。

当然，文化的发展是不以人的意志而转移的。词后发于诗，又没有官方的地位，但依然蓬勃发展，长盛不衰，终成为中国文学史上的绚烂一页，强盛如唐，繁华如宋，都已经成为历史长河中的背影，而诗词却绵延流传下来。文化不朽，此言不虚。

在前册"诗篇"中，我们通过"场景、感情、诗人、意象、格律"等五个元素，简单介绍了近体诗的相关知识。其实学词也一样，同样可以从对应的五个元素入手，进行解构式的分析，让大家学得轻松，看得明白。在开启我们的第二段学习旅程之前，有几个问题特地说明一下。第一，由于很多词作只有词牌而没有题目，为了方便大家分清具体哪首作品，对没有词题的作品，我们一律按照通行的"词牌+第一句"的方式来标注作品。第二，关于词人的年代问题，我们一般以其身处的时代为标准。如果某个作者正好身处两宋之交，我们就只列宋朝，而不区分北宋和南宋。比如，对李清照、汪藻、陈与义等人，我们就单标"宋"字，这也是为了方便大家记忆。

好了，闲话到此为止，学词正式开始。今天，我特地选了一首安静和美的小词作为本书的开篇。

愁倚栏

南宋　程垓

春犹浅，柳初芽，杏初花。杨柳杏花交影处，有人家。

玉窗明暖烘霞。小屏上、水远山斜。昨夜酒多春睡重，莫惊他。

这首词没有生僻的字词，没有深奥的典故，词意为：春意尚浅，柳树刚刚长出嫩芽,杏花刚刚绽放枝头。在树影和花影的交汇处,住着一户人家。霞光映照窗户,屋内分外明亮温暖。室内的小画屏上,青山横斜江水远流。(家里有个人儿),昨天晚上他畅饮美酒,如今睡意还浓,可千万不要惊醒了他。

程垓并非宋词大家,这首《愁倚栏》却写得别有情趣,它用简练的笔触,为我们渲染出一幅春意盎然、暖日融融的和谐场景。在这首小词里,你难道没有感受到"春眠不觉晓"的安逸和"浓睡不消残酒"的慵懒吗?

不过,春光宝贵,同学们可别光顾着睡懒觉,起来学习吧。

场景篇

第二章
独居易生愁

很多人都不喜欢独处,因为害怕寂寞和无助。有心事,无处诉说;有委屈,无处抱怨。到了晚上,多少烦心事一股脑儿涌上心头,更是感觉凄凉。同学们平时肯定也希望和家人或朋友共处,这是人之常情。那么,词人喜欢一个人独处吗?这个貌似简单的问题可能还不好回答。有些词人总是一副高冷的样子,冰冷的表情似乎总是在警告你:我想静静!其实,词人也害怕寂寞空虚,只是他们情感和内心更加丰富,思想更加复杂,总是处在一种"欲说还休"的状态。在一声叹息之后,所有的烦恼与愁思都变成了纸上的残阳落花,我们只能透过文字,才能去接近他们的内心。

描写各种心境的作品实在太多了,今天我们先介绍一首白描独处场景的词,读来也是让人感到阵阵寒意。宋朝有个叫向滈[hào]的人,他曾写过一首别致的《如梦令》:"谁伴明窗独坐,和我影儿两个。灯烬欲眠时,影也把人抛躲。无那(音nài,通"奈"),无那,好个恓惶的我"。向滈给我们描述了他晚上独坐时的自言自语:谁在明亮的窗前独自坐着呢?只有我和影子两个呀,油灯燃尽,我要睡觉了,这时连影子也抛下了我。无奈啊无奈,好一个惶惶不安的我呦。向滈的"和我影儿两个"与李白的"举杯邀明月,对影成三人",何其相似,而向滈又怎能像诗仙那样洒脱豁达呢？

接下来，我们重点欣赏一首独居时描写寂寞心情的词，此类词的高手，非李清照莫属。下面这首《醉花阴·薄雾浓云愁永昼》可是一首富有传奇色彩的好词。话说李清照的丈夫叫赵明诚，两夫妻都是文化人，平时都喜欢写写诗、填填词。但赵明诚最主要的兴趣点在于金石古玩，用现在的话说，算是一个文物专家。从诗词水平来看，赵明诚和妻子李清照根本不在一个档次上。可赵明诚偏偏不服气，觉得自己写词也有几把"刷子"，不比老婆差。有一年，赵明诚在外地做官，正逢重阳佳节，他收到了李清照寄来的一首词，妻子通过一首《醉花阴》委婉地表达了思念之情。思念归思念，赵明诚却在李清照的这首词上打起了主意：都说老婆写词比我牛，今天我偏要检验一下！于是赵明诚拿出备战"高考"的架势，把自己关在家里，一口气填了五十首词，然后连同李清照这首《醉花阴》一起打包，四处找朋友鉴定：来，都看看，这五十一首词写得怎么样？哪首写得更出色！

做出这种事情，估计赵明诚是受古董鉴定的启发，把一件真品放在一堆赝品里，让别人去挑选，看你会不会"打眼"（古玩行话，意为看走眼，买了假货）？朋友们很实在，捧着赵明诚的五十一篇稿子看了很久，说写得都不错，尤其是其中三句特别好。赵明诚一听，连忙把脖子伸了过去："老兄，你说，哪三句？"

"莫道不销魂，帘卷西风，人比黄花瘦。"

话音未落，赵明诚的内心瞬间跑过了一大群羊驼。

好了，赵明诚先生就继续尴尬吧，我们抓紧时间欣赏李清照的大作：

醉花阴

宋　李清照

薄雾浓云愁永昼,瑞脑销金兽。佳节又重阳,玉枕纱厨,半夜凉初透。

东篱把酒黄昏后,有暗香盈袖。莫道不销魂,帘卷西风,人比黄花瘦。

李清照在重阳节的时候给丈夫寄这首词,写的是愁闷心情,所以上阕一开口就是"薄雾浓云愁永昼"。这句里的"薄雾浓云"好解释:室外薄雾弥漫,天空云层稠密,"永昼"则是指白天。看来李清照心情不佳,觉得白天太长,孤独的日子度日如年。雾和云本身并没有喜恶,但是外物是随着词人的心情而变化的,在李清照的笔下,豪迈时,云雾也可以是"天接云涛连晓雾"的壮丽景色,而现在只能是尽显秋日沉闷的"薄雾浓云"。

"瑞脑销金兽"说的是李清照房间内的情景。"瑞脑"又称龙脑、冰片,是一种熏香,"金兽"是指盛放瑞脑的香炉,香炉一般是铜制的,古人还经常把香炉做成动物的形状,所以称为"金兽"。看来,李清照大白天点着熏香,望着室外,确实非常空虚寂寞。

"佳节又重阳,玉枕纱厨,半夜凉初透。"是的,重阳佳节又到了,那是古人亲友团聚、携手登高、共饮菊花酒的日子。当然,这一切,深受"异地恋"之苦的李清照是不可能享受的。所以她要接着说,伴着"精致的玉枕(玉片装饰的枕头)、纱厨(纱帐)",夜里感到阵阵凉意。重阳节,已经是农历九月,天气自然转凉,但李清照在此肯定一语双关,既是天气凉,也是一人独守空房的内心凄凉。

"东篱把酒黄昏后,有暗香盈袖"写的是李清照独自一人喝酒赏菊的情景。陶渊明有"采菊东篱下"的诗句,所以"东篱"成了赏菊的地方。黄昏时分,李清照一个人喝酒赏菊,凉风吹来,菊花香味随风飘进了衣袖,故而说是"有暗香盈袖"。"暗香",通常指梅花。比如宋朝诗人林逋的"疏影横斜水清浅,暗香浮动月黄昏"和王安石的"遥知不是雪,为有暗香来"。在这里,李清照把"暗香"用到了菊花上。

全词最后一句,也是最精彩的一句:"莫道不销魂,帘卷西风,人比黄花瘦。"销魂,现在经常用来形容飘飘欲仙的感觉,但那时主要还是形容悲伤愁苦,仿佛魂魄离体。李清照哀怨诉苦:别说不要伤悲,西风卷起珠帘,我的人比黄花还要清瘦了。

李清照有个外号叫"李三瘦",那是因为她创作时特别喜欢用"瘦"字,还写出了三个带"瘦"字的名句。除了上面的一句外,还有那句唱成歌词的"知否,知否,应是绿肥红瘦",以及《凤凰台上忆吹箫·香冷金猊》中的"今年瘦,非干病酒,不是悲秋"。看来,她确实特别容易因憔悴而消瘦。

李清照因孤独而愁肠百结,归根结底还是思念家人所致。思念之愁,是绵长悠远,而离别之愁,则是痛而剧烈。接下来,我们就要说说"多情伤离别"。

> 知识链接

下面两首词里,词人都用哪些词汇传递着自己的寂寞之情呢?

青门引·春思

北宋 张先

乍暖还轻冷,风雨晚来方定。庭轩寂寞近清明,残花中酒,又是去年病。

楼头画角风吹醒,入夜重门静。那堪更被明月,隔墙送过秋千影。

关河令

北宋 周邦彦

秋阴时晴渐向暝,变一庭凄冷。伫听寒声,云深无雁影。

更深人去寂静,但照壁孤灯相映。酒已都醒,如何消夜永!

第三章
多情伤离别

无论什么诗词歌赋,离别都是常见的主题。亲人送别,总是依依不舍,送了一程又一程。夫妻之间的离别,更是每每让人肝肠寸断。宋朝的姚宽曾写过一首《生查子》,描写的就是一段夫妻分别场景:"郎如陌上尘,妾似堤边絮。相见两悠扬,踪迹无寻处。酒面扑春风,泪眼零秋雨。过了别离时,还解相思否。"说是男子如路上扬起的飞尘,女子如堤岸边飘摇的柳絮,飞尘和柳絮飘忽不定,一会儿就了无踪迹。这个比喻何其形象,又怎能不让人唏嘘感动。但是,分离还是难免,结果,女子泪如秋雨,心中还在念叨,过了这离别的时刻,你还会思念我吗?

当朋友之间别离时,古人往往还有置办酒席赠别的习惯,席间写上一首诗,填上一首词,既是表达惜别之意,也是为了彼此间留个纪念。晏殊的《踏莎行》就是著名的离别词,写的正是饯别时的场面:"祖席离歌,长亭别宴。香尘已隔犹回面。居人匹马映林嘶,行人去棹依波转。画阁魂消,高楼目断。斜阳只送平波远。无穷无尽是离愁,天涯地角寻思遍。"这里的"祖席",是指送别时的宴席,因为古人把祭祀路神叫"祖",所以饯别宴会也就称为祖席。晏殊把饯别写得非常传神,宴别后,送行人的马不断嘶鸣,穿透树林,行人的船在江上渐渐远去,离愁弥漫在天涯海角。

不得不说，由于词的句式更加灵活，它在意境的营造上比诗更加精深，抒发的感情也更加曲折精致。

在宋词中，最著名的离别词非柳永的《雨霖铃》莫属："寒蝉凄切，对长亭晚，骤雨初歇。都门帐饮无绪，留恋处，兰舟催发。执手相看泪眼，竟无语凝噎。念去去，千里烟波，暮霭沉沉楚天阔。多情自古伤离别，更那堪，冷落清秋节！今宵酒醒何处？杨柳岸，晓风残月。此去经年，应是良辰好景虚设。便纵有千种风情，更与何人说？"在这首词里几乎运用到了关于离别的所有意象：寒蝉、长亭、兰舟、烟波、清秋、残月、杨柳……但是，在柳永笔下，如此密集的意象并没有给人机械堆砌的感觉，他把意象镶嵌得不着一丝痕迹，成就了离别词的绝唱。

离别的话题确实太沉重了，今天我们重点要介绍的这首词，感情色调上没有柳永的《雨霖铃》、晏殊的《踏莎行》那般低沉，在创作手法上也有别于其他同类作品，或许能帮我们稍稍放松下心情。

卜算子·送鲍浩然之浙东

北宋　王观

水是眼波横，山是眉峰聚。欲问行人去那边？眉眼盈盈处。
才始送春归，又送君归去。若到江南赶上春，千万和春住。

"孤帆远影碧空尽，唯见长江天际流"是李白《送孟浩然之广陵》中的名句。这回，我们这首词的名字也差不多，是王观的《卜算子·送鲍浩然之浙东》。巧不巧，连友人的名字也差不多，都叫"浩然"。友人鲍浩然要去浙东，那里是山青水秀之地，王观要送上怎样的祝福呢？

上阕前两句"水是眼波横,山是眉峰聚"。很多离别词一般先写离别场景,但这回王观不走寻常路,先是来了一个比喻。他把水比成了流动的眼波,把山比成了聚拢的眉毛。瞬间,在词人的神来之笔中,南方清澈的江水成了美人顾盼生辉的眼神,层峦叠嶂的山峰成了美人紧蹙的秀眉,两种不同的美被天衣无缝地结合在一起。

上阕后两句"欲问行人去那边?眉眼盈盈处"。继续承接前面的句意:请问行人你要去哪里?原来是"眉眼盈盈"之处。眉是山,眼是水,而眉眼盈盈之处自然是山青水秀的地方。那里的山水优美宜人,就像美人脉脉含情的眼神一样。或许,我们还可以将这多情的眼神,看作是词人对远去友人的眺望,山水和目光相连,祝福和不舍都在不言中。

下阕词人的语言表达更加简单质朴,就像是从口中自然而然地念叨出一般。"才始送春归,又送君归去。"看来,王观送别友人的时候是暮春时节,北方的春早已过去。所以,词人说自己刚刚把春天送走,这回又要把朋友送走。他对友人的留恋就像人们留恋春天一般。

下阕后两句"若到江南赶上春,千万和春住"。这是词人再次接续前面的比喻。北方的春天早已过去,南方天气温暖,春天或许还要停留片刻。王观既带戏谑,又不失深情地对朋友说,也许春天是跑到了你要去的南方,如果你到了江南,追上了春天,千万要和春天在一起啊。

王观的这首送别词用语毫无晦涩的地方,通篇贯穿的比喻既新颖又形象,让人耳目一新。在这里,你看不到浓重的惆怅、哀伤,只有一股江南烟雨般的淡淡眷恋。

> 知识链接

下面两首离别词和王观的作品一样,文风质朴,其中寄托的感情真挚动人。

卜算子

南宋　石孝友

见也如何暮。别也如何遽[jù]。别也应难见也难,后会难凭据。

去也如何去。住也如何住。住也应难去也难,此际难分付。

贺圣朝

北宋　叶清臣

满斟绿醑[xǔ]留君住,莫匆匆归去。三分春色二分愁,更一分风雨。

花开花谢,都来几许?且高歌休诉。不知来岁牡丹时,再相逢何处?

第四章
田园小清新

　　同学们，如果让你用四字短语来形容田园生活，你能想起哪些词汇呢？绿树红花、小桥流水、牧童黄牛、蛙叫鸟鸣、稻粮鸡鸭？是的，一听到这些词汇，我们仿佛已经嗅到了一股清新的泥土气息，让人心旷神怡。然而，这些熟悉的词汇似乎正与现代生活渐行渐远，因为我们现在接触最多的是电脑手机、汽车电视，偶尔利用休假跑到乡村去看一看，已然成了一种奢侈。

　　对于宋代词人来说，他们大都忙于案牍事务，要真正将心灵平静地安放到湖光山色之间，也是件不容易的事情。幸运的是，总算有些词人忙里偷闲，用文字为我们捕捉到了一些弥足珍贵的田园风景。这次为我们现身说法的是两个非常有个性的大文豪：苏东坡和辛弃疾。

　　北宋元丰元年（1078），四十二岁的苏东坡任徐州知州。那年春天，徐州发生旱灾，作为地方官的苏轼带领百姓到城东二十里外的石潭求雨。向神仙求雨，现在看来当然是种迷信行为，但巧合的是，过了几天后，当地还真下了场大雨，苏轼就又和百姓一起前去谢雨。心情不错的苏轼领略了沿路的乡村风光，一口气写了五首《浣溪沙》。在他的笔下，一会儿是"垂白杖藜（拐杖，代指老人）抬醉眼，捋青捣䴭［chǎo］（麦子炒干后捣成粉末）软肌肠"，一会儿是"簌簌衣巾落枣花，村南村北响缲车（缲丝工具）"，一会儿是"日暖桑麻光似泼，风来蒿艾（蒿草、艾草）气如薰"。五首词变成了一组系列风光画，将春日田园的人、事、物、景尽收眼底。

辛弃疾最广为人知的田园词是那首《清平乐·村居》："茅檐低小，溪上青青草。醉里吴音相媚好，白发谁家翁媪。大儿锄豆溪东，中儿正织鸡笼；最喜小儿无赖，溪头卧剥莲蓬。"辛弃疾的这首词因为亲切自然而被收录入教材。尤其是词的下阕，他为我们点出了三个村娃：大儿锄地种豆，二儿补鸡笼，小儿最调皮，不但不帮着做农活，还偷偷剥莲蓬吃。是不是很有田间情趣？

讲完两位大咖后，我们要重点赏析另一篇田园词。我选了另一位词人——刘学箕。刘学箕的这首词写得极富生活气息，巧妙之处甚至盖过了前面两尊大神。因为，他居然将"吃鱼"这件小事填成了一首词。如果你是一个喜欢吃鱼的食客，那可千万要读一读。

行香子

宋　刘学箕

雪白肥鳒［jiān］，墨黑修鲇［nián］。柳穿腮、小大相兼。金刀批脔［luán］，鲜活甘甜。或时熬，或时煮，或时腌。

揎腕佳人，玉手纤纤。缕银丝、取意无厌。羹须淡煮，滋味重添。滴儿醯［xī］，呷儿酒，撮儿盐。

刘学箕的词，与其说是一首词，不如说是一篇杀鱼吃鱼的顺口溜。

词的上阕告诉你：咱们今天要吃的是什么鱼。雪白肥鳒，就是雪白肥嫩的鰜鱼（比目鱼的一种）；墨黑修鲇，就是黑色的鲇鱼。鱼抓来后，怎么办呢？"柳穿腮、小大相兼。"就是用柳条穿过鱼鳃，把大大小小的鱼都带回家。

拎回家后是"金刀批脔，鲜活甘甜"，"脔"是指小块的肉。就是拿起你的菜刀，用刀把鱼肉削成一块块薄片。注意，刀功要快，尽量保证鱼肉"鲜活甘甜"。

鱼肉切完后，你想怎么吃就怎么吃吧，"或时熬，或时煮，或时腌"，熬汤也可以，水煮鱼片也可以，腌起来以后再吃也行。

下阕，刘先生以厨师的角度写了一遍杀鱼、烧鱼流程。"揎腕佳人，玉手纤纤。""揎腕"就是捋起袖子。看来，杀鱼人是一个挽起袖子的美丽妇人，她的纤纤玉手拾掇起鱼来非常熟练。"缕银丝、取意无厌"，用现在的话说就是：将鱼肉切成更细的丝，可以根据自己的喜好烧出各种花样。"无厌"是不满足的意思。

"羹须淡煮，滋味重添。"烧鱼的佳人告诉你：如果你烧鱼羹，可以先煮得淡一点，至于味道，可以后面再重新调整。如何调整呢？"滴儿醯［xī］，呷儿酒，撮儿盐。""醯"就是指醋。人家说了，你可以根据需要，滴点醋、喷点酒，或者放一撮盐上去。

好了，这首词就赏析到这里。

> 知识链接

下面两首田园词为苏轼、辛弃疾所作,欣赏一下吧。

浣溪沙

北宋 苏轼

软草平莎过雨新,轻沙走马路无尘。何时收拾耦耕身?
日暖桑麻光似泼,风来蒿艾气如薰。使君元是此中人。

鹧鸪天

南宋 辛弃疾

陌上柔桑破嫩芽,东邻蚕种已生些。平岗细草鸣黄犊,斜日寒林点暮鸦。

山远近,路横斜,青旗沽酒有人家。城中桃李愁风雨,春在溪头荠菜花。

第五章
胜迹堪怀古

很多同学都喜欢看历史书,因为历史故事里有种种奇谋妙计,有一场场激烈的战争,读来让你欲罢不能。但待我们长大后,这些历史知识带给我们的,恐怕不再是一些精彩的故事而已,更多的会是反思和感叹。如果你是一个有历史积淀的人,当你置身在特定的环境中,一定会情不自禁地抚今追昔,感慨万千。一堵残破的城墙,一把锈迹斑斑的斧钺,都会将你带回到一段风云岁月之中。

历史也是一个动态的概念,我们看秦汉隋唐、宋元明清,那些都是远去的古人,殊不知,汉人之于唐人,唐朝之于明朝,也是远去的古代。所以,当我们在哀叹前人的时候,前人亦在哀叹前人。词和诗一样,咏史怀古是一个长盛不衰的主题。因此,唐朝诗人杜牧在赤壁发出"东风不与周郎便,铜雀春深锁二乔"的感慨后,苏轼又来到赤壁,高声吟出:"大江东去,浪淘尽、千古风流人物"。在刘禹锡写出"旧时王谢堂前燕,飞入寻常百姓家"这一名句的两百多年后,宋朝词人张昪也来到金陵(今江苏南京),写下一篇脍炙人口的《离亭燕·一带江山如画》:"云际客帆高挂,烟外酒旗低亚。多少六朝兴废事,尽入渔樵闲话……"多少年来,不同的文人墨客,却是一样的古迹形胜,一样的咏史情怀。

说到金陵，这个具有江宁、石头城、秣陵、建康、建业等多个别称的江南古城似乎特别具有历史感。据不完全统计，从古到今，以金陵怀古为主题的诗词约有400篇。这不仅因为孙吴、东晋、刘宋、萧齐、萧梁、陈朝等六个朝代在此建都，更重要的还在于金陵是一座具有悲情色彩的城市。陈叔宝也好，李煜也罢，在文人的眼里，正是因为六朝脂粉磨损了王者之气，才让定都金陵的王朝总离不开短命的归宿。比如，元朝词人萨都剌就曾写过一首《满江红·金陵怀古》，在金陵城头哀叹繁华的易逝："六代豪华，春去也、更无消息。空怅望，山川形胜，已非畴昔……"

关于金陵怀古的诗词实在太多了，但是公认成就最高的，还是要属王安石的《桂枝香》。北宋治平年间，王安石定居江宁，此时他尚未进入宋朝的权力核心。但是，经过二十余年的地方历练，他对宋朝的积弊早已有了深刻的认识。这一时期，王安石创作了许多咏史怀古的诗词，他借古喻今，希望宋朝革除积弊，不蹈前朝覆辙，《桂枝香》正是其中最成功的一首。

桂枝香·金陵怀古

北宋　王安石

登临送目，正故国晚秋，天气初肃。千里澄江似练，翠峰如簇。征帆去棹［zhào］残阳里，背西风、酒旗斜矗。彩舟云淡，星河鹭起，画图难足。

念往昔、繁华竞逐。叹门外楼头，悲恨相续。千古凭高对此，谩嗟荣辱。六朝旧事随流水，但寒烟、衰草凝绿。至今商女，时时犹唱，后庭遗曲。

"登临送目，正故国晚秋，天气初肃。"词人开篇介绍的正是地点和时间：那是一个深秋时节，天气肃杀，词人登山临水，极目远眺，将故都景色尽收眼底。因为金陵是六朝故都，所以词里称为"故国"。词人在交代背景的同时，也用"晚秋""初肃"渲染了气氛，奠定了全篇的基调。

"千里澄江似练，翠峰如簇。"这是王安石所看到的远景：远处大江澄澈，浑似一条白练，苍翠的山峰拥簇在一起，高低起伏。

"征帆去棹残阳里，背西风、酒旗斜矗。""征帆"是远去的船只，"棹"是船桨，"去棹"代指江面上穿梭的船只，"酒旗"是指江岸边的酒楼上斜插着招揽顾客的酒旗。词人的目光开始由远及近，他看到秋日黄昏时分，江面上船儿来去穿梭，岸上酒楼矗立，酒旗随风飘摇。

"彩舟云淡，星河鹭起，画图难足。"如果说前面的写景是词中寻常笔法的话，那么上阕的最后收尾几句，则尽显王安石巨笔如椽的功力。"星河"本指天河、银河，此处代指长江。"鹭起"指长江中的白鹭洲。李白在《登金陵凤凰台》中曾写道："三山半落青天外，二水中分白鹭洲"。意为：天际云淡风清，装帧华丽的画舫在江面悠闲漂荡，船儿开过，一只只白鹭纷纷惊起，从水洲中展翅飞向辽阔的天空。我们形容景色美，经常说是风景如画，而到了王安石这里却是"画图难足"，也就是说，再高明的画匠也画不出如此景致。

词到下阕，王安石开始用一句"念往昔"转入怀古抒情。"繁华竞逐"是说金陵的历代统治者竞相追求豪奢享受的生活。"叹门外楼头，悲恨相续"，是化用杜牧《台城曲》中"门外韩擒虎，楼头张丽华"的诗句，引用了隋朝吞并南陈，生擒陈后主的典故。当时，隋朝南下伐陈，势如破竹。当隋军统帅韩擒虎率军兵临城下的时候，陈后主却依然和张丽华等宠妃在阁楼上寻欢作乐,所以有"门外韩擒虎,楼头张丽华"的说法。

然而陈后主的悲剧并没有给后来者带来教训,历史上,因纵情声色、奢靡享受而亡国者比比皆是。故而,词人接着哀叹"千古凭高对此,谩嗟荣辱",千百年来,凭高怀古的人,对着此情此景,无不为他们的荣辱兴衰而嗟叹。历史的轮回有时候就是如此神奇,同样的悲剧总是不断地上演。正所谓"后人哀之而不鉴之,亦使后人而复哀后人也"。此时,宋朝已经走过最强盛的时期,权贵阶层的颓废衰败日益显现,统治危机日趋严重,王安石为此忧心忡忡,生怕悲剧重演。

下阕第六、七句"六朝旧事随流水,但寒烟、衰草凝绿"。词人继续抒发内心的担忧:六朝的旧事如流水一般消逝了,只剩下眼前的寒烟和衰黄的绿草。繁华已不再,危机隐隐重现。

而可悲的是,"至今商女,时时犹唱,后庭遗曲"。这里依然化用杜牧的诗句"商女不知亡国恨,隔江犹唱后庭花"。"商女"是指卖唱的歌女。此时,王安石如杜牧般感叹,现在的歌女,还不知道亡国之恨,仍然唱着南陈遗留下来的《玉树后庭花》。王安石当然没有真的责怪"商女"无知,他只是讽刺那些醉生梦死的权贵,没有意识到潜藏的危险。

王安石的感慨,在当时看来只是一个文人的"为赋新词强说愁"。只可惜,词人的先见之明最终还是一语成谶。六十多年后,表面繁华耀眼的北宋王朝终究湮没在金人的铁骑之下。而那时的宋朝统治者宋徽宗赵佶,较之多情的陈后主,又何其相似?

> 知识链接

现将张昇和萨都剌的词摘录如下,大家不妨跟着怀古一番。

离亭燕

北宋 张昇

一带江山如画,风物向秋潇洒。水浸碧天何处断,霁色冷光相射。蓼屿荻花洲,掩映竹篱茅舍。

天际客帆高挂,门外酒旗低亚。多少六朝兴废事,尽入渔樵闲话。怅望倚层楼,红日无言西下。

满江红·金陵怀古

元 萨都剌

六代豪华,春去也、更无消息。空怅望,山川形胜,已非畴昔。王谢堂前双燕子,乌衣巷口曾相识。听夜深、寂寞打孤城,春潮急。

思往事,愁如织。怀故国,空陈迹。但荒烟衰草,乱鸦斜日。玉树歌残秋露冷,胭脂井坏寒螀泣。到如今、只有蒋山青,秦淮碧!

第六章
韶华不可留

读过朱自清散文《匆匆》的同学应该记得这样一段话："洗手的时候，日子从水盆里过去；吃饭的时候，日子从饭碗里过去；默默时，便从凝然的双眼前过去。我觉察他去的匆匆了，伸出手遮挽时，他又从遮挽着的手边过去……我掩着面叹息。但是新来的日子的影儿又开始在叹息里闪过了……"同学们读这篇文章可能感触不深，这也可以理解，因为你们正青春年少，恨不得自己快快长大。但是，待年长后，相信每个人都会感觉时间仿佛加速前进一般，越走越快，只盼望它能走得慢一些才好。

再精致的容颜也会老去，再强健的体魄也会衰朽，谁都希望青春永驻，但偏偏谁都不能阻挡老去。在词的创作中，感慨时光流逝、人生短暂也是一大主题。北宋著名词人晏殊的代表作《浣溪沙》："一曲新词酒一杯，去年天气旧亭台。夕阳西下几时回？无可奈何花落去，似曾相识燕归来。小园香径独徘徊。"就是一首借表达惜春之情，感慨时光飞逝的佳作。在晏殊的笔下，日升日落、花开花谢、燕去燕归都不以人的意志为转移，一切终成过去，只留下"无可奈何花落去"的喟叹。

与晏殊含蓄隽永的词风不同，有的词人喜欢直抒胸臆，比如生活在两宋之交的词人陈与义写过一首《临江仙·夜登小阁忆洛中旧游》，他动情怀念二十多年前与好友在洛阳饮酒论诗的场景，抒发着物是人非的感慨："二十余年如一梦，此身虽在堪惊。闲登小阁看新晴。古今多少事，渔唱起三更。"是的，人生如梦，梦醒时，人生已经进入暮年，再回望过去经历的一切，都不过是渔樵闲话而已。

当然，要论写此类题材最出名的词人，当属蒋捷。蒋捷是南宋末期的词人，南宋灭亡后隐居不仕。他曾写过两首著名的感叹时光流逝的词。名句"流光容易把人抛，红了樱桃，绿了芭蕉"，出自他的《一剪梅·舟过吴江》。樱桃红了，芭蕉绿了，词人也在渐渐老去，蒋捷以植物颜色之变，带出人生易老的感叹，确是一个让人拍案叫绝的妙喻。今天，我们重点介绍的，则是他的另一首《虞美人·听雨》。这首词里，蒋捷的立意更加工巧，他从"听雨"这一再平常不过的小场景切入，描述着人生的不同阶段。

虞美人·听雨
南宋　蒋捷

少年听雨歌楼上，红烛昏罗帐。壮年听雨客舟中，江阔云低、断雁叫西风。

而今听雨僧庐下，鬓已星星也。悲欢离合总无情，一任阶前、点滴到天明。

词的上阕是蒋捷回忆起少年和壮年时期的两个听雨场景。

"少年听雨歌楼上，红烛昏罗帐。"少年时代，词人在歌楼之上听雨。宋朝的商业经济极其发达，在繁华的闹市区，经常歌楼酒肆林立，无数达官贵人、才子佳人在此喝酒享乐。燃烧的"红烛"、精美的"罗帐（床上的纱幔）",年少轻狂的词人恣意享受着放纵的生活。想必,此时的雨声听起来也是轻快悦耳。

"壮年听雨客舟中,江阔云低、断雁叫西风。"到壮年后,词人在客船上听雨,江面开阔,水天相接,一只落单的大雁飞过,凄厉的叫声随风飘散。这幅画面的色调显然要比前者暗淡得多。蒋捷三十五岁的时候,宋朝灭亡了,为了躲避战乱,他只能颠沛流离。此时的蒋捷早就褪去少年时代的狂放,家国诸事都已经开始萦绕心头,茫茫江面上的客舟,西风中的孤雁成了蒋捷的自我心理投射。

下阕是词人当下听雨的场景,"而今听雨僧庐下,鬓已星星也"。此时的蒋捷已经两鬓斑白,他伫立在一个寺庙僧舍的屋檐下,静静听着雨声。

"悲欢离合总无情,一任阶前、点滴到天明。"经历了种种悲欢离合后,晚年的蒋捷似乎已经大彻大悟。此时,他既没有了年少的青涩,也超脱了壮年的沉重,只剩下人生暮年的那份平静。外面的雨一直在下,一滴一滴落到台阶上,直到天明。而蒋捷,早已心如止水。

> 知识链接

陈与义的《临江仙》和蒋捷的《一剪梅》，请收好。

临江仙·夜登小阁忆洛中旧游

宋　陈与义

忆昔午桥桥上饮，坐中多是豪英。长沟流月去无声。杏花疏影里，吹笛到天明。

二十余年如一梦，此身虽在堪惊。闲登小阁看新晴。古今多少事，渔唱起三更。

一剪梅·舟过吴江

南宋　蒋捷

一片春愁待酒浇。江上舟摇，楼上帘招。秋娘度与泰娘娇，风又飘飘，雨又萧萧。

何日归家洗客袍？银字笙调，心字香烧。流光容易把人抛，红了樱桃，绿了芭蕉。

第七章
空怀家国恨

任何人都有争强好胜的心理,同学们在考场上、运动会上都希望自己战胜对手,成为冠军。我们读历史的时候,每每读到霍去病大败匈奴,李靖横扫突厥,都会情不自禁地为强汉盛唐而感奋。我们学习唐诗时,也经常能读到"城头铁鼓声犹震,匣里金刀血未干""前军夜战洮河北,已报生擒吐谷浑"等让人热血沸腾的诗句,可是到了词里,我们却很难读到这些霸气的句子,这是为什么呢?

因为词在宋朝最兴盛,而两宋偏偏是一个比较"憋屈"的朝代。北宋有靖康之耻,南宋长期受金人欺负,金朝之后又接着被蒙古人狠踹,直到崖山之战后屈辱亡国。宋朝的士大夫群体社会地位高,天生就带着肩负天下兴亡的自觉,他们的自尊无法容忍本朝居于屈辱地位,涌现了如范仲淹、虞允文等一些能够带兵打仗的文臣儒将。但是,受制于崇文轻武的传统以及落后的军事体制,宋朝始终未能从根本上挽回被动挨打的局面。

长期受外族欺辱的历史是所有宋朝士大夫的一个心理包袱。这一思想反映到文学创作上,催生了一批感念国恨家仇、希望洗刷耻辱的词作。名臣李纲曾在靖康之难时挺身而出,主持汴京防务,数次挫败金人的进攻,但最终还是在谗言之下被罢免。可即便是金人掳走徽钦二帝,半壁江山沦陷后,李纲依旧不甘心就此低首,时刻不忘重整旗鼓。他在《苏武令·塞上风高》中立志要"调鼎为霖,登坛作将,燕然即须平扫。拥精兵十万,横行沙漠,奉迎天表",誓要击败金人,收复中原,迎回二帝。

南宋和金朝达成和议,形成了稳定的对峙状态,可很多有气节的南宋臣子都将靖康之变视为奇耻大辱,一直对此念念不忘。比如,辛弃疾"醉里挑灯看剑,梦回吹角连营",立志要"了却君王天下事,赢得生前身后名"。陆游则回忆着"当年万里觅封侯,匹马戍梁州"的豪气。然而,无论他们怎样呐喊,结果都是词人老去,江山残破。于是,辛陆二人,最终还是免不了"可怜白发生"和"心在天山,身老沧洲"的结局。

充满爱国情怀的词还有很多,今天要讲的是崔与之的《水调歌头·题剑阁》。崔与之是南宋理宗时期的重臣,曾官至四川路安抚制置使。南宋时期,四川地区的地位尤其重要,因为那里物产丰富、地势险要,是南宋在西线牵制金朝的重要基地。崔与之入蜀后,来到第一险关剑门关,北望中原故土,无限感慨中写下此词。

水调歌头·题剑阁

南宋　崔与之

万里云间戍,立马剑门关。乱山极目无际,直北是长安。人苦百年涂炭,鬼哭三边锋镝,天道久应还。手写留屯奏,炯炯寸心丹。

对青灯,搔白首,漏声残。老来勋业未就,妨却一身闲。蒲涧清泉白石,梅岭绿阴青子,怪我旧盟寒。烽火平安夜,归梦绕家山。

"万里云间戍,立马剑门关。"起首两句写得气势恢宏,直接道出创作的背景和地点。"万里"是说川蜀远离都城临安,属于万里之外;"云间"是说地势险要。都说蜀道难,难于上青天,剑门关则是入蜀道路上最险要的关隘,素有"一夫当关,万夫莫开"的说法。崔与之告诉我们,他奉朝廷之命,来到遥远险要之地戍守边疆,而今立马剑门关头,登临远眺。

上阕三、四句"乱山极目无际,直北是长安",崔与之的豪情立刻转入了对丢失国土的感伤。"直北是长安"一句出自杜甫《小寒食舟中作》一诗中的"云白山青万余里,愁看直北是长安"。杜甫以此抒发对唐朝命运的担忧,而此时宋朝的长安早已沦陷,较唐朝犹有不及。所以,词人眼中的"乱山",其实是指故土正遭受金人的践踏。

"人苦百年涂炭,鬼哭三边锋镝,天道久应还。"写完失地,崔与之接着写黎明百姓。"锋镝"意为刀口和箭头。词人痛诉,在金人的欺凌下,中原百姓生灵涂炭,金人的暴行已经是人鬼共愤。这样的状况自然不应长期持续下去。所以,崔与之相信"天道久应还",金人终究要为此付出代价!

"手写留屯奏,炯炯寸心丹。"其中,"炯炯"意为明亮有神。在上阕的最后两句,词人表露了自己的一片报国赤诚,表示自己要亲笔书写奏章,屯兵留守在四川,坚决守住朝廷的西线,不让金人染指川蜀地区。

下阕"对青灯,搔白首,漏声残"几句是写填词时的情境。"漏声残"意为天已快亮,古人用漏壶来计时,水滴完时,正是天快亮时。拂晓时刻,词人挠着苍苍白发,与青灯相对,深忧家国社稷。

"老来勋业未就,妨却一身闲"正与上句的"白首"相对。虽然已是白发苍苍,但崔与之仍丝毫不敢懈怠,因为自己尚未建立收复失地之"勋业",还不能享受一身清闲。

"蒲涧清泉白石,梅岭绿阴青子,怪我旧盟寒。"这里的"蒲涧清泉白石""梅岭绿阴青子"都是崔与之岭南故乡的地名和事物。"旧盟寒"意为过去的诺言。梅岭上的青梅,蒲涧(溪水名)的清泉白石,都在责怪我为什么要辜负此前回乡的诺言。是的,词人也想归家隐居,但报国之志未申,他还不敢回来。在这一刻,崔与之的矛盾心理恰似岳飞的"旧山松竹老,阻归程"。

"烽火平安夜,归梦绕家山。"崔与之最后说道,待到边疆烽烟熄灭的时候,我自然会在梦中回到自己的家乡。匈奴未灭,无以家为,正是崔与之的家国情怀。

> **知识链接**

下面两首词分别为南宋词人王澜和陈人杰所作。第一首作于宋宁宗嘉定十四年(1221),金人攻破词人的家乡蕲州,词人于避难途中填词。第二首作于宋理宗端平元年(1234),当时蒙古人大举南下,词人因忧心国事而作。

念奴娇·避地溢江书于新亭

南宋 王澜

凭高远望,见家乡、只在白云深处。镇日思归归未得,孤负殷勤杜宇。故国伤心,新亭泪眼,更洒潇潇雨。长江万里,难将此恨流去。

遥想江口依然,鸟啼花谢,今日谁为主?燕子归来,雕梁何处,底事呢喃语?最苦金沙,十万户尽,作血流漂杵。横空剑气,要当一洗残虏。

沁园春·丁酉岁感事

南宋 陈人杰

谁使神州,百年陆沉,青毡未还?怅晨星残月,北州豪杰;西风斜日,东帝江山。刘表坐谈,深源轻进,机会失之弹指间。伤心事,是年年冰合,在在风寒。

说和说战都难,算未必、江沱堪宴安。叹封侯心在,鳣[zhān]鲸失水;平戎策就,虎豹当关。渠自无谋,事犹可做,更剔残灯抽剑看。麒麟阁,岂中兴人物,不画儒冠?

第八章
闺中多哀怨

在诗词中，闺怨也是一种重要的题材。所谓闺怨，通俗点说就是女子在家里的埋怨。埋怨什么呢？物价太贵？给孩子辅导作业太烦？进入诗词的闺怨可不是这些。古代的闺怨主要指女子对丈夫或者情人的思念。那时的女子确实是不容易的，她们不但要里里外外操持家务，还要经常独守空房，这种思念之情对很多女子来说，是内心中最痛苦的煎熬。

宋朝的大词人们似乎对这个题材情有独钟，那些活跃在课本、试卷里的大词人几乎人人都创作过闺怨词，而且要么不出手，一出手就是名作。比如，"无情不似多情苦。一寸还成千万缕。天涯地角有穷时，只有相思无尽处"，正是晏殊《玉楼春·绿杨芳草长亭路》中的名句。说完晏殊，欧阳修也不示弱，他填过一首著名的《蝶恋花》："庭院深深深几许，杨柳堆烟，帘幕无重数。玉勒雕鞍游冶处，楼高不见章台路。雨横风狂三月暮，门掩黄昏，无计留春住。泪眼问花花不语，乱红飞过秋千去"。全词皆是名句，和晏殊的相比，不遑多让。

女子思念戍守边关的丈夫也经常反映在闺怨词中，比如贺铸的《杵声齐·砧面莹》："砧面莹，杵声齐。捣就征衣泪墨题，寄到玉关应万里，戍人犹在玉关西。"说的是女子给丈夫寄送衣服，夹带的书信已是泪迹斑斑。

再如晏几道的《生查子》："关山魂梦长，鱼雁音尘少。两鬓可怜青，只为相思老。归梦碧纱窗，说与人人道。真个别离难，不似相逢好。"用语绮丽的晏几道这回一反常态，罕见地用口语化的句子结尾，听起来就像女子在你面前叹怨一般。

不但宋朝的词人爱凑闺房的热闹，连明朝的大才子唐伯虎也有过此类作品。他的《一剪梅》写道："雨打梨花深闭门，忘了青春，误了青春。赏心乐事共谁论？花下销魂，月下销魂。愁聚眉峰尽日颦，千点啼痕，万点啼痕。晓看天色暮看云，行也思君，坐也思君。"怎么样，爱好诗词的同学是不是觉得耳熟能详？唐寅无愧为才子，如此常见的题材依然能写出一番新意。

说了那么多，可能有些女同学会提出疑问，闺怨词本是写女子的哀愁，为什么总是一群大老爷们在凑热闹呢？确实，我觉得不管那些男词人写得多棒，女人的心思还是由女词人来表达才合适。宋朝也出了不少有才的女子，甚至还评选出了"四大女词人"。这四大女词人，最牛的李清照就不用说了，其他三位分别是朱淑真、吴淑姬、张玉娘。今天我们重点要说的这首词，正是女词人朱淑真所作。

朱淑真，号幽栖居士，钱塘（今浙江杭州）人，生活于两宋之交。她出生在官宦人家，从小喜欢读书和写诗填词，一生创作了大量诗词作品，留存下来的作品数量甚至超过了李清照。下面这首《眼儿媚》是朱淑真的代表作之一。

眼儿媚

宋 朱淑真

迟迟春日弄轻柔,花径暗香流。清明过了,不堪回首,云锁朱楼。午窗睡起莺声巧,何处唤春愁?绿杨影里,海棠亭畔,红杏梢头。

朱淑真的这首词,是写自己在春天里的一段感受。

"迟迟春日弄轻柔,花径暗香流。"《诗经》中有"春日迟迟"的提法,因此,人们经常会把春日称为"迟日"。比如,杜甫的"迟日江山丽,春风花草香"。"迟迟春日"是说春天的日头又长又暖和;"弄轻柔"是词人以女性特有的细腻情感,将铺洒下来的日光看成温柔的纤纤玉手,在拨弄着杨柳的嫩枝。"花径暗香流"是说,词人走在长满花草的小路上,闻到一股暗香流泻出来,沁人心脾。显然,此时的词人在明媚的春光下,心情舒畅。

"清明过了,不堪回首,云锁朱楼。"朱楼意为华丽的楼阁。接下来,女词人的情感开始发生转折:清明过后,那几天的景色不堪回首,浓浓的云雾笼罩了美丽的楼阁。看来,清明节后的天气,不再阳光明媚、柳绿花红,女词人的情绪也急转直下。或许,敏感的词人有着满腹心事,那云雾不仅锁住了阁楼,也遮蔽了她的内心。

"午窗睡起莺声巧,何处唤春愁?"黄莺在诗词中经常作为春天的象征,带着一种迎春的喜庆。但是,作为一个闺中闷闷不乐的女子,当她午睡醒来听到窗外的黄莺鸣叫声,并没有感受到"自在娇莺恰恰啼"的喜悦,也没有产生"百啭无人能解"的情调,而是自问,究竟是什么地方唤起了我的春愁?

"绿杨影里,海棠亭畔,红杏梢头。"紧接着上句自问,女词人自答出了三个答案:春愁到底从哪里而来?是绿杨柳的树影里?还是种满海棠的亭阁旁?抑或是长满红杏的树枝头?朱淑真的答案更像是个闺中女人的任性嗔怨,所谓杨柳、海棠、红杏,只是内心真实答案的掩饰。

女人的心思,最难猜度,我们莫要多问,权作一个春天的猜想吧。

> 知识链接

再来看看另两位女词人的闺怨词吧。

小重山

南宋　吴淑姬

谢了荼蘼春事休。无多花片子,缀枝头。庭槐影碎被风揉。莺虽老,声尚带娇羞。

独自倚妆楼。一川烟草浪,衬云浮。不如归去下帘钩。心儿小,难着许多愁。

忆秦娥

南宋　张玉娘

天幂幂,彤云黯淡寒威作。寒威作,琼瑶碎剪,乘风飘泊。

佳人应自嫌轻薄,乱将素影投帘幕。投帘幕,不禁清冷,向谁言着。

第九章
冷暖自相知

不知道同学们有没有这样一种经历,当自己受到委屈,又无力辩解、反抗的时候,特别想大喝一声:不陪你玩了,然后甩手走人!这还真有点像《西游记》里的孙悟空,明明揍扁了妖怪,却被唐僧念紧箍咒,火大了,就回花果山,重新做齐天大圣。中国古代的不少文人也有点像孙猴子,每每觉得自己的才华不能被人认可,就寻思着跑到山里去,当然,他们当不了美猴王,他们只是想躲起来做个隐士。

上面所说的现象历朝历代都有,到了宋朝更厉害一些,因为宋朝是一个文人地位非常高的时代,崇高的社会地位也培养了士大夫的气节,对于朝廷的态度,向来是"合则留,不合则去"。用他们自己的话说就是,达则兼济天下,穷则独善其身。用现在的话说就是,一言不合就分手!

当然,并不是每个失意的词人都要跑到山上去种菊花、养仙鹤,他们有的是挽起袖子过上了农夫生活,有的是安心做个闲散的小官,平时一副不问世事的样子,闲下来就在灯下写几首自我宽慰的诗词。他们的态度完全可以用一本鸡汤书来形容——你的孤独,虽败犹荣。

下面,我们就来看看这些才华横溢而又性格傲娇的文人是如何吐槽的吧。辛弃疾一生怀才不遇,到了晚年更感觉壮志难酬,填了不少此类吐槽词。比如有一次,他和客人谈起少年时代的壮志,写了一首《鹧鸪天》:"壮岁旌旗拥万夫,锦襜[chān]突骑渡江初。燕兵夜娖[chuò]银胡䩮[lù],汉箭朝飞金仆姑。追往事,叹今吾,春风不染白髭须。却将万字平戎策,换得东家种树书。"词的上阕是辛弃疾年轻时奔杀疆场的壮烈回忆,而到了下阕,只能哀叹"却将万字平戎策,换得东家种树书",这个志在立功报国的战将居然想将平敌方略换成种树的科普书。武将因不能杀敌立功而哀叹,文臣如果不受重用,更会"赌气"。南宋主战派文臣张孝祥先后两次遭贬,某日他重游寒光亭(位于江苏省溧阳三塔寺内),即兴填下一首《西江月》:"问讯湖边春色,重来又是三年。东风吹我过湖船。杨柳丝丝拂面。世路如今已惯,此心到处悠然。寒光亭下水如天。飞起沙鸥一片。"三年前,张孝祥对朝廷尚抱有幻想,而现在他已然成了落单的孤臣,入世与出世,前后心境大不相同,最后只能悠悠地怨一声:"世路如今已惯,此心到处悠然。"张孝祥的湖边"飞起沙鸥一片",同时代的南宋词人杨万里在《昭君怨》里面也提到一只沙鸥:"偶听松梢扑鹿,知是沙鸥来宿。稚子莫喧哗,恐惊他。俄顷忽然飞去,飞去不知何处?我已乞归休,报沙鸥。"此时的杨万里已经辞官居家,所以他把自己的想法告诉了飞来的沙鸥"我已乞归休"。其实,飞翔的沙鸥正是两位文人向往自由的意象。

上面的词人是吐露不问世事的心迹,而有些词人则写着村居的恬淡生活,以表明自己知足常乐的态度。比如,南宋后期的名臣吴潜在被权相贾似道排挤后填过一首《望江南》:"家山好,负郭有田园。蚕可充衣天赐予,耕能足食地周旋。骨肉尽团圆。旋五福,岁岁乐丰年。自养鸡豚烹腊里,新抽韭荠荐春前。活计不须添。"大意是说:我可以养蚕织布、耕地收粮、养鸡种菜,自己动手,丰衣足食,任何事情都没什么大不了。而另一个南宋词人黄机的《眼儿媚》则写得更加妙趣横生:"莫嗔日日话思归。归也却便宜。东邻招茗,西邻唤酒,一笑开眉。人生万事无缘足,待足是何时。妻能纺绩,儿能耕获,未必寒饥。"意思是说:别嫌我天天念叨着要回家,回家不是挺好吗?可以和左邻右舍品茶喝酒扯闲篇。人生要到怎样才知足呢?老婆会织布,儿子能耕田,能混个温饱,也就够了。

要论表达此种豁达心境的词,最厉害的还是苏轼。关于他的故事,我们后面还要详述,这里要说的是苏轼贬官黄州期间的一首作品。元丰五年(1082)三月的一天,苏轼和朋友在路上行走,突遇下雨,原本拿着雨具的随从先走了,大家都被淋成了落汤鸡。苏轼却不以为然,天放晴后,填了此词。

定风波

北宋　苏轼

莫听穿林打叶声,何妨吟啸且徐行。竹杖芒鞋轻胜马,谁怕?一蓑烟雨任平生。

料峭春风吹酒醒,微冷,山头斜照却相迎。回首向来萧瑟处,归去,也无风雨也无晴。

起首"莫听穿林打叶声,何妨吟啸且徐行"。吟啸,即吟咏;徐行,即慢慢行走。途中遇到下雨,人家一般是撒开两腿跑路,苏轼却显得不紧不慢,他居然还劝说别人:(老哥们),别听雨点打到树叶上的声音,我们何不继续吟诗作对,慢慢往前走。要说苏老夫子的心态就是好,按照一个笑话里的说法,反正前面也在下雨,跑也没用。

"竹杖芒鞋轻胜马,谁怕?"所谓芒鞋就是草鞋。被淋雨了,人们都恨不得坐汽车溜走,但苏轼表示,我连马都不需要。按照苏东坡的说法,我有手里这根竹子做的拐杖和脚上穿的草鞋,走起来比马还轻快,谁怕谁啊?他的好心态让人叹为观止。但是,如果仔细一琢磨,我们马上能听出老先生的另一番味道。显然,苏轼已经不是在就雨说雨,他把雨比成了朝廷中的风暴,把淋雨比成了自己现在的处境。但他不想在困境中自怨自艾,而是用乐观的心态去面对现实。

"一蓑烟雨任平生。"蓑,即为蓑衣。一身蓑衣在风雨中前行,正是苏轼一生的写照。这是全词最经典的一句,也是苏轼面对曲折人生的一个达观态度:任尔风吹雨打,我却自得其乐!

"料峭春风吹酒醒,微冷,山头斜照却相迎。"被雨水淋湿后,料峭春风吹来,一下子把苏轼的酒意吹醒了,身子感到微微发冷,而在这微冷之际,他却看到太阳已经露出山头,一抹斜阳正照了过来,送来丝丝暖意。我们说,苏轼无愧为宋词第一大家,在写景写事的平实文字中,能够不着痕迹地抒情说理。他始终相信,在经历风雨之后,天空终会放晴。

"回首向来萧瑟处,归去,也无风雨也无晴。"姑且归去吧,再回看那些曾经风吹雨打、寒风萧瑟的地方,哪里还有什么风,哪里还有什么雨,哪里又有什么晴呢?所谓的风、雨、日、晴,正如人生的胜败得失、兴衰荣辱,不过是路上的一个过客而已。

> **知识链接**

我们继续欣赏辛弃疾、陆游这对爱国词人的作品吧,见识了两人的慷慨悲壮后,再来听听他们的归隐之心。

清平乐·检校山园书所见
南宋　辛弃疾

连云松竹,万事从今足。拄杖东家分社肉。白酒床头初熟。

西风梨枣山园,儿童偷把长竿。莫遣旁人惊去,老夫静处闲看。

恋绣衾
南宋　陆游

不惜貂裘换钓蓬,嗟时人、谁识放翁。归棹借、樵风稳,数声闻、林外暮钟。

幽栖莫笑蜗庐小,有云山、烟水万重。半世向、丹青看,喜如今、身在画中。

感情篇

第十章
喜

宋词和唐诗一样,大都以哀伤、忧愁、悲愤为感情基调,却少有以喜悦、高兴为氛围的作品,是古人在喜庆场合不习惯吟诗作词吗?倒也不是。在一些宴会答谢的场合,古人也会填词庆祝一番,但那些大都为应景之作,或者仅仅是为君主歌功颂德,谈不上真情投入,自然也难产出高质量的作品。

当然,以喜悦为情感基调的好作品不是没有,通常可分为两种情况。"喜感词"最常见的题材还是描写传统佳节,古人很重视过节,每个节日都会有独特的纪念方式,词人被喜庆氛围所感染,会情不自禁地填词记录。比如,北宋词人黄裳的《减字木兰花·竞渡》描写了端午节人们赛龙舟的盛况:"红旗高举。飞出深深杨柳渚。鼓击春雷。直破烟波远远回。欢声震地。惊退万人争战气。金碧楼西。衔得锦标第一归。"红旗、金碧、鼓击、欢声……黄裳的词写得有"声"有"色",成功渲染了百舸争流时的热烈氛围。李持正的《人月圆》则描写了一个欢乐祥和的宋朝元宵节:"小桃枝上春风早,初试薄罗衣。年年乐事,华灯竞处,人月圆时。禁街箫鼓,寒轻夜永,纤手重携。更阑人散,千门笑语,声在帘帏。"他的词里有华灯、圆月、箫鼓、笑语,人们穿着新衣争相走上街头,那热闹的氛围一点都不输前首。

另一种情况是词人的"驴友日记"。古人的旅游还是很惬意的,那时没有门票,没有堵车,更没有宰客黑店,你只要有力气,大可饱览最纯粹的自然景观。比如,辛弃疾填过一首《生查子·独游雨岩》,记录了自己游赏雨岩(今江西永丰县境内的一处景点)的经历:"溪边照影行,天在清溪底。天上有行云,人在行云里。高歌谁和余,空谷清音起。非鬼亦非仙,一曲桃花水。"上阕写形,下阕写声,文字里透着一种少有的轻快欢悦,能让忧国忧民的辛弃疾如此放松,想必雨岩的景色确实不错。

今天我们要主讲的这首词也是一首纪游词——宋祁的《木兰花》。宋祁是北宋仁宗时期的大才子,还曾和欧阳修一起合编过《新唐书》,他的故事也值得我们说道说道。

宋祁有个哥哥,名叫宋庠,两兄弟都是学霸,一起参加了北宋天圣二年(1024)的科考。按照礼部最初拟定的成绩,宋祁本来排在第一,哥哥宋庠排在第三。当时是刘太后掌权,老大妈觉得弟弟排在哥哥面前不太好,就把哥哥宋庠点成了头名状元,把宋祁排到了第十名。虽然宋祁看上去有点亏,但人们却因为这事记住了宋家这对学霸兄弟,称宋庠为大宋,宋祁为小宋。

据说,宋祁不但学问好,人也长得一表人才,活成了大众偶像。有一次,宋祁在街上走,正好碰上了皇家车队,车队经过宋祁跟前时,突然从一驾马车里传来了一个娇滴滴的声音:"小宋。"宋祁一抬头,发现一个漂亮的宫女从车里探出头来,对他回眸一笑。不过,没等宋祁回过味来,车帘已经放下,车队已经远去。美人的一笑留情让宋祁心神荡漾,大才子为了纪念这个罗曼蒂克的时刻,回去填了一首《鹧鸪天》,其中有一句"刘郎已恨蓬山远,更隔蓬山几万重。"宋祁化用唐朝诗人李商隐的名句,把自己比作意外结识仙女的刘郎,只恨自己隔着万重蓬山,两人不得相见。宋祁的词一出来,立刻洛阳纸贵,还传到了仁宗皇帝那里。这位皇帝倒也成人之美,不但替宋祁找到了那个宫女,还促成了两人的姻缘,最后还不忘拿宋祁开涮:"你看,蓬山也不远呀。"

宋祁的一生没受过什么大波折,无论考试、做官都一帆风顺,用现在的话说是爱情事业双丰收,也难怪他能写出下面这首愉悦的美词了。

木兰花
北宋　宋祁

东城渐觉风光好,縠 [hú] 皱波纹迎客棹。绿杨烟外晓寒轻,红杏枝头春意闹。

浮生长恨欢娱少,肯爱千金轻一笑。为君持酒劝斜阳,且向花间留晚照。

这首词是写宋祁春日外出游乐时的所见所想。

上阕起句"东城渐觉风光好,縠皱波纹迎客棹"。"縠皱"即为皱纱,"棹"则是船桨。开篇点明了当日的游玩地点:来到城东,风光越发美好,湖面漾起皱纱似的波纹,载客的船儿已经来到面前。

"绿杨烟外晓寒轻,红杏枝头春意闹。"这是全词最出名的一句。意译过来就是:湖边拂晓,寒气四处弥漫,一株株杨柳垂下了细如轻烟的枝条,绯红的杏花开满枝头,处处春意盎然。这句话中最值得咀嚼的当属那个"闹"字,当时的人们都认为宋祁这个"闹"字用得非常棒,宋祁因此得了个"红杏尚书"的绰号。近代学者王国维也对宋祁的这个"闹"字赞不绝口,认为用了"闹"字后,"境界全出"。但文无定法,清代文学家、《笠翁对韵》的作者李渔却不这么认为,他反而认为这个字用得一无逻辑,二无美感。

下阕就是词人的感受了。前两句"浮生长恨欢娱少,肯爱千金轻一笑",其中,"浮生"代指短暂的人生;"肯爱"意为值得珍惜,无需吝惜。宋祁面对春景发出感叹:人生短暂,我长恨享受欢娱的时间太少了,又怎会因为吝惜金钱,而放弃开怀大笑的机会?如此说来,宋祁的思想还真有点人生苦短、及时行乐的味道,大家可要批判吸收啊。

最后两句"为君持酒劝斜阳,且向花间留晚照"。看来,宋祁不但自己要及时行乐,还要劝别人一起同乐。宋祁醉意朦胧地说道:美好的一天即将过去,我要拿着酒杯劝说西斜的太阳,请它多逗留一会儿,在这盛开的百花丛中,姑且再为我们留下一抹美丽的夕照。

> 知识链接

下面两首欢快的词分别描写了哪些节日场景呢?

探春令

南宋 赵长卿

笙歌间错华筵启。喜新春新岁。菜传纤手,青丝轻细。和气入、东风里。

幡儿胜儿都姑媂[dì]。戴得更忔[yì]戏。愿新春已后,吉吉利利、百事都入意。

木兰花

北宋 张先

龙头舴艋吴儿竞,笋柱秋千游女并。芳洲拾翠暮忘归,秀野踏青来不定。

行云去后遥山暝,已放笙歌池院静。中庭月色正清明,无数杨花过无影。

第十一章
怒

在讲本章的主题前,我们先来回忆一首非常熟悉的词:"怒发冲冠,凭栏处、潇潇雨歇。抬望眼、仰天长啸,壮怀激烈。三十功名尘与土,八千里路云和月。莫等闲、白了少年头,空悲切。靖康耻,犹未雪。臣子恨,何时灭。驾长车,踏破贺兰山阙。壮志饥餐胡虏肉,笑谈渴饮匈奴血。待从头、收拾旧山河,朝天阙。"没错,这就是岳飞的《满江红》。事实上,关于这首词的创作背景目前有很多不同的说法,甚至对于它是否为岳飞的作品也有不同意见。但是,更多人已经从内心中将它看成岳飞精忠报国精神的象征。"怒发冲冠""仰天长啸""饥餐胡虏肉""渴饮匈奴血"任何一个人读到这些词语,都能感受到词人喷薄而出的怒火和一片报国热情。

愤怒,也是一种感情,在那些反映国恨家仇的豪放派作品中,尤为常见。当然,词人的愤怒既可以是岳飞式的怒目圆睁、高声呵斥,也可以是发自内心的鄙夷和讽刺。比如,我们都知道,岳飞是在宋高宗赵构、秦桧、万俟卨等人的陷害下惨死的。其实,在岳飞冤死之前,朝中也不乏敢于和秦桧等主和派大胆对抗的人,枢密院编修胡铨就是其中的一位。绍兴八年(1138),金国派人到临安与南宋朝廷和谈,来使态度极其傲慢,对宋朝君臣百般羞辱,而秦桧却力主屈膝求和,激起群臣义愤。胡铨大胆上奏，严斥秦桧卖国，把他骂得狗血淋头。胡铨的奏疏一下子传遍了京城，秦桧恼羞成怒，将他远贬到新州（今广东新兴）。胡铨受到迫害后没有屈服，填了一首《好事近》以明心志："富贵本无心，何事故乡轻别。空使猿惊鹤怨，误薜萝秋月。囊锥刚要出头来，不道甚时节。欲驾巾车归去，有豺狼当辙！"胡铨表示自己做官不为追求富贵，因得罪秦桧而被贬到远地，现在想要回乡也不可得，只因为道上有几只"豺狼"阻拦。显然，胡铨笔下的豺狼，就是指疯狂排除异己的秦桧等人。蕴藏的愤怒和犀利的讽刺使胡铨的这首词和奏疏一样，又一次在士大夫群体中不胫而走。

下面我们要赏析的这首词也和反对屈膝投降的思潮相关，它的作者是南宋著名思想家、文学家陈亮。陈亮，子同甫，号龙川，和辛弃疾的关系极好，辛弃疾那首《破阵子·为陈同甫赋壮词以寄》就是写给他的。陈亮是个主战派，他的主要政治活动在南宋孝宗时期。

宋孝宗赵昚（shèn）是南宋第二个皇帝，即位初也曾积极谋求恢复，但自从北伐失败后又趋于保守。此后，南宋与金朝重新签订"隆兴和议"，两国被定为叔侄关系，宋朝继续向金朝交纳岁币。由于两国外交关系处于不平等状态，有气节的宋朝使节都将出使金朝视为一种羞辱。淳熙十二年（1185）十二月，宋孝宗命章森（字德茂）为使节，出使金朝祝贺万春节（金世宗完颜雍生日）。陈亮与章德茂早就相识，他感念好友将要承担一份屈辱性的任务，特地填了一首《水调歌头》为其壮行。和常人不同的是，陈亮的词中少了委屈和辛酸，更多的是对国势屡弱的愤怒和抗争。

水调歌头·送章德茂大卿使虏

南宋　陈亮

不见南师久，漫说北群空。当场只手，毕竟还我万夫雄。自笑堂堂汉使，得似洋洋河水，依旧只流东？且复穹庐拜，会向藁[gǎo]街逢！

尧之都，舜之壤，禹之封。于中应有，一个半个耻臣戎！万里腥膻如许，千古英灵安在，磅礴几时通？胡运何须问，赫日自当中！

陈亮曾向宋孝宗上书，表示"南师之不出，于今几年矣"，意思是宋朝的军队已经很长时间未行动，不该忘了恢复中原的志向。所以，他上阕开篇就说："不见南师久，漫说北群空"。"漫说"是信口胡说的意思；"北群空"借引韩愈"伯乐一过冀北之野，而马群遂空"的句法，意思是"像没有骏马一样，没有了人才"。当然，前面加上"漫说"后，就成了双重否定。所以，整句意为：金朝很久没见南方军队北伐，就胡说什么宋朝已经没有了人才。在陈亮看来，大宋朝廷还是大有人才。话外之音，陈亮自己就是一个。

"当场只手，毕竟还我万夫雄。""只手"意指凭借一个人的力量，比如我们的常用语"只手遮天"。这回，陈亮是借章德茂的口吻说话：直接面对敌酋这样的事情，我一个人足以担当，毕竟，我有万夫不当之勇！

"自笑堂堂汉使，得似洋洋河水，依旧只流东？"陈亮继续用章德茂的口吻自嘲：我自笑也是一名堂堂的"大汉（代指宋朝）"使节，哪能像河水一样，年年向东流（向金廷求和）？

"且复穹庐拜，会向藁街逢！"这句有几个名词必须细解一下。穹庐，原指北方游牧民族的毡帐，在这里则是指金朝。藁街，原是汉朝长安接待外国使节的地方，西汉大将陈汤曾千里奔袭，斩杀郅支单于，并将其首级悬于藁街，正所谓"犯强汉者，虽远必诛"！陈亮对章德茂义愤填膺地说道：这回，你姑且出使金朝去吧，总有一天，我们会在藁街相逢。言下之意，陈亮誓要一雪耻辱，重新恢复汉朝时的荣光。

"尧之都，舜之壤，禹之封。于中应有，一个半个耻臣戎！"都，意为都城；壤，意为土壤；封，意为封地。尧、舜、禹都是远古时代的君主。戎，本指西方少数民族，这里泛指异族。到了下阕，陈亮开始勉励章德茂：这里本是尧、舜、禹等先祖生活的土地，其中总会有几个人，耻于向异族俯首称臣！

"万里腥膻如许，千古英灵安在，磅礴几时通？"腥膻，意为肉食又腥又膻的气味，因北方游牧民族以食肉为主，故这里代指金朝的统治；英灵，意为过去的英雄；磅礴，意为盛大的气势。万里江山还被异族所统治，千百年来英雄们所留下来的气节到底在哪里？磅礴正气几时才能贯通？陈亮其实是在呼唤有识之士挺身而出，反抗金朝侵略。

"胡运何须问，赫日自当中！"胡，是对少数民族的蔑称，这里仍指金朝；赫，意为光明的样子。最后两句，陈亮还是对抗金大业保持了乐观的态度：金国的命运又何必再问？我们大宋朝的国运正如日中天！当然，客观地说，终南宋一朝，都没有从根本上改变苟安的状态，陈亮的爱国之心拳拳可见，而他的热切期望最终还是化为了泡影。

> **知识链接**

胡铨被贬新州的时候,好友张元干不顾个人安危前去相送,并填词壮行。

贺新郎·送胡邦衡待制赴新州

南宋 张元干

梦绕神州路。怅秋风,连营画角,故宫离黍。底事昆仑倾砥柱,九地黄流乱注?聚万落、千村狐兔。天意从来高难问,况人情、老易悲难诉!更南浦,送君去。

凉生岸柳催残暑。耿斜河、疏星淡月,断云微度。万里江山知何处?回首对床夜语。雁不到、书成谁与?目尽青天怀今古,肯儿曹恩怨相尔汝?举大白,听金缕。

第十二章
哀

人最哀伤的时候,也是心底最柔软部分被触动的时候,大悲之后才有大悟,很多文人的经典佳作偏偏都创作于他最失意的时刻。司马迁在《报任安书》中写道的"文王拘而演《周易》;仲尼厄而作《春秋》;屈原放逐,乃赋《离骚》;左丘失明,厥有《国语》……大底圣贤发愤之所为作也"。此种现象也算化悲愤为力量吧。

哀伤一直是词中常见的感情基调,这方面的例子不胜枚举。春日为时光流逝而哀愁,秋日为思念家人而哀愁,冬日又为寂寞寒冷而哀愁,离别是哀,失意是哀,为自己可哀,为家国更可哀……南宋词人吴文英曾在一首《唐多令》中写道:"何处合成愁?离人心上秋。纵芭蕉不雨也飕飕。都道晚凉天气好,有明月、怕登楼。年事梦中休,花空烟水流。燕辞归、客尚淹留。垂柳不萦裙带住,漫长是、系行舟。"吴词说的是一个异乡漂泊者的心情,而给人的感觉却是处处可愁。是啊,离人心上秋,"秋"字落在"心"上就是愁,我们不得不赞叹,吴文英用字巧妙,真是神形兼备。

普通人的哀愁见多了,我们不再赘述。接着我们说一个重量级"苦主"所写的一首词《眼儿媚》:"玉京曾忆昔繁华。万里帝王家。琼林玉殿,朝喧弦管,暮列笙琶。花城人去今萧索,春梦绕胡沙。家山何处,忍听羌笛,吹彻梅花。"词人想念着帝都的繁华和豪奢，对比北方的苦寒凄凉，不胜感伤。没错，这位作者就是宋徽宗赵佶，此词写于他被掳掠到金朝之后。不过，从他的表现看，如今的境遇也算咎由自取。

帝王的哀痛止于对昔日美好生活的追忆，而普通人的国事之哀，则有所不同。南宋宁宗时期，金兵南犯边境，掳走了大量宋朝百姓。有人曾为此填过一首《减字木兰花》："淮山隐隐，千里云峰千里恨。淮水悠悠，万顷烟波万顷愁。山长水远，遮住行人东望眼。恨旧愁新，有泪无言对晚春。""千里云峰千里恨""万顷烟波万顷愁"这种哀痛，夹杂着内心的屈辱和不甘。据说，填出此词的并不是哪位宋词大家，作者甚至连姓名都没留下，只被人称为"淮上女"，即为淮水边上的一个普通女子。"长太息以掩涕兮，哀民生之多艰！"国势不振的时候，底层百姓的命运无疑是最悲哀的。

在词作中，最能直观传递作者哀伤之情的莫过于"悼亡词"，也就是纪念去世亲人的词。今天，我们重点介绍的一首词，是苏轼为亡妻王弗所写的一首《江城子》。

苏轼一生经历过三段婚姻，王弗是他的第一个妻子。王弗出身书香门第，父亲曾经中过进士，她在十六岁的时候嫁到苏家，此时苏轼十九岁。王弗知书达理，善解人意，不但能照顾苏轼生活起居，甚至还能和他在诗词文章创作上进行切磋。不幸的是，聪慧的王弗年仅二十七岁就去世了。王弗去世后，苏轼将她葬在家乡眉州东北彭山县安镇乡可龙里，在坟旁种植了很多松树，并动情书写了《亡妻王氏墓志铭》，表达了自己对爱妻的痛悼之情。终其一生，苏轼都对自己的妻子王弗不能忘怀。

熙宁八年（1075），苏轼因为政见不同而被外放到密州（今山东省诸城市），这一年正月二十日，他做了一个梦，梦里又见到了爱妻王弗。人生失意的苏轼越发思念体贴人意的妻子，情到深处便写下了那首传诵千古的悼亡词《江城子·乙卯正月二十日夜记梦》。

江城子·乙卯正月二十日夜记梦

北宋　苏轼

十年生死两茫茫。不思量，自难忘。千里孤坟，无处话凄凉。纵使相逢应不识，尘满面，鬓如霜。

夜来幽梦忽还乡。小轩窗，正梳妆。相顾无言，惟有泪千行。料得年年肠断处，明月夜，短松冈。

"十年生死两茫茫，不思量，自难忘。"不知不觉，妻子王弗已经去世十年，两人阴阳相隔，说是不去想（不思量），其实难以忘怀（自难忘）。虽说时间能够抚平人们心中的伤痛，但真挚的感情终究无法割舍，哪怕一个偶然小事，都会触动人们尘封已久的感情。我们可以想象，当苏轼梦醒之后，必定又想起了亡妻过去的点点滴滴，"不思量，自难忘"其实是"常思量，更难忘"。

"千里孤坟，无处话凄凉。"妻子王弗的坟墓远在千里之外，苏轼时常感叹，没有你在身边，我又能向谁吐露内心的凄凉？纵然才华横溢，苏轼也多有失意的时刻，在他最需要心灵慰藉的时候，更加思念那个曾经给他带来温暖的爱妻王弗。然而，此时此刻，他的寂寞无处可诉，那种思念，是一种锥心之痛。

"纵使相逢应不识，尘满面，鬓如霜。"如果再次相逢，你已经不认识我了吧？你看，我已经双面蒙尘，两鬓如霜。梦醒后，苏轼的思念开始跨越生死界限，幻想着能和王弗再次重逢。这首词也顺着苏轼的想象连接到了下阕的"记梦"部分。

从下阕开始，苏轼记录了那个让他倍感酸楚的梦。

"夜来幽梦忽还乡，小轩窗，正梳妆。"在深夜的梦里，我又回到了故乡，你就坐在窗前，对着镜子梳妆打扮。那是苏轼最熟悉的场景，或许，每到那个时刻，苏轼都会走到妻子身后，温柔地打量着妻子。又或许，两人的目光会在镜子里相遇，引来会心的一笑。只可惜，小夫妻的温馨场面，闺房中的亲密无间，如今都已成了梦中的幻境。

"相顾无言，惟有泪千行。"在梦中，两人相对而视，默默无言，唯有泪珠不停地滑落脸庞。在半梦半醒之间，两人似乎近在咫尺之间，其实已生死远隔。相信，梦中流下的千行泪，正是苏轼醒后的枕边落泪。

"料得年年肠断处，明月夜，短松冈。"梦醒时分，苏轼又回到了尘世间。料想那年年让我肝肠寸断的地方，正是这凄凉的月夜，以及千里之外你所安眠的短松冈。

是的，你长眠在我的心里，从未忘却。

> 知识链接

赵佶的这首《宴山亭·北行见杏花》为《宋词三百首》卷首篇,是他被金人押送北上时所写,其情可哀,其人可怜,但更无辜的,还要数被他一手葬送的江山百姓。

宴山亭·北行见杏花

北宋　赵佶

裁剪冰绡,轻叠数重,淡著胭脂匀注。新样靓妆,艳溢香融,羞杀蕊珠宫女。易得凋零,更多少、无情风雨。愁苦。闲院落凄凉,几番春暮。

凭寄离恨重重,这双燕,何曾会人言语。天遥地远,万水千山,知他故宫何处。怎不思量,除梦里、有时曾去。无据,和梦也新来不做。

第十三章
忧

和哀伤一样,忧虑也是词作中一种常见的感情基调。哀是为既有的事实而哀,忧则是为不可测的前景而忧,自身前途未卜,国事日益崩坏,都可以让人忧从心来,触发创作的灵感。南唐后主李煜的《虞美人·春花秋月何时了》应该是同学们较早接触的以忧伤为基调的词作。"问君能有几多愁,恰似一江春水向东流。"李煜前半生过着纸醉金迷的生活,后来成了宋朝的阶下囚,他因巨大的人生落差而感伤,也为今后的前途而战战兢兢。客观地说,李煜做皇帝的水平真不怎么样,而他的词作水平却是举世公认。连王国维都在《人间词话》里评价:"词至李后主,而眼界始大,感慨遂深,遂变伶工之词而为士大夫之词。"

君王有忧,凡人更有忧。不过词人写忧和常人写忧是不同的。我们说过诗词一般不直抒胸臆,而是习惯通过营造一种深邃的意境来折射内心的感情,读来让人回味无穷。苏门学子秦观特别擅长意境的营造。他在贬谪途中曾写有一首《如梦令》:"遥夜沉沉如水,风紧驿亭深闭。梦破鼠窥灯,霜送晓寒侵被。无寐、无寐,门外马嘶人起。"深夜漫长,驿站外冷风凄紧,天将破晓时寒气透入被褥中,驿门外响起了马的嘶鸣声。没有一个忧字,却又处处透着词人内心的忐忑不安。又如,宋末词人张炎曾填有一首《清平乐》:"候蛩凄断,人语西风岸。月落沙平江似练,望尽芦花无雁。暗教愁损兰成,可怜夜夜关情。只有一枝梧叶,不知多少秋声。"这是一首秋景词,在词人眼中,蟋蟀声时断时续,江面西风萧瑟,连传递书信的鸿雁都失去了踪影。张炎是南宋重臣张俊的子孙,前半生享尽富贵,宋朝灭亡后家道中落,这首词是宋亡后的作品,充满了作者对家国身世的担忧。

文人有忧,武将也有忧。本章要讲的例词为南宋名将岳飞所写。岳飞精忠报国的故事已经家喻户晓,不为人知的是,这位名将在戎马倥偬之余还为我们留下了一些诗词作品。岳飞留存于世的词作有三首,除了两首《满江红》外,还有下面这首《小重山》。《小重山》大约创作于南宋绍兴八年(1138),当时,岳飞在抗金战场上英勇破敌,屡立奇功,已经由一个普通的战士成长为独当一面的节度使。他战功最大,抗金意志最为坚定,一心要率兵北上,恢复中原。但是,此后宋高宗赵构和宰相秦桧极力主和,朝廷上的政治风向发生了根本性的变化。虽然岳飞此时尚未受到排挤迫害,但朝廷传递出的信号让岳飞倍感不安。岳飞知道,一旦宋金和议达成,此前赢得的大好抗金局面极有可能付诸东流。一日夜晚,心事重重的岳飞无法安睡,起床来到庭院外踱步思考,忧心忡忡之下,吟出了这首小词。

小重山

南宋 岳飞

昨夜寒蛩不住鸣。惊回千里梦,已三更。起来独自绕阶行。人悄悄,帘外月胧明。

白首为功名。旧山松竹老,阻归程。欲将心事付瑶琴。知音少,弦断有谁听?

"昨夜寒蛩不住鸣。惊回千里梦,已三更。"寒蛩,意指秋天的蟋蟀;"惊回千里梦",正常的语序应是"梦惊回千里"。昨日夜里蟋蟀一直不停地鸣叫,岳飞因为心事而无法安眠,他在梦中又回到千里外的沙场,那里烽烟四起、金戈铁马。梦中的激战让这位战将突然惊醒过来,而此时,已经是深夜三更。

"起来独自绕阶行。人悄悄,帘外月胧明。"从梦中惊醒后,岳飞再也无法入睡,他起身来到庭院中,沿着台阶独自徘徊。深夜寂静无声,这里没有战场的厮杀呐喊声,但岳飞心中却翻江倒海,面对凶狠的金兵,他能从容排兵布阵,但是面对朝局却无能为力。对于一个优秀的将帅而言,当忠君和爱国无法两全时,那种艰难取舍比任何一个敌人都要折磨他的心灵。岳飞无法化解内心的纠葛,抬起头,无奈地看看帘外,外面正月色朦胧。

"白首为功名。旧山松竹老,阻归程。""旧山"意指"家乡的山"。岳飞戎马一生,只为建功立业,博取功名,而此时,他眼看收复江山无望,顿时心生去意。家乡山中的松竹已经老去,他何曾不想解甲归田?回到现实中,岳飞又因未实现心中夙愿,而不忍归去。他心中的"阻归程"者,正是一心屈辱求和之人。

"欲将心事付瑶琴。知音少,弦断有谁听?"春秋时期,楚国人俞伯牙善于弹琴,只有他的朋友钟子期才能听懂他的琴声,钟子期死后,俞伯牙觉得世上已无知音,于是主动毁琴,并表示终身不再弹琴。作为手握重兵的将领，岳飞不能妄议朝政，更不能将心中的苦闷说给他人听。于是，岳飞说道：我想用弹琴来排遣心事，但是身边没有知音，纵然弹断琴弦，又有谁能听懂？

　　破沙场敌易，破朝中敌难，英武如岳飞者，面对满朝议和声，犹如进入了无物之阵，竟连怒吼一声的勇气都没有。万般不甘，却只换来几声长叹，一声英雄气短，一声英雄气长。长短之间，进退失据。

> 知识链接

下面两首作品中,词人为何而忧?

忆王孙

北宋 李重元

萋萋芳草忆王孙,柳外楼高空断魂。杜宇声声不忍闻。欲黄昏,雨打梨花深闭门。

唐多令

南宋 刘过

芦叶满汀洲,寒沙带浅流。二十年重过南楼。柳下系船犹未稳,能几日,又中秋。

黄鹤断矶头,故人今在否?旧江山浑是新愁。欲买桂花同载酒,终不似,少年游。

第十四章
狂

　　同学们有没有骄傲的时候呢？肯定有。考试得了满分，体育比赛得了第一，那都是值得找个电台广播一下的事情。如果你不是次次得第一的学霸，偶尔拿了回头名，那可千万要把卷子藏好，那是值得吹一辈子的事情。不过你还真别急着"喜欲狂"，爸爸妈妈肯定会把你高高翘起的尾巴一脚踩住：同学，要谦虚谨慎，不骄不躁！山外有山，天外有天。

　　但到了我们词人这里，我却要告诉你，有些词人还真是傲娇的大公子。他们经常因为才气而自负，总觉得自己能够指点江山、扭转乾坤，如果再碰上怀才不遇的情况，更容易产生睥睨一切的狂态。而且，他们也把这种狂态融入到了诗词创作中。比如，我给大家读一首《沁园春·恨》："花亦无知，月亦无聊，酒亦无灵。把夭桃斫断，煞他风景；鹦哥煮熟，佐我杯羹。焚砚烧书，椎琴裂画，毁尽文章抹尽名。荥阳郑，有慕歌家世，乞食风情。单寒骨相难更，笑席帽青衫太瘦生。看蓬门秋草，年年破巷，疏窗细雨，夜夜孤灯。难道天公，还箝恨口，不许长吁一两声？癫狂甚，取乌丝百幅，细写凄清。"全词比较长，扼要翻译一下，作者说：花是无知的，月是无聊的，酒是无法浇愁的。桃树砍了吧，鹦鹉煮了吧，给我做个下酒菜。书本砚台烧了吧，琴棋书画毁了吧……我天生就这副寒酸相，天天住在破屋陋巷里又怎么样？叹气抱怨都不行吗？难道老天爷还要封住我的口？我就是要疯狂一把，写出心中的恨意！这个愤世嫉俗的词人是谁呢？乃是清朝的文学家、书画家郑板桥，这首词是他落魄时所写，想来是压抑许久，借词宣泄自己的不满。

要说轻狂的文人还真不少，宋朝庆历年间还发生过一次因为书生轻狂而闹出的事故。那年十一月，宋朝进奏院（朝廷受理各地奏报的机构）举办了一次赛神会，一群文人学士一起喝酒作乐，喝着喝着脑子一热，开始作诗。有个叫王益柔的书生作了一首《傲歌》，其中有一句是"醉卧北极遣帝扶，周公孔子驱为奴"，意思是自己喝醉后要让皇帝来搀扶，还要把周公孔子当奴仆来驱使？！在当时，那绝对是大逆不道的话。见过狂妄的，还没见过这么狂的！书生们很快被打了小报告，结果一桌人都受到了降职外放的处罚，吃饭还把前途给吃没了。

事实上，文人的"狂"，更多的是一种放荡不羁和玩世不恭，他们只是比常人更加任性，不喜欢受规则的束缚。魏晋时期的竹林七贤如此，吟出"我本楚狂人，凤歌笑孔丘"的李白也是如此。今天，我们要说的这个词人朱敦儒就是个才高率性的人，相传年轻时皇帝曾召他做官，他却说"麋鹿之性，自乐闲旷，爵禄非所愿也"。意思是我要做林中自由自在的鹿，没兴趣当官。实在是太有个性！朱敦儒曾创作过一首非常有名的"狂词"。如果说，进奏院里的那些书生不把皇帝和圣人孔子放在眼里，他则是连天上的玉帝也不放在眼里，简直狂到没边了。

鹧鸪天·西都作

宋　朱敦儒

　　我是清都山水郎，天教分付与疏狂。曾批给雨支风券，累上留云借月章。

　　诗万首，酒千觞。几曾着眼看侯王？玉楼金阙慵归去，且插梅花醉洛阳。

　　这首词是作者在洛阳所写，洛阳在宋朝称为西京，和东京开封相对。所以在词牌《鹧鸪天》后面加了副题"西都作"。

　　朱敦儒上来就是一句："我是清都山水郎"。都说过了，他是一个喜欢悠游山水之间的人，对尘世间的俗事一点兴趣都没有。所以自称"山水郎"。

　　接下来，这位"山水郎"又说道："天教分付与疏狂"。"疏狂"是指豪放、不受拘束的样子。"分付"是赋予的意思。朱敦儒告诉大家，自己这份慵懒、狂放的生活态度是老天赋予的，皇帝老儿也管不着。是不是很狂？不忙，后面还有更狂的。

　　"曾批给雨支风券，累上留云借月章"，那就是把自己当作神仙了。"给雨支风券"就是老天下雨刮风的券，"留云借月章"就是留住云彩，借走月亮的奏章。敢情朱先生比神仙还牛，天上的风雨云月都是他说了算，只要他和老天爷打声招呼，想下雨就下雨，想看月亮就看月亮。

　　下阕朱先生继续满嘴"跑火车"："诗万首，酒千觞。几曾着眼看侯王。""觞"是盛酒的容器，王羲之《兰亭序》中就有"一觞一咏"一句，说是喝一杯酒，吟一句诗，很有情调。"几曾"是词人反问"什么时候"，

"侯王"是指王侯将相。朱敦儒的酒量很大，诗兴更高，声称要喝千觞酒，作万首诗，哪曾把王公贵族放在眼里？当然，朱敦儒写这首词时，已是北宋末期，朝政早已到了不可收拾的地步，他明说不想与权贵为伍，其实是不屑于投身腐败庸俗的官场。

"玉楼金阙慵归去，且插梅花醉洛阳。"最后两句，词人完全表露了只想纵诗饮酒，隐逸山水的人生志向。"阙"代指高楼，玉楼金阙，意为豪华的宫殿住所，也可以理解为尘世间的种种荣华富贵。梅花代表高洁自赏，宋朝男士又有头上插花的传统，朱敦儒就以头簪梅花来表明心迹：我要远离那些华丽的楼阁，只希望头簪梅花，醉倒在西都洛阳。

是真名士，自风流不羁。朱敦儒的这首词在当时流传极广，那副怡然自得、视功名利禄为粪土的狂态何尝不是一种潇洒？

> 知识链接

下面两位词人的狂态你看出来了吗？

定风波·次高左藏使君韵

北宋　黄庭坚

万里黔中一漏天，屋居终日似乘船。及至重阳天也霁，催醉，鬼门关外蜀江前。

莫笑老翁犹气岸，君看，几人黄菊上华颠？戏马台南追两谢，驰射，风流犹拍古人肩。

贺新郎

南宋　辛弃疾

甚矣吾衰矣。怅平生、交游零落，只今余几！白发空垂三千丈，一笑人间万事。问何物、能令公喜？我见青山多妩媚，料青山见我应如是。情与貌，略相似。

一尊搔首东窗里。想渊明、《停云》诗就，此时风味。江左沉酣求名者，岂识浊醪妙理？回首叫、云飞风起。不恨古人吾不见，恨古人不见吾狂耳。知我者，二三子。

词人篇

第十五章
文艺委员晏几道

为了准确把握词人的创作风格，从本章开始，我们将要讲述宋朝的词人，还是按照唐朝诗人班的模式，来封几个班干部。当然，名额非常有限，我们不仅要参考他在宋词创作中的贡献，同时还要兼顾个性特点。选来选去，结果连黄庭坚、秦观、刘克庄等大词人都没评上，对于这些落选者，只能在其他章节尽量多介绍下他们的作品，算是一个补偿。闲话少说，我们先推出第一个词人——文艺委员晏几道。

既然是文艺委员，总要从写婉约词的高手中产生，而我们这位晏几道，确实特别擅长风花雪月、你侬我侬。这一切都要从他的成长经历说起。

晏几道，字叔原，号小山，宋仁宗宝元元年（1038）出生，抚州临川（今江西抚州）人。晏几道的父亲是大名鼎鼎的神童宰相晏殊，他是晏殊第七个儿子（实为第八子，有一个哥哥过继给了族人），出生时，晏殊已经四十七岁。因为父亲是朝中的高官，晏几道从小就过着锦衣玉食的生活，用他自己的话说是"金鞭美少年，去跃青骢马"。晏几道完整继承了父亲的文学基因，从小就表现出过人的天赋。"有财"再加上"有才"，无论从哪个角度看，晏几道都应该算是上天的宠儿。

十八岁那年，父亲晏殊去世了，晏几道暂时由二哥二嫂抚养。不过，晏几道的生活并没因为父亲的去世而陷入困境，因为晏家家大业大，足可以支撑他挥霍一段日子。接下来的十年，应该算是晏几道最快活的时光，主要生活内容就是混朋友圈。宋朝的文人非常会享受，尤其喜欢边喝酒边高谈阔论，每次宴饮时还要找几个歌女陪唱，唱的曲子往往由文人们自己谱写。所以说，你如果没一点才情，都不好意思去参加饭局。晏几道好友家中有几个非常出色的歌女，名字分别是"莲、鸿、苹、云"。这四个歌女最令晏几道钟情，他为每个歌女都写过作品，而且篇篇都是佳作。据说，每次晏几道一填出新歌词，经几位歌女一唱，立刻变成"金榜热曲"。

幸福时光总会到头，随着时间推移，晏殊留下的钱快花光了，晏几道的日子开始越过越紧。虽说他靠着恩荫（宋朝给予高官子女官职的制度）做过一官半职，但只是些不入流的小官，俸禄微薄，加上平时大手大脚惯了，很快就入不敷出。于是，等到了四十来岁的时候，金鞭少年晏几道彻底变成了落魄大叔。

不过，奇怪的是，晏几道似乎是一个特别佛系的人，面对家境的落魄，他没有丝毫抱怨，仿佛身边发生的一切与他毫不相关。受到朋友的冷落，他转眼就忘，过几日，依然对别人深信不疑。生活条件变差了，他照样"箪食瓢饮"，自得其乐。其实，晏几道并不是没有考取功名的能力，所有人都认为，以他的才华，考取一个进士没有问题，但他却连报名参加科考的兴趣都没有。他也不是没有上升的机会，如果想在仕途上进步，家族中有的是人脉关系，但他更不屑于官场上的争名逐利。

到了宋朝哲宗年间，晏几道已入暮年，但他那任性洒脱的性格始终没变。当时，他的婉约词盛名在外，很多人都想求教，甚至连大文豪苏轼都找上门来，但晏几道就是晏几道，人家的回答很有个性："政事堂（宰相办公机构）里有一半人都是我们家的客人，我都没工夫见呢。"不见！到了宋徽宗的时候，权臣蔡京得宠，托人向他要几首作品表扬自己一下，晏几道也只是随便应付了几句。

北宋大观四年（1110），七十二岁的晏几道安然辞世。他留给世人的是经典词集《小山词》。有人评价，他的婉约词成就，已经超越了父亲晏殊和一代文宗欧阳修。终其一生，晏几道都是一个随心所欲的人，他似乎永远不会长大，执着地追慕着名士风度，看似玩世不恭，却又高洁自重，也正如他和几名歌女的交往，媚而不庸，艳而不俗。今天，我们特地选择了一首他为歌女所填的词来进行解读。

临江仙

北宋　晏几道

梦后楼台高锁，酒醒帘幕低垂。去年春恨却来时。落花人独立，微雨燕双飞。

记得小蘋（苹）初见，两重心字罗衣。琵琶弦上说相思。当时明月在，曾照彩云归。

"当时明月在，曾照彩云归。"即便是对诗词接触不深的人，每每听到这几句，也会啧啧称奇。究竟是怎样的才情，方能写出如此梦幻优美的句子。没错，这首《临江仙》也是写给歌女的。歌女的名字，晏几道也在词中说了——小苹，正是"莲、鸿、苹、云"中的小苹。

"梦后楼台高锁，酒醒帘幕低垂。"高锁是指阁楼的门紧锁着。晏几道特别擅长写梦境，而这次他的起笔却是从梦醒时分说起。从字意来看，词人是用了互文的手法,他告诉我们:梦断酒醒,发现楼台朱门紧闭,帘幕低垂,偌大一个地方,只剩下自己孤零零一个人。

"去年春恨却来时。落花人独立,微雨燕双飞。"先看句意:去年送别春天时的惆怅之感仍历历在目,那时,我独自伫立,静看花瓣纷繁落下,燕子在绵绵细雨中双宿双飞。晏几道的词颇像李商隐的诗,极尽曲折婉转,可以触发人的各种理解。这一句里,晏几道似乎在写梦中之情境,又或许是在梦醒后,引起了对往日人事的追忆。需要说明的是,句里的"落花人独立,微雨燕双飞"并非晏几道首创,而是直接引用五代诗人翁宏《春残》中的诗句。整个情景,又和父亲晏殊的"无可奈何花落去,似曾相识燕归来。小园香径独徘徊"极为相似,只是晏几道明写伤春,暗写怀人,意蕴更深一层。

"记得小苹初见,两重心字罗衣。"到了下阕,晏几道才点出了词中的主人公:记得当年和歌女小苹第一次相遇的时候,她身上穿着绣有"双重心字"图案的薄罗衫。宋代的女子,经常会在衣裙上绣心形图案,罗衣是比较高级的丝制衣服。晏几道初遇小苹,想必是在一场宴席之上,小苹的才艺给他留下了很深的印象,使他念念不忘。

"琵琶弦上说相思。当时明月在,曾照彩云归。"句中的"彩云"其实是指美丽而又多才多艺的小苹。晏几道深情回忆他和小苹的一面之缘:记得那时,小苹轻抚琵琶,乐声传递出浓浓的相思之情,那夜月光皎洁如练,静静地映照在小苹的身上,她如彩云一般来到我的身边。

一首好词的神韵,在于它留给人的遐想空间。一般的词,只说五分,留得五分想象。而晏几道的词,却是只说三分,留得七分让你回味琢磨。怀念旧人,无论是崔护的"人面不知何处去,桃花依旧笑春风",还是欧阳修的"不见去年人,泪湿春衫袖",都是现实和过去对比,让人产生物是人非的感慨。而到了晏几道词里,他似乎永远沉浸在回忆之中,久久不能自拔。

晏几道,无愧为一个梦中人。

> 知识链接

晏几道的词中总是出现一个"梦"字,你注意到了吗?

生查子

北宋 晏几道

关山魂梦长,鱼雁音尘少。两鬓可怜青,只为相思老。

归梦碧纱窗,说与人人道。真个别离难,不似相逢好。

鹧鸪天

北宋 晏几道

十里楼台倚翠微,百花深处杜鹃啼。殷勤自与行人语,不似流莺取次飞。

惊梦觉,弄晴时。声声只道不如归。天涯岂是无归意,争奈归期未可期。

第十六章
体育委员辛弃疾

宋词根据风格不同,可分为婉约派和豪放派,词人班里的体育委员,当然要从豪放派词人中选。选来选去,南宋的辛弃疾再合适不过,因为他本来就是一位如假包换的猛将。

辛弃疾,字幼安,号稼轩,宋高宗绍兴十年(1140)出生于山东济南,他出生的时候,家乡早已被金人占据。辛弃疾三岁那年,南宋和金朝议和,从此辛弃疾沦为金朝的子民。辛弃疾的祖父辛赞在金国担任着官职,但并不甘于屈膝金人,一心想着帮助宋朝恢复中原。辛弃疾受家庭影响,从小一边学文史,一边学骑射,立志为国报仇雪耻。按当时的条件看,辛弃疾的理想是很难实现的,因为高宗赵构只想在南边做个太平皇帝,连抵抗金人侵略的勇气都没有,更没心思北伐了。

到了绍兴三十一年(1161),辛弃疾二十二岁,老天给这个热血沸腾的青年送来了一个大好机会——完颜亮大举南侵。完颜亮野心勃勃,他不满足于让宋朝拿点岁币,一心灭掉南宋,做一个一统中华的皇帝。金国的战争机器一开动,大量的人力物力耗费还是要由后方的汉族百姓买单。于是,在金国统治区内,汉族人民的起义接连不断,辛弃疾趁机拉起了一支两千人左右的队伍,此后又率部加入了当地最大的一支农民起义军。这支起义军的领袖叫耿京,耿京对文武双全的辛弃疾非常欣赏,任命他做了掌书记,连义军的大印都交由他保管。没成想,耿京的这个决定差点要了辛弃疾的命。

辛弃疾参加义军后,有一个叫义端的和尚朋友前来投靠他,辛弃疾对人心无芥蒂,就把他留在身边干活。这个义端偏偏是个心怀鬼胎的投机分子,居然趁辛弃疾不注意,拿着义军大印偷偷溜走了。辛弃疾弄丢了大印,惹得耿京大发雷霆,一怒之下要斩了他。辛弃疾又悔又恨,连忙表示,自己一定能在三天内追回印章,否则甘受惩罚。暂时保住脑袋后,辛弃疾立刻开始行动,他判定义端肯定会拿着大印去金人那里讨赏,连夜猜出了逃跑路线,骑马狂奔两天,终于在半路截住了那个坏和尚。没等义端求饶,辛弃疾一刀下去,提前送他去了西天,并夺回大印。因祸得福,辛弃疾的生猛表现让耿京对他更加器重。

正当义军不断壮大的时候,外面的形势又发生了变化。金人内部发生了矛盾,完颜亮在南侵过程中被属下杀死,金世宗完颜雍被拥立为皇帝。完颜雍继位后立刻停止南侵,开始集中精力对付境内的起义军。完颜雍要比完颜亮狡猾得多,一面打击,一面招降,起义军很快陷入了困境。于是,辛弃疾建议耿京率义军投靠南宋朝廷,以便取得外援。耿京同意了辛弃疾的提议,并派他到南方负责联络。南宋朝廷当时还没和金国重新议和,也愿意接纳前来投靠的起义军,便对耿京、辛弃疾等人封官行赏。辛弃疾完成联络任务后,立刻北返。但是,他刚走到海州,就听到了一个惊人的消息——耿京被杀!

耿京被一个叫张安国的叛将所杀。耿京被杀后,义军群龙无首,立刻全部溃散。此时,对于辛弃疾来说,除了调头跑回南宋,已经别无选择,但是，他又不甘心就这样灰溜溜地跑回去。于是，震怒之下，他点起五十名轻骑兵，不分昼夜一路向敌营奔去。摸清张安国所驻的营地后，辛弃疾亲自率领一支小分队杀进敌营，将正在与金人一起喝酒的张安国一把擒住。因为事发突然，金人措手不及，只能眼睁睁地看着辛弃疾像抓小鸡一样将张安国提溜了回去。辛弃疾跑回南方后，把叛徒张安国交给南宋朝廷处置，最终，这个无耻之徒落了个斩首弃市的下场。

辛弃疾的英勇表现在南宋引起巨大轰动，人们对他赞誉有加。刚到南方的辛弃疾也对前途充满憧憬，希望自己能找到施展韬略的平台。为此，他接连向朝廷提出军事建议，希望得到朝廷采纳。然而，满腔热血的辛弃疾并不知道，那次技惊四座的"斩首行动"已经是他人生最壮丽的表演，此后他将再难找到驰骋疆场的机会。

南宋君臣的抗金决心并不坚定，唯一有点志气的宋孝宗也在第一次北伐失败后趋于保守，而且他们对"归正人"（南宋对从外邦返回本朝者的称呼）辛弃疾也未给予全部的信任。于是，接下来的二十年，辛弃疾开始了冗长的游宦生涯，先后担任江阴签判、建康府通判、江西提点刑狱等职务，虽然所到之处多有政绩，但他恢复中原的愿望却日趋渺茫。

宋孝宗淳熙七年（1180），四十一岁的辛弃疾因遭人奏劾而免职，被安排到上饶闲居，这一闲，居然闲了二十年，此间除了出任过一次福建提点刑狱外，长期是"无官一身轻"。只可惜，那个"壮岁旌旗拥万众，锦襜突骑渡江初"的热血少年生生被消磨成了一个"却将万字平戎策，换得东家种树书"的白发老翁。

嘉泰三年（1203），权臣韩侂胄主掌朝政，他希望通过北伐树立威望，一大批主战派人士重新获得晋用，辛弃疾也复出做官，先后担任绍兴（今浙江绍兴）知府、镇江（今江苏镇江）知府、隆兴（今江西南昌）知府等职。可是，朝廷见辛弃疾年事已高，并未对其真正予以重用。韩侂胄带有投机性质的北伐，很快因为准备仓促而失败，辛弃疾的理想再次归于破灭。北伐失败后的第二年，六十八岁的辛弃疾在家中带着遗憾辞世。

说辛弃疾是豪放派词人，其实不够准确。事实上，他的作品内容涉及面很广，各种类型都有佳作。写悲情的，有"郁孤台下清江水，中间多少行人泪"；写柔情的，有"众里寻他千百度，蓦然回首，那人却在，灯火阑珊处"。沉重时，他说"如今识尽愁滋味，欲说还休"；欢乐时，他说"山无重数周遭碧，花不知名分外娇"；豁达时，他又说"醉里且贪欢笑，要愁那得工夫"。此外，他还写过很多清新的田园词，无愧于一个和苏轼齐名的大词人。

今天我们要说的《永遇乐·京口北固亭怀古》是辛弃疾六十六岁那年出任镇江知府时所写。当时，辛弃疾负责戍守江防要地京口（今镇江市辖区），此间，他登上当地的北固山远眺，有感于北伐的前途莫测和自己的壮志难酬，填下此词。

永遇乐·京口北固亭怀古

南宋 辛弃疾

千古江山，英雄无觅，孙仲谋处。舞榭歌台，风流总被，雨打风吹去。斜阳草树，寻常巷陌，人道寄奴曾住。想当年，金戈铁马，气吞万里如虎。

元嘉草草，封狼居胥，赢得仓皇北顾。四十三年，望中犹记，烽火扬州路。可堪回首，佛［bì］狸［lí］祠下，一片神鸦社鼓。凭

谁问：廉颇老矣，尚能饭否？

上阕起首几句"千古江山，英雄无觅，孙仲谋处。舞榭歌台，风流总被，雨打风吹去"。仲谋，是指三国时期吴国国主孙权，孙权是孙坚的次子，孙策的弟弟，他继承父兄基业，在江东建立政权，与曹魏、蜀汉成三足鼎立之势。我们现代人受《三国演义》的影响，对孙权、周瑜等江东一系的人物并没有太深刻的印象，觉得还是刘备、诸葛亮等人厉害，那是因为小说为了突出后者，刻意淡化了孙权等人。从史实上来看，孙权、周瑜才是赤壁之战的真正主角，关于这一点，我们从唐诗宋词等作品中也看得出来。舞榭歌台，其实正常的词序是"歌舞台榭"，台即为高台，榭是指高台上的房子。既然是怀古词，词人的笔触一开始就进入历史的空间：壮美的江山历经千古，在这孙仲谋曾经开启霸业的地方，却再也找不到能与他媲美的英雄，当年的舞榭歌台还在，风流的身姿却早已被雨打风吹去。辛弃疾借古讽今，痛心南宋君臣丧失了前人的英雄气概。

"斜阳草树，寻常巷陌，人道寄奴曾住，想当年，金戈铁马，气吞万里如虎。"接下来，辛弃疾继续化用典故。寄奴，即南朝宋武帝刘裕，寄奴是他的小名。刘裕出身贫寒家庭，靠军功起家，削平内乱，抵御外敌，收复大量北方土地，甚至一度占领洛阳、长安两大都城，随后代晋自立，成为南朝宋的开创者。刘裕曾经在京口居住，孙权也曾一度以京口为都（后迁移到建康），辛弃疾在京口北固亭感怀，很自然地联想到了这两位英雄人物。寻常，是古代的长度单位，八尺为"寻"，倍寻为"常"，这里是普通、平常的意思。金戈铁马，字面意思可理解为精良的战戈和披着铁甲的战马，此处代指精锐的军队。辛弃疾的思维依旧停留在历史长河中：斜阳照着树木和荒草，那看似普通的街巷，曾经是刘裕居住过的地方。想当年，刘裕率领着万千虎狼之师，横扫敌军，气吞万里！

辛弃疾在上阕追念那些南方的英雄，写得气壮山河，而到了下阕，笔锋则转为悲凉。"元嘉草草，封狼居胥，赢得仓皇北顾。"元嘉，是南朝宋文帝刘义隆的年号，刘义隆则是刘裕的儿子。元嘉年间，刘义隆曾多次派人北伐，但不是大败而归，就是无功而返，最终反而使国土缩小、国力空耗。从此，在南北朝的对峙中，南方一直处于被动防御的态势。草草，意为轻率。封狼居胥，是指西汉名将霍去病大败匈奴后，登上狼居胥山（位于现在的内蒙古境内），筑坛祭天昭示功绩的故事，封狼居胥山，成为后来每位汉将梦寐以求的荣誉。当年，刘义隆派大将王玄谟北伐，就以"封狼居胥"作为期许。仓皇北顾，是说刘义隆北伐不成，却反而招来了北魏军队的南侵，忧心之下，他登上高山北望以观察形势。联系起来，整句的句意就是：宋文帝刘义隆在元嘉年间轻率地发动北伐，想建立霍去病封狼居胥山一样的功绩，（听到前方大败而归的消息），文帝仓皇之下，只能忧心忡忡地向北眺望。

"四十三年，望中犹记，烽火扬州路。"前面介绍过，辛弃疾是在绍兴三十二年（1162）来到临安，写这首词时则是开禧元年（1205），所以一共四十三年。望中，是说北望中原；烽火扬州路，是指南方在金人的侵略下，遍地烽烟。辛弃疾回到现实中，觉得四十三年以来，回望中原，仍然不会忘记当时金人肆意劫掠的情景。

"可堪回首，佛狸祠下，一片神鸦社鼓。"辛弃疾的这首词，通篇用典，我们还是要继续跟着来学些历史掌故。佛狸，是北魏太武帝拓跋焘的小名。元嘉二十七年（450），拓跋焘击败北伐的刘宋，兵锋南下，一直打到了长江北岸，还在北岸的瓜埠山上建立了行宫，这个行宫后来成了一座庙宇，即佛狸祠。神鸦，是指在庙里吃祭品的乌鸦；社鼓，是指祭祀时的鼓声。神鸦社鼓，是讽喻佛狸祠里，人们祭祀的香火还很旺盛。辛弃疾是说，那个祭奠北方异族统治者的"佛狸祠"，居然香火不断，如此场景，令人不堪回首。这里，辛弃疾是以北魏拓跋焘喻指北方的金人，他告诫南宋朝廷，如果不锐意收复失地，人心就会麻木，他们照样会祭祀那些"烽火扬州路"的侵略者。

"凭谁问：廉颇老矣，尚能饭否？"廉颇是战国时期赵国的名将，他和蔺相如的故事人尽皆知。赵悼襄王的时候，年迈的廉颇被免职，跑到了魏国，赵王后来又想再次起用廉颇，就派人去查看他的健康状况。廉颇的仇人郭开不希望廉颇得到重用，就贿赂了使者。使者与廉颇相见后，廉颇故意在使者面前一餐吃掉一斗米、十斤肉，还骑马披上战甲，以此表示自己还可以被任用。但使者回去却向赵王报告："廉颇已经老了，饭量虽然还好，可一会儿时间就上了三趟厕所。"赵王听后认为廉颇确实已经不堪重用，就没再起用他。在前面的内容中，辛弃疾感慨了英雄的消逝和过去几十年的屈辱，也感慨了南宋朝廷苟且下的人心沦丧。最后他拿老将廉颇自比，既是嘲讽昏聩的当权者，也是无奈地自嘲：有谁会来问，廉颇将军已经老了，他还能吃得下饭吗？

知识链接

辛弃疾的两首完全不同风格的词,请收好。

鹧鸪天·东阳道中

南宋　辛弃疾

扑面征尘去路遥,香篝[gōu]渐觉水沉销。山无重数周遭碧,花不知名分外娇。

人历历,马萧萧,旌旗又过小红桥。愁边剩有相思句,摇断吟鞭碧玉梢。

南乡子·登京口北固亭有怀

南宋　辛弃疾

何处望神州?满眼风光北固楼。千古兴亡多少事?悠悠,不尽长江滚滚流。

年少万兜鍪,坐断东南战未休。天下英雄谁敌手?曹刘,生子当如孙仲谋。

第十七章
宣传委员陆游

南宋乾道八年（1172），四川南郑（今陕西汉中）的一处山路上，一队外出公干的人因为天下大雪，在路边喝酒歇息。忽然一阵狂风呼啸而起，林中突然窜出了一只老虎。一行人见到这突如其来的一幕，顿时都吓得不敢动弹。万分危急之时，一个中年壮汉手持长矛，挺身而出，面对扑来的猛虎，一枪刺去，正中老虎的咽喉。老虎挣扎一番后，倒在血泊之中。

咱们上面所说的打虎英雄，可不是小说里的"武松"，而是我们本章要讲的词人陆游。通常一说文人，人们总是会先入为主地想到一个文质彬彬的白面书生，和打虎壮汉的形象实在相去太远。而我们的陆游，从小苦读诗书之外，也没忘了勤练武功，属于货真价实的文武全才，如果不是因为前面已经有了更猛的辛弃疾，体育委员非他莫属。不过陆游即便不当体育委员，我们还可以让他做个宣传委员，因为他是一个非常高产的作家，一生为我们留下了9300多首诗，130多首词，有描写田园生活的，表达亲情爱情的，抒发雄心壮志的，包罗万象，尤其是以抒发报国情怀的诗词最为著名。因此，陆游还有一个爱国诗人的名号。

陆游，字务观，号放翁，越州山阴（今浙江绍兴）人，陆家是江南的望族，祖上几代都曾在朝中担任重要官职。宋徽宗宣和七年（1125），陆游的父亲陆宰奉诏入朝，他和夫人唐氏沿淮河走水路进京，半路因为天降大雨，船只在岸边耽搁了几天，而陆游恰好就出生在那条船上。陆游出生的时候，已是北宋的生死存亡时刻，金朝开始全面南侵，软弱的宋徽宗不但不思抵抗，反而匆忙禅位，把烂摊子交给了儿子宋钦宗赵桓。再后来就是著名的"靖康之耻"，徽宗、钦宗都成了金人的俘虏。北宋灭亡，陆游则跟随父母回到了老家山阴。

建炎元年（1127）宋高宗赵构称帝，南宋建立。当时金军的入侵胃口很大，已经把兵锋指向了南方，好不容易逃回老家的陆宰只能投靠一支义军。就这样，陆游跟随家人在义军的山寨里住了三年，直到南宋朝廷稳定下来后，才重新回到家乡闲居。陆游的父亲陆宰和叔父陆寀［bǎo］都是坚定的抗战派，曾在抗金斗争中做出过重大贡献，平时一起来往的也是一些抗金人士。陆游从小就接受着家人的主战思想熏陶，在读书习文的同时，还学习骑马射箭，立志有一天将自己的本领用到恢复中原上。从绍兴十年（1140）到绍兴十四年（1144），陆游曾两次参加科举考试，但都未考上。陆游不是才学不够，主要还是因为文章中有太多"主战"调调。当时主掌朝政的是秦桧等人，此类试卷当然不符合他们的录取标准。

十年之后，陆游第三次参加科考。很不幸，这次科考中，秦桧的孙子秦埙也参加了。秦桧为让自己的孙子高中，提前做了安排，还打算给老秦家内定个状元头衔。不料这回的主考官陈之茂是一个有良心、有胆识的人，他硬是把秦桧当空气，初定陆游为状元。不过，考试的结果最终还是要由皇上亲自拍板。秦桧又亮出了自己的绝活，把陆游"喜论恢复"的特点传到了高宗耳朵里，不用说，陆游的进士又"飞"了。在这里，我们要特别提一下，秦桧的孙子秦埙最终还是没能当成状元，高宗将状元名头定给了另一个词人张孝祥。

绍兴二十五年（1155），秦桧在群众的热烈期盼下病死了，陆游的生活开始有所转机，在师友的推荐下，他谋得了一个县主簿的小官职。又过了几年，高宗赵构禅位，宋孝宗赵眘继位，主战的呼声开始高涨，陆游回京任职。不过，宋孝宗的北伐热情很快因为战争失利而冷却下来，隆兴二年（1164），宋金两朝再次达成和议，主战派又陷入低潮。当时，陆游的诗名已经越来越盛，但他极力主张北伐的高谈阔论却被很多人视为书生迂腐。乾道二年（1166），陆游因受人参劾而落职，直到四年后才被重新起用，名诗《游山西村》正是在那段赋闲岁月中所写。

此后的很长一段时间，陆游就像一个孤独的战士，执着地宣传着他的北伐思想：乾道七年（1171），王炎宣抚川陕地区，陆游成为幕府人员，他为王炎筹划了从四川出兵，先下长安，再取陇右的北伐战略；淳熙元年（1174）郑闻出任四川宣抚使，陆游又上书建议北伐；第二年，好友范成大任四川制置使，陆游又建议他上书皇帝，再次北伐中原。然而，此时南宋朝廷的大多数官僚都已经陷入"直把杭州作汴州"的状态，那些念念不忘恢复中原的人反而成了异类，陆游种种努力最终都未成行。到了宋孝宗执政后期，北伐之议已经无人提起，陆游的理想日渐渺茫。

令人意外的是，到了开禧二年（1206），八十二岁的陆游却收到了朝廷将要挥师北伐的消息，虽然此时陆游已经无法效力疆场，但他还是对这次行动寄托了巨大希望。可惜的是，陆游并不知道，南宋朝廷的这次北伐只是一次疯狂冒险，主政者韩侂胄一心只想捞取个人政治资本和转移矛盾视线。朝廷既没有充分的准备，也没有坚定的意志，战争很快陷入不利局面，第二年韩侂胄为政敌所诛杀，宋金之间又达成了"嘉定和议"，北伐草草收场。和议签订后的第二年,陆游忧愤成疾,在写下"王师北定中原日,家祭无忘告乃翁"的悲壮诗句后,与世长辞。

陆游一生写了大量爱国诗词,特别是进入暮年后,感慨壮志难酬的作品更多。今天我们要讲解的这首《谢池春》是陆游退居山阴后,回忆往日生活的感想。

谢池春

南宋　陆游

壮岁从戎,曾是气吞残虏。阵云高、狼烽夜举。朱颜青鬓,拥雕戈西戍。笑儒冠、自来多误。

功名梦断,却泛扁舟吴楚。漫悲歌、伤怀吊古。烟波无际,望秦关何处。叹流年、又成虚度。

上阕是陆游对过去军旅生涯的回顾,所以起句是"壮岁从戎,曾是气吞残虏"。"从戎"意为"从军",残虏是指敌方金国人。陆游在川陕宣抚使王炎手下任职时,曾管理军营事务,并筹划北伐,当时的驻地就在南郑,也就是陆游打虎的地方。陆游当年四十余岁,所以说自己"壮年从军,曾有一口气吞下敌人的豪情壮志"。

第三至五句"阵云高、狼烟夜举。朱颜青鬓,拥雕戈西戍"。"阵云"是天空中密布的云层,正如重重叠叠的军阵;"狼烟"是边疆用以报警的烽火;"朱颜青鬓"是红色的脸庞和乌黑的头发,这些都是一个人年轻的标志,和我们经常用的"霜鬓""白鬓"相对;"雕戈"则是雕刻着精美花纹的战戈,这里也泛指兵器。在陆游的记忆里,那段岁月艰苦但充满热情：白天空中云层密布，夜里狼烟四起，自己正值红颜黑发的壮年，手持兵器到西部戍边。

上阕最后一句"笑儒冠、自来多误"。这一句化用了杜甫的诗句"纨绔不饿死，儒冠多误身"。当年"气吞残虏"的陆游还曾嘲笑那些带着书卷气的儒生，觉得他们从来都只会空谈，最终却一事无成。陆游畅谈自己当年的认知，其实是在为下阕的自嘲做好铺垫。

下阕陆游回到了现实之中，"功名梦断，却泛扁舟吴楚"。陆游希望求取的功名不是一个进士出身和某个官位，而是霍去病"封狼居胥"般的功名。显然，这个梦想已经落空。吴楚本意为吴国和楚国的地方，这里泛指南方地区。陆游觉得，建功立业的理想已经不可能实现，而今只能退居江南，泛舟江上，聊以打发时光。

"漫悲歌、伤怀吊古。烟波无际，望秦关何处？""漫"是徒然的意思，秦关和吴楚相对，泛指北方的失地。陆游在船上徒自悲歌，抚今追昔，不胜伤感。望着渺渺烟波，甚至已经忘了中原失地在哪个方向。

最后一句"叹流年、又成虚度"，写满陆游的无奈：岁月飞逝，我已垂垂老矣，一生壮志难酬，只能在此虚度时光。其实，陆游真的无需过分自责，他已经做了很多努力，也为我们留下了无数瑰宝。

> 知识链接

陆游总是念念不忘恢复,留下许多"有心报国,无力回天"的感叹。

诉衷情

南宋 陆游

当年万里觅封侯,匹马戍梁州。关河梦断何处?尘暗旧貂裘。

胡未灭,鬓先秋,泪空流。此生谁料,心在天山,身老沧洲。

诉衷情

南宋 陆游

青衫初入九重城,结友尽豪英。蜡封夜半传檄,驰骑谕幽并。

时易失,志难成,鬓丝生。平章风月,弹压江山,别是功名。

第十八章
组织委员欧阳修

安放在欧阳修头上的名号很多：大文豪、一代文宗、文坛领袖。总而言之，他是北宋文坛当之无愧的"大哥大"。然而，欧阳修最令人称道的，还不是他的诗词文章，而是他发掘人才的能力。我们都知道，唐宋八大家中，宋朝占了六位，其余五位分别是苏洵、苏轼、苏辙、王安石和曾巩，而这五人都出自他的门下。所以说，宋朝词人班中的组织委员，欧阳修为不二人选。

欧阳修，字永叔，号醉翁，景德四年（1007）生人，祖籍吉州永丰（今江西吉安永丰）。欧阳修家祖上是一个望族，唐代大书法家欧阳询就是欧阳修的二十世祖。到了欧阳修的父亲欧阳观这辈，境况就大不如前了。欧阳修出生的时候，欧阳观已经五十五岁，但他还只是个从八品的小官。在欧阳修四岁的时候，欧阳观因病去世，他跟随母亲郑氏投奔叔父讨生活。由于家里实在太穷，欧阳修不但无法上私塾，甚至连买笔墨的钱都没有，好在母亲郑氏曾受过教育，就用荻草（一种硬杆植物）作笔，沙盘当纸，一笔一划地教欧阳修识字。后来，欧阳修文名远播，"欧母画荻"也和"孟母三迁"一样，成为我国古代贤母教子的经典故事。

欧阳修天生就是读书种子，年纪轻轻就练就一手好文笔，见过欧阳修的人都认为他将来必成大器。那个时候，不管你是由谁认证过的天才，都要经过科举的考验。奇怪的是，天才欧阳修的科考之路并不顺利，考了三次才过关。不过，欧阳修的前两次失败都比较冤枉。第一次是因为个别句子的韵脚超出了官韵范围，第二次则是因为文章不符合辞藻华丽的主流文风。从现在的眼光看，欧阳修的文学理念更加先进，是一种进步，但是当时的考官并不买账。到了第三次，欧阳修学乖了，老老实实练习应试作文，结果中了甲科第十四名。进士及第后，欧阳修领到的第一份工作是西京（洛阳）留守推官。当时掌管西京的主官叫钱惟演，也是个很有文人气息的人，对下属比较放纵。在洛阳，欧阳修经常和一帮朋友吟诗、喝酒、出游，度过了人生中最快意的一段时光。

景祐元年（1034），欧阳修被召回京师担任馆阁校勘。能在京城当官，本是仕途上的一个好兆头，可仅仅过了两年，欧阳修就因为支持范仲淹弹劾宰相吕夷简而被远贬为夷陵（今湖北宜昌市夷陵区）县令。庆历三年（1043），宋仁宗赵祯重用范仲淹推行变革，也就是历史上的"庆历新政"。作为范仲淹的支持者，欧阳修被拔擢为知谏院。但是，庆历新政只坚持了一年就夭折了，欧阳修等人还被扣上结党营私的帽子，石破天惊的《朋党论》正是欧阳修为新政者所做的辩解。庆历五年（1045），范仲淹等人相继被贬，欧阳修也被外放到了滁州，在那里他写出了传世名篇《醉翁亭记》。

至和元年（1054），欧阳修再次被召回京城，先后担任翰林学士、史馆修撰等职，并开始主持编写《新唐书》《新五代史》。嘉祐二年（1057）二月，五十一岁的欧阳修担任礼部贡举的主考官，以翰林学士身份主持进士考试。这一年的科考中，欧阳修大力推崇平实质朴的文风，一大批务实有为的俊才得以脱颖而出，北宋文风从此为之一振。据统计，这一榜的进士中，光《宋史》有传的就多达24人，其中9人后来成为宰相级别的重臣。文学家苏轼、苏辙、曾巩，哲学家程颢、张载都在其中。宋朝嘉祐二年进士榜，因为欧阳修独具慧眼而载入史册，被人称为千年进士第一榜。对于确有才华的人，欧阳修从来都是不问出身、年龄、官职，不拘一格地予以提携，就在这次科考前，苏洵、王安石等人也得到了他的大力推荐。因此，欧阳修也成了文坛当之无愧的领袖。

晚年的欧阳修先后担任权知开封府、枢密副使、参知政事等职务，官职也到了宰执级别。宋神宗熙宁五年（1072），一代文宗欧阳修于家中逝世，年六十六岁，获赐谥号"文忠"，他留下的文集得名《欧阳文忠公集》。

欧阳修诗、文、词俱佳，平时也喜欢结交各类文友，正如他海纳百川的用人风格。下面这首《浪淘沙》是欧阳修在洛阳期间为纪念与友人梅尧臣的交往而写。虽然彼时欧阳修尚没有名声大噪，但其所推崇的清新文风已可见端倪。

浪淘沙

北宋　欧阳修

把酒祝东风，且共从容。垂杨紫陌洛城东。总是当时携手处，游遍芳丛。

聚散苦匆匆，此恨无穷。今年花胜去年红。可惜明年花更好，知与谁同？

"把酒祝东风，且共从容。""把酒"意为"举杯"的意思，和苏轼的

"把酒问青天"是同样的用法。"祝"原为祝愿祈祷的意思，这里可以理解为相互举杯致意。"从容"原为镇定、不慌张的意思，这里则是悠闲自在的样子。故地遇故人，欧阳修和朋友一起沐浴东风，举杯共祝，一派怡然自得的样子。

"垂杨紫陌洛城东。总是当时携手处，游遍芳丛。"洛城即西京洛阳，"紫陌"直译是"紫色的道路"，这里代指洛阳城里的道路。和老友相见，欧阳修回忆起了昔日在洛阳时的悠闲岁月：想当年，洛阳城东的小道上杨柳垂烟，几位好友携手共游，赏遍洛阳城内争奇斗艳的花丛。那时的欧阳修，还是个普通的小官吏，尚没有深涉朝政，当年无忧无虑，何等逍遥。

"聚散苦匆匆，此恨无穷。"匆匆，意为仓促短暂。相聚时把酒言欢的时光毕竟短暂，当年的聚散离合犹在眼前。如今的相聚，又会马上迎来分别。欧阳修既是在感慨相聚的短暂，也是因为感受到岁月流逝而有所伤感。正因如此，他才会说"此恨无穷"。

"今年花胜去年红。可惜明年花更好，知与谁同？"下阕最后几句是全词的经典。此处的今年、明年，分别代指现在和将来。现在的花儿娇艳无比，想必明年的花儿会开得更艳，只是不知道，到时候又能和谁共同赏花呢？

去年、今年、明年，人生几何，岁月几何。欧阳修用最简单的语言写活了时间这个永恒的话题。

> 知识链接

下面两首欧阳修的词,可曾知否?

渔家傲

北宋　欧阳修

花底忽闻敲两桨,逡巡女伴来寻访。酒盏旋将荷叶当。莲舟荡,时时盏里生红浪。

花气酒香清厮酿,花腮酒面红相向。醉倚绿阴眠一饷。惊起望,船头搁在沙滩上。

阮郎归

北宋　欧阳修

南园春半踏青时,风和闻马嘶。青梅如豆柳如眉,日长蝴蝶飞。

花露重,草烟低,人家帘幕垂。秋千慵困解罗衣,画堂双燕归。

第十九章
纪律委员范仲淹

客观地说,如果单以词学成就而论,范仲淹在一众词人中,算不得名列前茅。况且,在历史上,范仲淹首先是一个杰出的政治家,其次是一个伟大的思想家,最后才能加上一个文学家头衔。我们把他选成班干部,实在是因为他太适合纪律委员这个岗位了。

范仲淹,字希文,北宋端拱二年(989)出生。早年的范仲淹曾经历过一段异常艰苦的求学生活。范仲淹的父亲叫范墉,是一个最基层的官员,他有五个儿子,范仲淹是最小的一个。就在范仲淹出生的第二年,父亲范墉去世了,家里的生活条件变得非常艰难。淳化四年(993),五岁的范仲淹跟随母亲谢氏改嫁到了一户朱姓人家,并改名为朱说。在朱家,范仲淹过着寄人篱下的生活,但他从小懂事好学,十六岁的时候,开始到附近的一处寺庙中勤学苦读。在那里,他每天晚上都会煮上两升米粥,等第二天凉透凝固后再用小刀分成四块,供一日两餐食用,下饭的菜是腌菜末再加上一点盐和醋,这就是著名的"划粥断齑"。

二十多岁的时候,范仲淹前往应天府书院求学,就在去书院前,他从母亲口中得知了自己的身世,于是更加发奋图强,并向母亲立下志愿:"十年之后,进士及第,再来迎接母亲!"命运没有辜负范仲淹的付出,大中祥符八年（1015），二十七岁的范仲淹进士及第，并被任命为广德军（今安徽广德）司理参军，从此走上仕途。三年后，他奏请朝廷同意，恢复了自己的"范"姓，并给自己取名范仲淹（因推崇南朝文士江淹而取此名）。

天圣六年（1028）十二月，范仲淹在晏殊的推荐下来到京城当官。范仲淹一直以天下为己任，说话办事正直刚毅，无所顾忌，来到京城后，立刻因"三贬三起"而名声大噪。范仲淹的第一次被贬是因为建议太后还政皇帝。当时，刘太后垂帘听政，迟迟不肯将权力还给宋仁宗赵祯，别人不敢说，但范仲淹却没有顾忌，所以被贬官外放了。不过大家都很佩服范仲淹的勇气，为他送行时纷纷表示：此行极光（这次外放，十分光荣）！等到了明道二年（1033），刘太后去世，皇上亲政，范仲淹被叫回了京城，别人都以为他要时来运转，结果他又和皇帝杠上了，直言反对皇帝废立皇后，结果再次被安排"远途旅行"。来送行的人也是看热闹不嫌事多，纷纷表示：此行愈光（这次外放，更加光荣）！又过了几年，范仲淹晃晃悠悠又回到了京城，结果这回和掌权宰相吕夷简怼上了，迎来了第三次外放。令人哭笑不得的是，临行前，朋友们又来了，还没忘记点赞评论：此行尤光（这次外放，尤其光荣）！

此后，范仲淹一直辗转各地做官，直到康定元年（1040）三月，五十二岁的范仲淹接到诏令，调任西北主持军事防务。原来，早在两年前，党项族首领元昊在西北称帝，宋朝兴兵讨伐，却连吃败仗，西北边防一时吃紧。范仲淹到西北后，先后担任陕西经略安抚副使等职，他一改宋军急躁冒进的毛病，采用稳固防守、消耗敌军的策略，让西夏军无处下手，被党项人称为"腹中自有数万兵甲的小范老子"。宋朝和西夏达成和议后,范仲淹被宋仁宗任命为副相,负责实施政治革新。范仲淹出身寒微,长期在底层工作,又具有边防事务经验,对宋朝的积弊最为了解,提出了系统的改革方略。庆历三年(1043),范仲淹递上了著名的奏疏《答手诏条陈十事》,成为北宋庆历年间的改革纲领,历史上的"庆历新政"全面推开。

可惜的是,范仲淹主持的改革仅仅经历了一年便宣告夭折,范仲淹再次离开权力中枢,成为一个闲散的地方官。庆历六年(1046),五十八岁的范仲淹应好友滕宗谅的邀请,写下了闻名天下的《岳阳楼记》,道出了"先天下之忧而忧,后天下之乐而乐"的心声。这个宣言此后成为无数士大夫心中的信条。皇祐四年(1052),范仲淹在徐州去世,朝廷赠给他的谥号是"文正",这也是朝廷赠予文臣的最尊贵谥号。因此,他留传后世的文集称为《范文正公集》。

范仲淹一生立德、立功、立言,堪称古代文臣的楷模。他的文学作品也如他的人生经历一般,低沉而又不失坚定,总是充满悲天悯人的家国情怀。因为他是词人中罕有的具备从军经历者,所以为我们留下了难得的边塞词。相比唐朝边塞诗的繁盛,要找首宋朝的边塞词殊为不易,接下来,就让我们跟随范仲淹,到宋朝西北边地看看吧。

渔家傲·秋思

北宋 范仲淹

塞下秋来风景异,衡阳雁去无留意。四面边声连角起。千嶂里,长烟落日孤城闭。

浊酒一杯家万里,燕然未勒归无计。羌管悠悠霜满地。人不寐,将军白发征夫泪。

上阕起首两句"塞下秋来风景异,衡阳雁去无留意"。可见,范仲淹描写的是秋日边塞风光:秋天已到,边塞的风光和中原内地大不相同,大雁不再停留塞上,纷纷向衡阳飞去。词中说"衡阳雁去",其实只是代指大雁飞向温暖的南方,只因古代有北雁南飞,到湖南衡阳回雁峰为止的说法,词人才以"衡阳雁"做比。

上阕后三句"四面边声连角起。千嶂里,长烟落日孤城闭"。边声,是指边塞特有的声音,比如士兵吹号角、战马嘶鸣等;千嶂,则是指绵延的群山。而这里的"长烟落日",颇似王维笔下的"大漠孤烟直,长河落日圆",是硝烟、孤城和落日的意境组合。我们可以想象:日暮时刻,词人独自巡视边塞,只见一座孤城嵌守在连绵的崇山峻岭之中,一缕青烟升到空中,四面八方不时响起低沉的号角声、战马的嘶鸣声、忧伤的羌笛声,听来使人倍感荒寂孤独。

下阕起句"浊酒一杯家万里,燕然未勒归无计"。"燕然未勒"是借用"勒(雕刻)石燕然"的典故,燕然即燕然山,位于现在的蒙古国境内,东汉时期,车骑将军窦宪北伐击败匈奴,登燕然山,刻石记功而还,此所谓"勒石燕然"。范仲淹说自己"燕然未勒",是指还未彻底击败西夏。词人饮下一杯浊酒,不禁想起了远在千里之外的亲人,可是,自己还不能像窦宪那样勒石记功而还。范仲淹渴望早日击败西夏,得胜回朝,但现实告诉他,自己目前只能稳扎稳打,尚不能奢求速胜,战事依然遥遥无期。

最后三句"羌管悠悠霜满地。人不寐,将军白发征夫泪"是写边塞夜景:夜里,军营中寂静下来,有人吹起了羌笛,悠扬的笛声洒满边地,勾起了人们的思乡之情，驻守边地的将士始终无法入睡，无论是将军，还是征夫，都已霜华满鬓，泪脸满面。其中的"将军白发征夫泪"通常被理解为一种互文笔法，是说军中上至统帅，下到兵士，都为旷日持久的战争所拖累。范仲淹出守西北时已经五十余岁，故而，那个白发苍苍的将军或许正是词人自己的孤寂影像。

知识链接

范仲淹的两首怀旧词,你能不能读出"先天下之忧而忧,后天下之乐而乐"的情怀?

苏幕遮·怀旧

北宋 范仲淹

碧云天,黄叶地,秋色连波,波上寒烟翠。山映斜阳天接水,芳草无情,更在斜阳外。

黯乡魂,追旅思,夜夜除非,好梦留人睡。明月楼高休独倚,酒入愁肠,化作相思泪。

御街行·秋日怀旧

北宋 范仲淹

纷纷坠叶飘香砌。夜寂静,寒声碎。真珠帘卷玉楼空,天淡银河垂地。年年今夜,月华如练,长是人千里。

愁肠已断无由醉,酒未到,先成泪。残灯明灭枕头欹[qī],谙尽孤眠滋味。都来此事,眉间心上,无计相回避。

第二十章
生活委员李清照

词人班里一大堆男人,好不容易有李清照这个女词人,当然要选她为生活委员。事实上,李清照还真的很会享受生活。

作为头顶"千古第一才女"名号的女词人,作诗填词自然不在话下。此外,李清照对书籍、古董也很有研究,是个著名的收藏家。除了这些风雅的爱好外,李清照还很爱喝酒。女人爱喝酒?没错,这都不用谁来论证,因为她自己的词里都写得明明白白,比如"昨夜雨疏风骤,浓睡不消残酒""常记溪亭日暮,沉醉不知归路""醉里插花花莫笑,可怜春似人将老"等等。有人统计过,李清照提到醉酒的词有近三十首,说明她确实是一个没事喜欢抿两口的女酒仙。

除了好酒,她还有一项爱好更让人惊掉下巴——赌博!是的,我没有抹黑这位女词人,因为这也是她自己说的。李清照曾经写过一篇《打马图经序》,打马是宋朝流行的一种棋类游戏,李清照不但喜欢玩,还将经验进行了文字总结。其中有一句:"予性喜博,凡所谓博者皆耽之,昼夜每忘寝食。且平生多寡未尝不进者何?精而已!"翻译过来就是说:我特别爱赌博,各种赌博我都挺喜欢的,经常玩得忘了吃饭睡觉。平时为什么总是能赢呢?因为我的赌技高超呀!听了以后,是不是觉得才女的人设瞬间崩塌了？其实大可不必，因为宋朝本来就是一个比较会玩的时代，城市里到处瓦肆勾栏（娱乐场所）、木偶、歌舞、说书、杂技等娱乐项目应有尽有，赌球（蹴鞠）、赌棋、斗鸡、斗蛐蛐等赌博玩法自然也不少。

听了这些，你可能会觉得，李清照这一生应该过得特别滋润。应该说，你猜对了一半，李清照的前半生确实过得不错，后面的生活就未必如意了，否则，她也写不出那么多哀凄婉转的诗词。

宋神宗元丰七年（1084），李清照出生于齐州济南（今山东济南）的一个书香门第。李清照的父亲李格非是进士出身，曾拜于苏轼门下，一直做到提点刑狱。李清照的母亲是仁宗朝状元王拱辰的孙女，也具有很高的文化素养。没错，那是一个家境优越的士大夫家庭。李清照的父亲酷爱藏书，家里拥有大量书册典籍，这给童年的李清照带来了最好的熏陶。有着良好的家教支撑，李清照从小就表现出过人的文学天赋，那首闻名遐迩的《如梦令》就是她少年时期的作品。

到了十八岁那年，李清照结婚了，丈夫叫做赵明诚，同样出身于官宦人家。李清照和赵明诚虽说属于"父母之命、媒妁之言"，但两人的感情却出奇地好，因为赵明诚也是个喜欢吟风弄月的文人，尤其喜欢搜集各种金石古玩，很对李清照的胃口。小两口刚结婚那个时候，一有空就去文玩市场淘宝，本来两人的经济条件应该不错，却经常因为淘宝淘到要典当衣服的程度。不管怎样，那段生活还是非常轻松惬意的，李清照在那段时期也写了许多轻快美丽的诗词。只是好景不长，到了宋徽宗崇宁年间，李清照和赵明诚的父亲都陷入了新旧党争，最终夫妇二人受到连累，一起回到山东青州，开始了长达十年的闲居生活。那段时间，虽然生活清贫，却也过得潇洒，李清照"易安居士"的名号就是那时取的。

到了靖康元年（1126），四十三岁的李清照遭受了人生中的最大变故。靖康之耻后，李清照一家也和大多数北方人一样，纷纷南逃。丈夫赵明诚在考古、文玩上是把好手，率兵打仗却完全不在行，他本担任江宁知府，面对敌人却弃城逃跑，最后自己也在奔逃途中去世。李清照护送着自己和丈夫毕生搜集的文物南迁，但是，在颠沛流离的逃亡生活中，这些宝贵的文物丧失殆尽。

绍兴二年（1132），李清照终于在临安安顿下来，面对人、物尽失的局面，她陷入了极大的痛苦。那段时间，李清照又嫁给了一个叫张汝舟的男人，这个男人一开始对李清照关怀备至，但不久就暴露出真实嘴脸。原来，李清照拥有大量珍贵藏品的名声远播在外，张汝舟是因为觊觎她的藏品才故献殷勤，一见李清照身边已经没多少财物，立刻就变了嘴脸，不但经常和她争吵，甚至还会拳脚相加。一向清高的李清照当然不肯受此屈辱，就想着结束这段婚姻。但是，宋朝纵然风气开放，一个女子想主动离婚也是不容易的，幸亏她发现了张汝舟营私舞弊的污迹，主动揭发了他，这才了结了这段失败的婚姻。

因为生前无子嗣，此后的二十多年，李清照只能一个人孤苦生活，她把自己余下的生命热情悉数投入到了诗词创作之中。绍兴二十五年（1155），一代才女李清照悄然辞世，年七十二。

靖康之变是宋朝的剧变，也是李清照的人生转折。从此之后，她的作品再也见不到"倚门回首，却把青梅嗅"的清新可人，有的只是"物是人非事事休，欲语泪先流"般的无限惆怅，而下面这首《声声慢》正是后期作品的代表，也是她一生的绝唱。

声声慢

宋　李清照

寻寻觅觅，冷冷清清，凄凄惨惨戚戚。乍暖还寒时候，最难将息。三杯两盏淡酒，怎敌他、晚来风急？雁过也，正伤心，却是旧时相识。

满地黄花堆积，憔悴损，如今有谁堪摘？守着窗儿，独自怎生得黑！梧桐更兼细雨，到黄昏、点点滴滴。这次第，怎一个愁字了得！

"寻寻觅觅，冷冷清清，凄凄惨惨戚戚。"很多人了解李清照的词都是从这首《声声慢》开始。这个句子里，李清照一连用了七组叠词袒露着自己的心境：苦苦寻觅，只见到一处处冷冷清清的场景，让人徒生凄凉惨淡之情。女子的忧伤总是不可捉摸，李清照把心中的哀伤写得朦胧低迷，极像一个女人刚要向人诉说自己心中的悲伤，却又未语泪先流。七组叠词，读起来也如一个女人断断续续的抽泣，情境、音律和画面都在这十四个字里巧妙地呈现出来。

"乍暖还寒时候，最难将息。三杯两盏淡酒，怎敌他、晚来风急？"乍暖还寒，是说天气看似将要变暖，却仍然带着一丝寒气。将息，是休息调养的意思。李清照的诉说还在继续：在这种忽冷忽热的天气里，人们最难安心歇息，刚喝下了几杯淡酒，想要借着酒劲让自己沉沉地睡上一觉，可是傍晚时候，外面风儿刮得更紧，酒意、睡意挡不住这晚来的急风，又无法安心入睡了。当然，谁都知道，国事家事的剧变，个人的孤独寂寞才是女词人心头的"晚来风急"。这种哀愁，自然不是"借酒浇愁"能够化解的。

"雁过也,正伤心,却是旧时相识。"词人正在伤心的时候,抬头看见一只大雁飞过,而那只天上的孤雁,又分明曾经相识。鸿雁作为一种诗词意象,可代表思念之情,也可象征传递书信之意。李清照当然不可能真的认识天上的大雁,只不过是年年见到雁来雁往,勾起了心中对故乡、亡夫的思念。她的孤独,正如飞雁一般,划过天际。

"满地黄花堆积。憔悴损,如今有谁堪摘?"从下阕开始,李清照开始写眼前的近景。此处的"黄花"和"人比黄花瘦"中的黄花一样,是指菊花。庭院中,堆积着被风儿吹落的菊花,菊花似乎也已经憔悴不堪,现在,主人只能任凭这些花儿被"雨打风吹去",还有谁会有闲情逸致去摘花呢?词人眼里的菊花,当然不再是"有暗香盈袖"的菊花,李清照已经无心采摘,更不会有赏菊、喝菊花酒的兴致。

"守着窗儿,独自怎生得黑!梧桐更兼细雨,到黄昏、点点滴滴。""怎生",意为怎么、怎样,"生"只是个语气助词。这首词通篇都是口语化的自述,却又不显庸俗,也是李清照填词技法纯熟的表现,句意理解起来也很方便:独自守在窗前,怎受得住这阴暗的天色,好不容易等到了黄昏,雨点淅淅沥沥地打在梧桐叶上,又是一幅凄凉的景象。

"这次第,怎一个愁字了得?""这次第",意为这种情形,又是一个口语化的用词。是啊,如此情景,怎能不让人产生愁绪?词人在最后直白地叹息道:这番光景,怎能用一个愁字来描述呢?

> 知识链接

下面两首词,一首为李清照的早期作品,一首为她的晚期作品,通过对比,大家可以发现词人两种截然不同的心境。

减字木兰花

宋　李清照

卖花担上,买得一枝春欲放。泪染轻匀,犹带彤霞晓露痕。怕郎猜道,奴面不如花面好。云鬓斜簪,徒要教郎比并看。

武陵春

宋　李清照

风住尘香花已尽,日晚倦梳头。物是人非事事休,欲语泪先流。

闻说双溪春尚好,也拟泛轻舟。只恐双溪舴艋舟,载不动,许多愁。

第二十一章
学习委员王安石

宋朝是人才井喷的时代,能在我们的宋朝词人班里当学习委员,非得门门功课优秀不可。评来评去,我们认为,这项荣誉非王安石莫属。一听王安石,很多人首先想到的就是"变法"。没错,王安石是北宋神宗年间的政治家、改革家,推行了著名的"熙宁变法"。事实上,他除了是了不起的政治人物外,还是一个著名的思想家、文学家。在哲学领域,他主编了《三经新义》,开创了"荆公新学"。在文学领域,论散文,他是唐宋八大家之一;论诗词,他也创作过《泊船瓜洲》《桂枝香·登临送目》等大量经典作品。所以说,王安石任学习委员可算实至名归。

王安石,字介甫,号半山,北宋天禧五年(1021)出生于抚州临川(今江西抚州)。王安石的父亲王益二十二岁就中了进士,然后在各地辗转做官,王安石出生的时候,王益正担任临江军判官。在古代官宦家庭,让孩子读书做官是种天然的传统,所以父母教育起孩子来总是异常严格,一把戒尺应该属于必备辅助工具。然而,王安石的父亲王益却是一个特例,他放任孩子的天性,对王安石的学业也不提严苛要求。事实证明,素质教育还真不比应试教育差,王安石不仅学业优秀,而且特别擅长思考,写文作诗总能提出与众不同的观点。

庆历二年（1042），王安石参加了科举考试，高中一甲第四名。事实上，在礼部原本拟定的名单上，王安石的名次更高，是一甲第一名，也就是通常所说的状元。但是，在最后的殿试环节，卷子里的一句"孺子其朋（你这小孩子）"让皇帝赵祯听着很不舒服，于是刷成了第四名。王安石和状元名号擦肩而过，但他压根没往心里去，即便是知晓其中的缘由后，也没对谁唠叨过这件事。考上进士后，王安石先后担任淮南节度判官、鄞县知县、舒州通判等职。根据宋朝的规定，凡是科举中名次靠前的官员，都可以申请进入馆阁（分掌图书典籍的机构）就职，而宋代的馆阁是一个官员谋求仕途晋升的快捷通道。以王安石的成绩，早在第一个岗位任满后就有机会进京入馆阁，但是他却做出了一个与众不同的选择——继续留在地方上任职。王安石这种淡泊名利的作风传到了宰相文彦博那里，把文彦博感动坏了，表示要越级提拔他。结果，王安石回话：没兴趣当什么大官，就想踏踏实实干点事。

在宋朝官场里，王安石成了一个异类，如果说看淡名利是他的个人品格的话，那么他的生活习惯就更让人称奇。据记载，王安石从来都不关心自己的吃穿，经常胡子拉碴，衣衫不整，甚至有时候连脸都不洗，洗澡就更不用说了，常年不修边幅的样子。王安石的生活内容也很简单，平时除了工作，就是埋头读书，一看就到深夜。刚任淮南节度判官的时候，有一次被上司发现上班迟到，居然还是一副没睡醒的样子。上司以为年轻人在外面花天酒地，就委婉地批评了他。王安石也不申辩，随便应付了几句，但第二天还是老样子。更绝的是，王安石似乎特别喜欢思考问题，永远生活在自己的精神世界里，连吃饭都只吃眼前的那盘菜。有一次，一个朋友给他家里送来了很多獐脯肉，说是王安石特别喜欢吃。王安石的夫人听了很奇怪,我和他一起生活了那么多年,都不知他好这口啊?朋友说,昨天请他吃饭的时候,就见他吃獐脯肉了。夫人一听,立刻明白了,忙笑着回应:"你们肯定是把獐脯肉放在他眼前了吧?"

王安石的"怪"名声在北宋官场不胫而走,人们对他的"怪"各持不同看法,但对于他的人品和才华都交口称赞。至和元年(1054),在欧阳修的推荐下,王安石在京城当了三年群牧判官,后又转到地方任职。嘉祐三年(1058)起,王安石调回京城任三司度支判官。经过十七年的官宦生涯,王安石对宋朝的社会现实和政治弊病有了深刻认识,形成了独特的变革思想。任职期间,他大胆向仁宗皇帝上书,要求通过变法来改变宋朝积贫积弱的现状,只可惜奏疏并未得到宋仁宗的重视。

治平四年(1068),宋神宗赵顼即位,次年改元"熙宁",这位年轻气盛的皇帝急切希望实现富国强兵的梦想,甫一上位,就召见王安石,询问强国之道。随后,王安石向神宗提交了《本朝百年无事札子》,阐述了他对宋朝弊病的分析和改革主张。宋神宗立刻觉得相见恨晚,当即表示,振兴大宋,全靠你了!

第二年,神宗就任命王安石为副相,开始试行新法。又过一年,新法在全国范围内铺开。王安石的新法内容涉及内政、军事等各个方面,如均输法、青苗法、市易法、免役法、方田均税法、保甲法、保马法等等,不一而足。最可贵的是,王安石的变法蕴含了很多超越那个时代的经济思想,比如他的"青苗法"是通过政府借贷的方式遏制民间高利盘剥,"免役法"是用花钱购买劳务的方式,代替百姓轮流服徭役。然而,理念是一回事,执行起来又是一回事,王安石的新法在推行中遇到了巨大的阻碍:有些人无法接受他那些超前的思想;有些人为了维护自己的利益而阻挠反对；有些表面支持新法的人又目的不纯，只想着借机上位。尽管王安石推行新法的意志异常坚定，甚至提出了"天变不足畏，祖宗不足法，人言不足恤"的主张，可无奈反对势力实在庞大，新法最终还是走向了失败。熙宁七年（1074），王安石被罢去相位，改任江宁（南京）知府。

熙宁八年（1075），王安石在宋神宗的召唤下短暂复出，但此时的他早已没有了变法初期的锐气，第二年就请辞离开相位，重新回到江宁，从此远离政坛。元丰八年（1085），宋神宗去世，宋哲宗赵煦即位，高太后垂帘听政，新法被全面废除，此时的王安石只能在江宁喟然长叹。第二年，王安石即因病辞世，年六十六。

王安石的一生都和变法交织在一起，很多诗词也反映了不同变法阶段的心理状态。"千门万户曈曈日，总把新桃换旧符"是推行新法初期的踌躇满志；"春风又绿江南岸，明月何时照我还"是复出后对变法前景的忧心忡忡。而下面这首《浪淘沙令》则是王安石为宋神宗所赏识，准备一展抱负时所写的作品。

浪淘沙令

北宋　王安石

伊吕两衰翁，历遍穷通。一为钓叟一耕佣。若使当时身不遇，老了英雄。

汤武偶相逢，风虎云龙。兴王只在谈笑中。直至如今千载后，谁与争功！

上阕前三句要连起来理解。"伊吕两衰翁，历遍穷通。一为钓叟一耕佣。""伊吕"说的是名臣伊尹和吕尚。伊尹原本只是个耕地的奴仆，后来辅佐成汤建立了商朝。吕尚，就是姜子牙，他本是渭水边的一个垂钓客，被周文王所重用，后辅佐武王讨伐商纣，成为建立周朝的头号功臣。因为伊尹、吕尚的出身并不高贵，一个是耕地的农人，另一个是平凡的钓鱼人，所以说二人是"衰翁"（老头）。"穷"意为穷困窘迫，"通"意为通顺发达。

王安石认为伊、吕二人一开始也只是再普通不过的人，甚至是地位低贱，但他们拥有非凡的抱负和才华，一旦遇到了成汤、武王这样的明主，就能成就一番惊天动地的事业。显然，此时的王安石充满自信，大胆追比先人，希望自己也能知遇明主。所以王安石接着说"若使当时身不遇，老了英雄。""若使"，即假如，"老了〔liǎo〕"，指老去。王安石认为，如果伊尹和吕尚没有遇到成汤、武王这样能够赏识他们的君主，两位英雄也只能白白老去。古代士大夫所追求的知遇情结，王安石也有，他也希望能够在一个君主的支持下，大展宏图。当时的宋神宗，正是王安石心中的明主。

下阕里，王安石继续以伊、吕二人的事迹抒怀，"汤武偶相逢，风虎云龙。兴王只在谈笑中"。汤武即建立商朝的成汤和建立周朝的武王，"风虎云龙"意为"云随着龙而出现，风随着虎而出现"。王安石相信，贤臣遇到明主就像风云伴随龙虎一样，再大的功业也可以在"谈笑间"建立。"兴王"意为大兴王道，使家国昌盛。

最后，王安石不无羡慕地说了一句"直至如今千载后，谁与争功"，就是说，伊、吕二人的功业，即使千年以后也没有人能超越。神宗在和王安石交谈时曾表示，自己要立志成为唐太宗一样的明君，王安石则鼓励神宗干脆效法尧舜（古人眼中最圣明的君主）。相应的，王安石希望自己能成为伊吕一样的最贤能之臣，辅佐神宗实现宋朝的国富兵强，从而成就一番君臣知遇的千古佳话。

"不畏浮云遮望眼，只缘身在最高层。"王安石的那份豪迈、自信，在那一刻，震铄古今。

> 知识链接

下面是两首王安石晚年的词作,你能感受到那份功名误身的无奈吗?

千秋岁引

北宋　王安石

别馆寒砧,孤城画角,一派秋声入寥廓。东归燕从海上去,南来雁向沙头落。楚台风,庾楼月,宛如昨。

无奈被些名利缚,无奈被他情担阁。可惜风流总闲却。当初谩留华表语,而今误我秦楼约。梦阑时,酒醒后,思量着。

渔家傲

北宋　王安石

平岸小桥千嶂抱,柔蓝一水萦花草。茅屋数间窗窈窕。尘不到,时时自有春风扫。

午枕觉来闻语鸟,欹眠似听朝鸡早。忽忆故人今总老。贪梦好,茫然忘了邯郸道。

第二十二章
劳动委员文天祥

一般说来,劳动委员在一个班级总是非常辛苦的,经常要忙得灰头土脸。在我们宋朝词人班里,要评劳动委员,当数抗元英雄文天祥。我们初识文天祥,是从"人生自古谁无死,留取丹心照汗青"的壮烈诗句开始。事实上,文天祥不仅是一个舍生取义的悲情英雄,他的文才也十分了得,还是实打实的状元出身。

文天祥,字履善,生于南宋端平三年(1236),江西庐陵(今江西吉安青原区)人。听到这个地名是不是很耳熟,"太守谓谁?庐陵欧阳修也"。原来,文天祥和欧阳修可以算半个老乡。古代有尊崇乡贤的传统,每个地方都会将本地区的贤德人物当作神明一样来敬祀,文天祥小时候在学堂里就曾见过欧阳修的画像,对这位忠心国事的名臣非常崇拜。

文天祥家境优越,人也长得很精神。惜墨如金的史书居然大段地描写了他的外貌:"体貌丰伟,美皙如玉,秀眉而长目,顾盼烨然",那可是堪比明星的颜值!文天祥不仅是高富帅,而且还很努力,学业非常优秀。宝祐四年(1256),文天祥参加科考,顺利进入最后的殿试环节。当时的皇帝宋理宗赵昀看见文天祥喜欢得不得了,因为文天祥文章写得好,人又很养眼,连名字也让他很满意。天祥,天佑吉祥,古人都很迷信,赵昀觉得上天给他送来文天祥这个人，对宋朝来说是个大吉兆。啥都甭说了，点状元！自从被钦点状元后，文天祥将自己的字改成了"宋瑞"，宋瑞者，宋朝的祥瑞也。

文天祥中状元后并没有马上做官，因为他的父亲去世了，按规矩他要守丧三年。直到开庆元年（1259），文天祥才被任命为宁海军节度判官，可刚等他入京领命，时局发生了天翻地覆的变化。当时宋朝已经和北方的蒙古全面开战，那一年，蒙古军队饮马长江，包围了长江中游的军事重镇鄂州，形势万分危急。文天祥虽还只是个小官，却大胆上书提出应敌策略，他建议宋朝根据行政区划建立军镇，委任将帅统一调度辖区内的军事力量，统筹抗敌。这个建议能最快速地动员起全国的国防资源，但也很容易让人联想到唐朝的藩镇。宋朝君臣一直坚持崇文抑武，根本无法接受这种有违祖制的提议。更何况，文天祥还在奏折里慷慨激昂地骂了一些皇上的宠臣，不用说，他的奏疏立刻被扔进了垃圾堆。文天祥从此被边缘化，成了南宋官场上无足轻重的一员。

南宋德祐元年（1275），时任赣州知州的文天祥接到了一份诏书，内容是号召各地军民起兵勤王。那个时候，忽必烈已经建立元朝，他指挥的蒙古军队摧枯拉朽般地击溃南宋一切军事力量，各地臣民降的降，逃的逃，一切都表明，南宋朝廷早已回天无力。此时南宋朝廷的统治者是谢太后以及年仅四岁的宋恭帝赵㬎，根本没什么号召力，诏书发出后，几乎无人响应。然而，文天祥接到诏书后却义无反顾地决定起兵勤王，他散尽自己的私财，招募了一二万人，毅然北上救援临安。其实，谁都知道，这临时拼凑的万把人，根本不可能是蒙古军队的对手，但文天祥依然抱着必死的决心向临安进发。

德祐二年（1276）正月，文天祥被任命为右丞相兼枢密使，前往敌营与元朝丞相伯颜谈判。当时，元军已经兵临临安城下，南宋朝廷早就失去了和对手谈判的资本，派文天祥去和谈，纯属羊入虎口。文天祥刚到军营不久，南宋朝廷的降表就送到了营中。而文天祥因为态度强硬，被元军扣留后押送北方。不肯屈服的文天祥走到镇江的时候，想方设法找机会逃了出来。关于那段岁月的经历，文天祥在《指南录后序》中一连用二十二个"死"字描述了一路上的艰险困苦，可谓是险象环生、处处当死。

宋恭帝出降后，南宋的残余势力带着赵昰（宋端宗）、赵昺（宋末帝）两个小皇子继续在福建一带顽强抵抗。脱身后的文天祥在各地招募兵勇，积极和四处躲避的小朝廷取得联系，试图重新组织力量抵抗元军。可惜，南宋大势已去，终不能由人力所挽回。景炎三年（1278），文天祥再次被捕。第二年，南宋最后的抵抗力量在厓山海战中全军覆没，宋朝正式灭亡。而此时，文天祥正被囚禁船上，押往元大都（北京）。

被羁押在大都的几年，是文天祥向死而生的一段时光。在那段岁月里，他受尽了各种饥寒、病痛、酷刑的折磨，经历了南宋降臣、元朝高官乃至宋恭帝赵㬎、元世祖忽必烈的亲自劝降。然而，折磨也罢、诱降也罢，都不能使文天祥动摇。他自始至终坚守了一个臣子的气节，坚守着一个士大夫心中的信念。

"孔曰成仁，孟曰取义，唯其义尽，所以仁至。读圣贤书，所学何事？而今而后，庶几无愧。"

元至元十九年（1282），文天祥从容赴死。

状元出身的文天祥并非没有吟花弄月的文采，只是他那悲壮的个人经历决定了他的作品风格，那些壮烈豪迈的词作读来每每让人血脉偾张、荡气回肠。下面这首《沁园春·题潮阳张许二公庙》是文天祥二次起兵勤王时所写。当时，文天祥驻军潮阳（今广东汕头辖区），路过一处祭祀唐朝名将张巡、许远的庙宇，有感张、许两位忠臣的壮烈事迹，借机抒发了自己宁死不屈的志向。

沁园春·题潮阳张许二公庙

南宋　文天祥

为子死孝，为臣死忠，死又何妨。自光岳气分，士无全节，君臣义缺，谁负刚肠？骂贼张巡，爱君许远，留取声名万古香。后来者，无二公之操，百炼之钢。

人生翕[xī]歘[xū]云亡。好烈烈轰轰做一场。使当时卖国，甘心降虏，受人唾骂，安得流芳！古庙幽沉，仪容俨雅，枯木寒鸦几夕阳。邮亭下，有奸雄过此，仔细思量。

上阕开篇三句："为子死孝，为臣死忠，死又何妨。"忠孝是古人最为推崇的品德，为臣者，最高的准则是忠君；为子者，最高的准则是孝顺父母；而忠臣，必出于孝子之门。这首词是以议论的形式阐述观点，文天祥甫一亮相，就义正辞严地亮明了观点：为人子者要尽孝，为人臣者要尽忠，为了坚守忠孝节义，哪怕是面对死亡，又有何妨？

"自光岳气分，士无全节，君臣义缺，谁负刚肠？""自"为自从的意思，后面四句则组成四句扇面对。"光"为日、月、星三光，"岳"为五岳高山，"刚肠"意为刚直的气质。文天祥在《正气歌》里写过"天地有正气，杂然赋流形。下则为河岳，上则为日星"。眼见宋朝的败亡，他痛心地发出呐喊：自从国家遭逢变故，国土分崩离析，三光五岳般的正气逐渐消弭，士大夫没有了气节，君臣之间大义不复存在，有谁还留存着那副忠肝义胆？在这里，文天祥既是讽刺唐朝安史之乱后那些纷纷变节的贰臣，也是借古喻今，痛斥那些投降元军的宋朝臣子。自己则立志以张巡、许远为榜样，抗敌到底。

"骂贼张巡，爱君许远，留取声名万古香。后来者，无二公之操，百炼之钢。"唐朝的张巡、许远以微弱兵力死守睢阳（今河南商丘辖区），抵御安禄山叛军，一直血战到弹尽粮绝，被俘牺牲。史载，张巡每次与叛军交战，都怒骂逆贼不止，甚至激动到眼眶破裂、牙齿崩碎。许远则是一个宽厚仁义的人，但气节不输张巡。文天祥在祭奠二人的庙前追慕先贤：怒骂叛贼的张巡、忠君爱国的许远，他们的事迹万古流芳。但是，后来的人没有两位一样的节义操守，没能像二人那样成为百炼精钢！

下阕开篇："人生翕欻云亡。好烈烈轰轰做一场。使当时卖国，甘心降虏，受人唾骂，安得流芳！""翕欻"是瞬间、一会儿的意思。这两句话正是文天祥抱定必死之心后的激情直白：人生短暂，就应该轰轰烈烈地干一番事业。如果张巡、许远二人当时卖国求荣，投降逆贼，必定受到后人唾骂，怎会有后人为他们立庙祭祀，流芳百世？

"古庙幽沉，仪容俨雅，枯木寒鸦几夕阳。""俨雅"意为端庄典雅。庙宇幽远深沉，张许二公的塑像仪容典雅。夕阳西下，几只寒鸦停在庙前的枯木之上。夕阳、枯木、乌鸦是凄凉的象征，文天祥知道自己不可能力挽狂澜，对家国命运充满担忧，以死明志的决心却更加坚定。

"邮亭下，有奸雄过此，仔细思量。"邮亭是古时设在路上供传递书信的馆所，类似驿站。句意为：路上如果有卖国降贼的奸臣路过张许二公庙，想必会惭愧深思。文天祥最后的笔力,还是落到了对士大夫气节的讨论,他坚持以天下为己任,选择舍生取义。

文天祥没有如他的名字一样,为宋朝带来吉祥,而他最完美地诠释了宋朝的士大夫精神。

> 知识链接

文天祥的气节忠贯日月,有词为证!

酹江月·和友驿中言别

南宋 文天祥

乾坤能大,算蛟龙、元不是池中物。风雨牢愁无著处,那更寒蛩四壁。横槊题诗,登楼作赋,万事空中雪。江流如此,方来还有英杰。

堪笑一叶漂零,重来淮水,正凉风新发。镜里朱颜都变尽,只有丹心难灭。去去龙沙,江山回首,一线青如发。故人应念,杜鹃枝上残月。

第二十三章
副班长晏殊

在介绍唐朝诗人的时候,我们介绍过一路顺风顺水的人生赢家贺知章。但是,所谓的人生赢家,那也得看和谁比,如果要和今天的主人公晏殊比,贺知章顶多也只能算一个小赢家。

晏殊,字同叔,抚州临川(今江西抚州市临川区)人,生于北宋太宗淳化二年(991),前面我们已经介绍过他的儿子晏几道。父子二人合称"二晏",人们经常将"二晏"和三曹(曹操、曹丕、曹植)、三苏(苏洵、苏轼、苏辙)相提并论,反正都是星光耀眼的家庭文学天团。

晏殊的履历是无数宋朝人眼中的完美人生。我们一再强调,宋朝是一个"万般皆下品,唯有读书高"的时代,科考做官是常人眼中最标准的成功方式,所以,民间对学霸的推崇到了无以复加的程度。晏殊,则是学霸中的学霸。据说,晏殊七岁的时候就表现出极高的读书天分,虽然当时还没有智商检测方法,但见过晏殊的人都得出一致的结论——这个小娃是神童!

景德二年(1005),十四岁的晏殊经人举荐参加了朝廷举行的童子举。所谓童子举,是宋朝为未成年学子特设的科举考试。晏殊不负众望,一举中第,获赐同进士出身,授官秘书省正字。对一般人而言,能够三十出头的时候考中进士已经很不错了。君不见，考场里须发皆白的大有人在。而晏殊却足足领先了别人近二十年！那就不是赢在起跑线的问题了，简直是一出场就套了人家三圈，那还怎么比？

让晏殊攒足人生资本的不仅仅是考试结果，考试过程中的一段插曲更加神奇。当时，宋真宗赵恒亲自召试晏殊，拿到考题后，晏殊却提出要更换题目，原因居然是自己曾经练习过该考题，有失公平？！这让小晏殊在皇帝面前留下了极好的印象。

刚入仕途时，晏殊担任的都是清闲官职，平时大多数时间依然闭门读书。当时，很多京师官员都喜欢在闹市酒楼里玩乐，唯独晏殊是个另类。真宗听说后，对他的做法很是欣赏，问他为什么能够做到心如止水。没想到，晏殊的回答更"雷人"："俺不是不想去玩，俺只是没钱罢了，如果有钱，早就和他们一起去玩了。"天底下居然还有如此坦诚的人？晏殊这么一说，真宗反而更加赏识他了。正因为有这两次美好的印象，到了天禧二年（1018），真宗在为太子（此后的仁宗）挑选东宫属官的时候，果断点了晏殊的名。晏殊的仕途之路本来就很顺畅，如此一来，更是驶入了星光大道。

明道元年（1032），四十刚出头的晏殊升任参知政事（副宰相），又过了十年，晏殊官拜宰相，攀上了文臣的顶峰。此后直到仁宗至和二年（1055）病逝，晏殊都过得富贵安闲，没经历过大挫折，期间偶有几次小贬谪，也是马上复出。除了事业顺心，晏殊的家庭经营也不错，他一生共有九个儿子、六个女儿，儿子晏几道已经说过了，此外他还有一个女婿叫富弼，熟悉宋史的人应该知道，那也是一代名相。晏殊的交际圈也非常广，拜在他门下的重量级人物足足有一卡车，其中还包括我们此前提到的范仲淹、欧阳修、王安石，这些人可都是政坛文坛的双料明星，也正因为如此，我们才让晏殊担任了词人班的副班长。

晏殊的一生，少年得志，中年富贵，家庭事业双丰收，难怪人家都说他是一个"太平宰相""富贵闲人"。然而，我们在读晏殊的作品时，读到最多的还是一种惆怅寂寞的情绪，这也难免让很多人产生了误解：你都顺成这样了，还在发牢骚，是不是太矫情了一点？事实上，晏殊能够一生顺遂，并不是才华高、运气好那么简单。其实，在他所处的时代，宋朝经历了刘后垂帘、西夏进犯、庆历新政等政治风波，晏殊好几次也受到波及，他最终能够全身而退，是因为处处小心、不露锋芒。正因为如此，我们在他的词作里看不到对富贵成功的夸耀，听不到慷慨激昂的呐喊，他似乎更喜欢用明月、落花来隐藏内心的波澜。今天我们要讲的这首《蝶恋花》也带有此类特征。

蝶恋花

北宋　晏殊

槛菊愁烟兰泣露。罗幕轻寒，燕子双飞去。明月不谙离恨苦，斜光到晓穿朱户。

昨夜西风凋碧树。独上高楼，望尽天涯路。欲寄彩笺兼尺素，山长水阔知何处？

晏殊的这首婉约词极负盛名，很能代表他的创作风格。有人说这首词是晏殊在书写自己的悲秋怀远之情，也有人说是在写一个女子的相思之情。或许，也只有晏殊能明了自己的内心所想。

上阕前三句"槛菊愁烟兰泣露,罗幕轻寒,燕子双飞去"。晏殊写词,写自家庭院阁楼的景物非常多,这里的"槛菊"是指栏杆外的菊花,"愁烟"是说笼罩在花草上的一层薄雾,"兰泣露"是指挂着露珠的兰花,"罗幕"是指丝制的帘幕。至于用"愁""泣"来形容,当然是词人通过炼字来渲染氛围:栏外的菊花上笼罩着一层淡淡的水雾,兰花的花瓣上挂着露珠,像是在默默抽泣一般,楼内帘幕低垂,楼外寒气逼来。燕子正要双双飞去,寻找更温暖的地方。

"明月不谙离恨苦,斜光到晓穿朱户","谙"是熟悉了解,"晓"意为拂晓,"朱户"意为拥有朱红色大门的富贵人家。在这里,词人无缘无故地埋怨起了明月:明月,你不知道人们离别的痛苦,月光斜穿朱户,天快亮了还没有散去。古人望月怀远的场景在此出现,晏殊也觉得长夜难熬,心中似乎有难言之隐。

下阕前三句"昨夜西风凋碧树,独上高楼,望尽天涯路",其中"凋"意为凋谢、衰败。词人晨起后回忆昨夜在寒风中登高望远的情景:昨天夜里,西风刮了一晚上,绿叶在秋风中凋零,一片萧瑟景象。我独自登上高楼,极目远眺,望尽天涯海角……这一句,是晏殊为我们留下的千古名句,细腻的情感和宏大的境界能融合得恰到好处。学者王国维超越词句的本身意思,将其引申为办大事、做学问的第一境界,勉励人们立大志,做好走漫长探索之路的心理准备。

下阕末两句:"欲寄彩笺兼尺素,山长水阔知何处?"彩笺,指彩色精美的书笺;尺素,古人代指书信。词人想要提笔给思念的人儿传一份书信,但是远处"山长水阔",他并不知道人在何处。所以,晏殊的情怀,最终还是落得"惆怅此情难寄"的境地。

> **知识链接**

在晏殊的作品里,最多的是感叹时光如梭,如此顺遂的人生,自然让人留恋。

浣溪沙

北宋 晏殊

一向年光有限身,等闲离别易销魂。酒筵歌席莫辞频。
满目山河空念远,落花风雨更伤春。不如怜取眼前人。

采桑子

北宋 晏殊

时光只解催人老,不信多情,长恨离亭,泪滴春衫酒易醒。
梧桐昨夜西风急,淡月胧明,好梦频惊,何处高楼雁一声?

第二十四章
班长苏轼

关于词人班里的班长,想必大家都猜到了,当然是苏轼。我相信,这个任命,谁都不会有异议。论诗词,一生三千多首,名句佳作无数,当之无愧的宋朝第一人;论散文,唐宋八大家之一;论书法,苏黄米蔡,四大家有其一席之地;论绘画,苏轼也是当时的一等高手,尤其擅长画墨竹。最后,苏轼还是个美食家。

苏轼,字子瞻,又称东坡居士,宋仁宗景祐三年(1037)出生于眉州眉山(今四川眉山)。我们知道,苏轼一家都是文学大腕,八大家里姓苏的占了三个。苏轼的父亲是苏洵,学过《三字经》的小朋友应该记得这么一句:"苏老泉,二十七,始发奋,读书籍。"其中的苏老泉就是苏洵。苏洵因为家里的经济负担比较重,二十七岁才开始发奋读书,虽然他也很有写文章的天分,但是并不擅长科举应试诗文,一连考了几次都没上榜,直到后来文章写出一些名气了,才经人推荐做了几年小官。苏轼的弟弟叫苏辙,"轼"是车厢前面供手扶的横木,"辙"是车轮的印记,"轼"是外露的,"辙"是深藏的。人如其名,两兄弟性格迥异,苏轼豪爽直率,弟弟则相对沉稳内敛。

嘉祐元年(1056),苏轼、苏辙一起参加科考,两位天才拿下解试自然不在话下。第二年，在苏洵的带领下，两兄弟来到开封参加礼部主持的省试，省试的主考官是欧阳修。关于那一年的考试情况，我们在介绍欧阳修时已经剧透过了，慧眼识才的欧阳修在那一榜里替宋朝拔擢了一大批人才，苏轼、苏辙兄弟就在其中。值得一说的是，当时欧阳修看到苏轼的卷子后赞不绝口，本想点为第一名，但是他又怕这篇文章出于自己的弟子曾巩之手（当时考试采用糊名制，卷子上不显示考生姓名），怕遭人闲话，就给了第二名，苏轼的"省元"名头就这么给放飞了。

那年省试的策论（类似于高考作文大题）题目是《刑赏忠厚之至论》，苏轼在文中引用了一个关于尧和皋陶（均为上古时期人物）的典故，欧阳修和其他考官都觉得用得很好，但谁都想不出典故的出处，最后还是忍不住问了苏轼。苏轼的回答差点让欧阳修惊掉下巴："哪有什么出处，那是我编的。"

那次考试过后，苏轼、苏辙两兄弟同榜中进士，一时传为佳话。不过两人并没有高兴多久，就收到了母亲去世的消息，父子三人连忙赶回家去。三年守丧期满后，苏轼、苏辙又回到京师，两年后，兄弟二人又参加了制科考试（特殊人才考试），分获第三等和第四等。你可不要以为苏轼考砸了，因为这项考试的第一、二等都是虚设的，能考上就很了不起了。取得功名后，苏轼被任命为大理评事、签书凤翔府判官，开始了他的官宦生涯。又过了五年，父亲苏洵去世了，苏轼再次回家守丧。等到他复出做官的时候，已经是宋神宗熙宁年间。

那个时候，神宗皇帝正任命王安石大力推行新法，苏轼和王安石个人并没有过节，但两人在政治观点上却分歧很大，苏轼对新法的大多数内容都持否定态度。因为反对新法，苏轼在熙宁四年（1071）被贬出京外，先后在杭州、密州（今山东诸城）、徐州等地任职，那首著名的《水调歌头·明月几时有》是他在密州任太守的一次中秋宴会后，因思念远方的弟弟苏辙而写。

苏轼生活在一个党争激烈的年代，他的一生波折也与新旧两党的斗争息息相关。元丰二年（1079），苏轼由徐州调任湖州，按照规矩要给皇上上一份谢表，不幸的是，谢表被新党咬文嚼字地做起了文章，他们断章取义地指责苏轼诽谤朝政，最终居然要将苏轼定罪下狱。可怜的苏轼上任才三个月，就被御史台抓回了京师，在狱中吃尽苦头不说，甚至还遭遇了生命威胁。有人一度提议要斩杀苏轼，好在宋朝从来就有不杀士大夫的传统，已经赋闲的变法派领袖王安石也替苏轼求情，苏轼这才躲过一劫，最后被责授黄州（今湖北黄冈黄州区）团练副使。

经过这么大的一次波浪，苏轼彻底看淡了人生。他不再对仕途抱有幻想，整天和友人一起写诗填词、喝酒云游。黄州境内有赤壁古战场，苏轼数次和友人前往，并留下了前后《赤壁赋》和《念奴娇·赤壁怀古》等名作。在苏轼眼里，一切世俗的纷争都会像历史兴衰一样，尽归"大江东去"。值得一提的是，苏轼还在黄州结识了一个叫陈季常的朋友，因为陈季常特别怕老婆，苏轼还特地写诗调侃他"忽闻河东狮子吼，拄杖落手心茫然"，那句开玩笑的"河东狮吼"后来也成了怕老婆的代名词。没了政事烦心，苏轼很会给自己找乐子，在钻研学问之余，还研究起了美食，据说"东坡肉"就是那个时候创制出来的，为此他还写过一首《食猪肉诗》。

元丰八年（1085），五十岁的苏轼离开黄州，来到常州居住，他本想在常州终老，可突然又收到了朝廷重新起用他的通知。原来，主张变法的宋神宗赵顼去世了，宋哲宗赵煦即位，赵煦尚年幼，朝政由高太后把持。

高太后起用旧党，废除新法，政治风向出现了一百八十度大转弯。短短半年之内，苏轼不但被召回京城任职，还当上了三品翰林学士。可是，耿直的苏轼发现，此前新旧两党的观点之争早已变成了意气之争，旧党上台后对新法进行报复性的一刀切，把一些原本合理的措施也悉数废除，苏轼仗义执言，却又遭来了旧党的忌恨，不堪党争的苏轼只好主动请求外放。

元祐四年（1089），苏轼出任杭州知州，在杭州任上，他发动民众疏浚西湖，利用湖中挖出来的淤泥筑起了一条长堤，还在堤外湖水最深处立了三座瓶形石塔，也就是我们现在看到的"苏堤"和"三潭映月"。在杭州任期满后，苏轼本有机会回到京城，但他早就厌倦了朝廷内的争斗，继续请求外任，于是，在颍州、扬州等地也留下了苏轼的足迹。

树欲静而风不止。绍圣元年（1094），高层的政治风雨又一次波及到了苏轼。高太后去世，哲宗赵煦亲政，朝廷上再次大翻烧饼，新党上台，旧党被大批罢黜。苏轼被视为旧党成员，数次被贬，最后来到了当时还属于偏远地区的惠州（今广东惠阳）。又过了三年，朝廷居然一纸诏令，将六十二岁的苏轼贬到了海南岛上的儋州（今海南儋州市），岛上的生活异常艰苦，孤零零的苏轼经历着人生中最艰难的时光。

元符三年（1100），哲宗赵煦去世，徽宗赵佶即位，朝廷颁行大赦，苏轼终于迎来了转机，他被允许回到内地居住。只可惜，那个时候，苏轼已经重病缠身。北归路上，他先后因病在舒州、永州停留。建中靖国元年（1101），苏轼在常州卧床不起，再也不能赶路。同年七月，一代词宗在常州病逝，年六十五。

如果说李白是诗仙的话，那么苏轼则可称为词仙，东坡的词犹如太白的诗，带着与生俱来的灵气，看似妙手偶得，却又匠心独具，那些佳句已然完全融入到每个人的生活里，成为我们不可或缺的一部分。一生遭逢起落的苏轼似乎特别会用词句安慰人：思念亲人时，他会安慰你"但愿人长久，千里共婵娟"；在异乡时，他会安慰你"此心安处是吾乡"；失恋时，他会安慰你"天涯何处无芳草"；遭遇挫折时，他又会安慰你"一蓑烟雨任平生"。是的，东坡先生的经典佳作太多了，我们此前已经接触了很多。这里，我反而要介绍一首相对小众的作品，一首少见的议论词——《满庭芳》。

满庭芳
北宋　苏轼

蜗角虚名，蝇头微利，算来著甚干忙。事皆前定，谁弱又谁强。且趁闲身未老，须放我、些子疏狂。百年里，浑教是醉，三万六千场。

思量、能几许，忧愁风雨，一半相妨。又何须，抵死说短论长。幸对清风皓月，苔茵展、云幕高张。江南好，千钟美酒，一曲满庭芳。

苏轼的这首《满庭芳》可不一般。别人的诗词通常以写景抒情为主，但苏轼的这首却是以议论为主。试想，诗词不是论文，字数有限，还有各种格律限制，要说清楚自己的观点，谈何容易？这还不算，议论归议论，苏轼并没用生僻的字句和典故把人弄得云山雾罩，而是写得非常口语化，让人一听就懂。

苏轼的这首词是在他经历了政治风雨和人生起伏后的一种大彻大悟，他不想愤世嫉俗，也不想自怨自艾，只想让自己的内心从名利场中挣脱出来，去达到一个安静平和的境界。记得我们在介绍李白的《月下独酌》时，没有逐字逐句解释，而是采取了直译的方式。这回，我们不妨再穿越一次，回到千年以前，找到黄州定慧院中那位月下拄杖独立的老人，听听他的诉说：

蜗牛角般大的虚名，苍蝇头般大的利益，
可惜尔等，却算来算去，
些许名利，又哪里值得乐此不疲，忙忙碌碌？
名利、荣辱、成败……万事皆已注定，
争来斗去，谁是弱者，谁又是强者？
还不如，趁着我这闲散之身尚未老去，放纵逍遥，来一次放浪轻狂！
纵然老天赠我一百年的时光，也要大醉它三万六千场！

思量着，
掐指算来，人生快意能有几许？
忧愁风雨，占尽了人生大半。
又何必，整日去说短论长？
真不如，面对这清风皓月，
以草地为席，以层云为帐，诗意生活。
江南何其多娇？
就让我，
品一千盅美酒，
唱一曲《满庭芳》。

> 知识链接

东坡词,篇篇经典。

临江仙·夜归临皋

北宋 苏轼

夜饮东坡醒复醉,归来仿佛三更。家童鼻息已雷鸣。敲门都不应,倚杖听江声。

长恨此身非我有,何时忘却营营。夜阑风静縠纹平。小舟从此逝,江海寄余生。

鹧鸪天

北宋 苏轼

林断山明竹隐墙,乱蝉衰草小池塘。翻空白鸟时时见,照水红蕖细细香。

村舍外,古城旁。杖藜徐步转斜阳。殷勤昨夜三更雨,又得浮生一日凉。

第二十五章
不想当班干部的柳永

宋朝词人班中的班干部介绍完了,但我们还要隆重介绍一位不想当班干部的词人——柳永。

柳永,字耆卿,北宋太平兴国九年(984)前后出生于福建崇安(武夷山市)的一个官宦家庭。其实,柳永一开始叫做"柳三变",柳永是后来自改的名字。父亲柳宜为他取名"三变",字景庄。"三变"二字,出自《论语》中的"君子有三变:望之俨然,即之也温,听其言也厉。"这是儒家对君子形象的定义:远看严肃庄重,近触温文尔雅,说话一丝不苟。都说父母为孩子取的名字代表着他们对孩子未来的期许,看来,柳宜是希望自己的儿子能够做一个言行端庄、温文尔雅的书生。但是,令他没想到的是,他的美好期望只实现了一半,书生不假,但端庄文雅是半点都没有,狂放不羁的倒有一位。

童年的柳永一直跟着做官的父亲在各地游历,直到太宗至道年间,才随父回到家乡。柳永家在当地是一个望族,物质条件优越,所以他从小就不愁吃喝。在前面十多年里,柳永除了读书学习外,就是游山玩水、吃喝玩乐,过得非常随性。柳永的好日子一直过到咸平五年(1002)。那一年,他离开家乡,计划去开封参加礼部主持的科考。不过,奇怪的是,科考这样的大事，最后居然让柳永给玩忘了。

在赶往开封的路上，柳永路过了杭州，江南的红花弱柳、断岸小桥，西湖的秀丽柔美，杭州的繁华锦绣……这一切，实在是太对柳永的胃口了。在杭州的日子，柳永天天混迹在花街柳巷，兴致来了就为她们填上几首词曲，过起了风流才子的生活。在那段时间里，他还去拜谒了杭州知州孙何。孙何曾经在科场连中三元，一般人都很难求见。为此，柳永特意填了一首《望海潮·东南形胜》，让人在孙何举办的宴会上唱出来。此曲一出，孙何果然立刻问起这首词是谁写的。由此，柳永得以和孙何相识，在孙何的一番宣传下，柳永名声大噪。

从现在眼光看，柳永应该是北宋文坛一个大名鼎鼎的人物，但是，按照当时的标准，柳永却是一个不入流的人物，《宋史》甚至都没有为这个大才子立传，以致现在关于柳永的很多事迹都没有确切的年代。景德年间（1005年前后），柳永离开杭州，来到了江南的又一个名城扬州。当时的扬州，繁华不输苏杭。柳永在扬州的生活完全可以参考唐朝诗人杜牧的那段经历，唯一的区别是，你只要把作诗改成填词即可。游荡了六七年以后，大才子终于想起来，自己还有参加科考那回事呢。

终于，在大中祥符元年（1008），柳永来到了开封，准备参加第二年礼部主持的省试。谁都知道，开封是当时的首都，而首都，自然是比杭州、扬州更加繁华的地方，那里的酒楼更高，那里的瓦肆勾栏更多……要让柳永安心备考，那是很困难的。科考的结果出来了，柳永不幸落榜，如果从他前面的表现看，那应该是一个学生玩物丧志，导致考场失败的故事。事实上，我们可以对他的荒唐生活有所指摘，但真的不能怀疑他的才华，这一点很多北宋文坛大家都不得不承认。但考试有时候就是这样，你有汪洋恣肆的大手笔，却未必能搞定一篇正经官样文章。于是，大才子柳永很不幸地被刷了下来。普通考生被刷下来后，不是沮丧地回家，就是痛心地忏悔，可柳永却很生气，气的是自己怀才不遇。一怒之下，他填了首《鹤冲天·黄金榜上》，里面有一句"忍把浮名，换了浅斟低唱"，意思是要这种虚名也没用，不如去喝酒唱曲。本来嘛，这只是书生的气话，没想到的是，正是这句气话，给他后来的考试带来了大麻烦。

也怪柳永的才名太盛，每次他一有新的作品，马上就会被人们传唱起来，很多歌妓都是他的忠实粉丝，免费为他传播作品。此时的柳永很像现在的知名音乐人，只要有新曲一出来，立刻引领社会潮流。他的名声甚至传入了宫里，连皇帝都知道了。天禧二年（1018），柳永第三次参加科考（中间又落第过一次），那回他本已经上了最后的殿试名单，而殿试环节一般只定名次，不会黜落考生，也就是说，进士功名是跑不掉了。但当时的皇帝宋真宗看到了"柳三变"的名字，立刻想起了那句"忍把浮名，换了浅斟低唱"，就一脸嫌弃地说："既然那么喜欢浅斟低唱，还要浮名干什么？"结果，柳永又被刷了下来。

天圣二年（1024），柳永又参加了一次科考，毫无悬念地再次落第。失望之余，他决意离开京城，据说那首著名的《雨霖铃·寒蝉凄切》正是他离开京城时所写。离开京城后，柳永又过起了云游各地的生活，这回他给自己加了一个"奉旨填词柳三变"的名号，你不是让我"且去浅斟低唱"吗？那我就奉皇帝之命，到处填词好了。倔强的柳永和皇帝赌起了气，但是，不可否认，柳永确实才华横溢，他的才情宛如永不枯竭的泉水，源源不断地流泻出来，变成一首首精美的词作。有宋一代，柳永虽然不是写词最多的人，但他是创制和运用词牌最多的人，而且他创造性地将叙事的笔法运用到了词作中，使宋词的创作水平取得了革命性进步。最厉害的是，柳永的词因为内容贴近生活而广受民间欢迎，以致达到了"有井水处，皆歌柳词"的程度。

或许，时间真能消磨一个人的锐气，又或许，暮年的柳永遇到了最现实的生存问题。到了景祐元年（1034），朝廷特开恩科，五十岁的柳永再次参加科举。这回，柳永总算考上了，被任命为睦州团练推官。此后，柳永一共做了十五年官，先后在余杭、定海、泗州等地任职，直到皇祐元年（1049）致仕。又过了四年，传奇才子柳永在贫病交加中去世。

柳永走了，对这位传奇才子的评论却从未停过。贴在柳永身上的标签很多，如放荡不羁、玩世不恭、桀骜不驯、风流多情等等。如果要找一篇最能彰显柳永特点的作品，我相信，还是下面这首至情至性的《鹤冲天》。

鹤冲天
北宋　柳永

黄金榜上，偶失龙头望。明代暂遗贤，如何向？未遂风云便，争不恣狂荡。何须论得丧？才子词人，自是白衣卿相。

烟花巷陌，依约丹青屏障。幸有意中人，堪寻访。且恁偎红倚翠，风流事，平生畅。青春都一饷。忍把浮名，换了浅斟低唱！

"黄金榜上，偶失龙头望。明代暂遗贤，如何向。"黄金榜，即录取进士的榜单；龙头，意为榜单上的第一名，也就是我们俗称的状元；明代，意为圣明的时代。在读书人的理想中，圣明的时代是不会遗落贤才的，柳永对自己的才华颇为自负，这里他明显是带有一丝反讽的味道：录取进士的金榜上,我偶然失误,没有当上状元,圣明的时代居然也暂时遗落了我这个贤才,接下去,我如何是好?柳永并没有因为落榜而失去他的狂傲之气,他自以为是经天纬地的大才,即便是给个状元也不在话下,现在朝廷居然慧眼不识才,难免写词发起牢骚。

"未遂风云便,争不恣狂荡。何须论得丧?"风云,即风云际会的意思,代指人才得到礼遇重用;争,即"怎么";恣,即恣意、放纵;得丧,即得到和失去。既然不给我施展才华的机会,怎能让我不肆意狂放享乐。管他什么得失荣辱。当时柳永才二十六岁,又是第一次参加科考,还年轻气盛,落榜之后,心中十分不服,大有一种你不给我功名,我还不稀罕的意思。

"才子词人,自是白衣卿相。"卿相,意为公卿将相等大官;白衣,是士大夫的普通穿着,古人将还未进入仕途的读书人称为"白衣卿相"。在这里,我们倒可以反过来理解,柳永认为自己身负大才,是没穿官服的公卿将相。

"烟花巷陌,依约丹青屏障。幸有意中人,堪寻访。"丹青,本意为朱红色和青色两种颜料,后来代指绘画,所谓丹青妙笔,就是形容擅长绘画;屏障,是古人房间中放置的屏风。喝醉了酒的柳永,跟跟跄跄地进入街巷中,隐隐约约间,看到了房中精美的画屏,屏风后正有一个美丽的女子等着柳永。柳永不由苦笑:还好,我至少还有意中人可以寻访,在那里,我可以得到最大慰藉。

"且恁偎红倚翠,风流事,平生畅。"恁,是"这么""那样"的意思;偎,意为紧挨着,倚,意为紧靠着;红翠,都代指美丽的女子。柳永继续讲述着落榜后的狂放生活:姑且就让我陷在温柔乡里吧,风流快活,一生畅快! 宋代的文人,多多少少都有一点狂狷气,经常一言不合就归隐,但像柳永这样，公然叫嚣着要到温柔乡里买醉的还真不多。

"青春都一饷。忍把浮名，换了浅斟低唱！"这最后一句，正是触怒仁宗皇帝敏感神经的那句词。饷，意为片刻；浮名，意为浮华不实的科举功名；浅斟低唱，意为斟着小酒低声歌唱。青春短暂，岁月几何，我不如把那个没用的功名，换成杯中酒、耳中曲。狂生柳永自始至终都在发着"牢骚"，叫嚷着要一辈子远离功名，过起醉生梦死的生活。听起来更像是在和朝廷赌气：眼前的大才你不录取，那是你们的损失，不是我柳永的损失，我还懒得搭理你们了！

虽然，柳永最终还是三番五次进了考场，步入了官场，但我们真不必嘲笑一个才子的食言。我更相信，这首《鹤冲天》才是柳永最酣畅淋漓的内心独白，无羁无绊，无畏无惧，无所顾忌，方是大才子柳三变的真性情。

宋朝立国319年，产生了大约120个状元，而柳永只有一个。

才子词人，自是白衣卿相。

> 知识链接

柳永善于驾驭各种词牌，尤以长调居多。

采莲令

北宋　柳永

月华收，云淡霜天曙。西征客、此时情苦。翠娥执手送临歧，轧轧开朱户。千娇面、盈盈伫立，无言有泪，断肠争忍回顾。

一叶兰舟，便恁急桨凌波去。贪行色、岂知离绪，万般方寸，但饮恨，脉脉同谁语。更回首、重城不见，寒江天外，隐隐两三烟树。

满江红

北宋　柳永

暮雨初收，长川静，征帆夜落。临岛屿，蓼烟疏淡，苇风萧索。几许渔人飞短艇，尽载灯火归村落。遣行客、当此念回程，伤漂泊。

桐江好，烟漠漠。波似染，山如削。绕严陵滩畔，鹭飞鱼跃。游宦区区成底事，平生况有云泉约。归去来、一曲仲宣吟，从军乐。

意象篇

第二十六章
明 月

从本章开始，我们聊一聊词的意象。关于意象，诗和词其实差不多，我们在"诗篇"中讲到的"杨柳""梅花""羌笛""渔翁"等意象也是词中的常客。唯一不同的是，唐诗和宋词作为一种文化现象，它们同时染上了时代的气质，宋词的意象较之唐诗更加细致阴柔，特别偏爱飞絮落红、小窗幽梦、冷月残照等轻灵纤巧的景物。意象太多，一一介绍是不可能了，和诗篇一样，我们特选取几种比较典型的意象。本章先说诗词意象中的大户——月亮。

据统计，月亮在宋词中的曝光率甚至超过了唐诗，光别称就有三十余个，什么玉盘、蟾宫、圆镜、玉轮、悬弓，等等。仅仅因为神话传说中月宫里有一只蟾蜍，月亮就有了玉蟾、霜蟾、瑶蟾、皓蟾、圆蟾、素蟾、冰蟾、银蟾等近十个说法。比如，北宋词人张先就写过一句"今夜圆蟾，后夜忧风雨"。月亮外观浑圆，再加上金蟾的传说，所以简称为"圆蟾"，你可千万不能理解为"胖乎乎的癞蛤蟆"。

宋词中的月，较之于唐诗，更富于动感和美感，它们除了"明月几时有""明月不胜愁"这样的直白描述，更多时候变身成了一个善解人意的精灵，成为词人内心活动的忠实倾听者。当词人满心伤悲的时候，明月就变成了一轮"残月""冷月",比如柳永的《雨霖铃》和姜夔的《扬州慢》,两首词的名句中都有月亮的影子:"杨柳岸,晓风残月""二十四桥仍在,波心荡、冷月无声。""残月""冷月"和"满月""新月"虽然一字之差,但营造的意境截然不同。当词人独自追忆的时候,明月又会随着词人的心思而移形换影。欧阳修曾写有一首描写情侣相会的《生查子·元夕》,里面就有"月上柳梢头,人约黄昏后"。此时的月亮悄悄爬上树梢,默默地注视着这对情人眷侣。晏几道的一首《鹧鸪天·彩袖殷勤捧玉钟》也是同类题材,其中有一句"舞低杨柳楼心月,歌尽桃花扇底风",里面的月亮挂在杨柳梢头,月光则直照楼中的人儿。若评选描写情人的缠绵不舍之情,这两首词堪称翘楚,偏偏都是明月成了词里的"最佳第三人"。

其实,月亮在宋词里不仅用来渲染氛围,很多词人还把月亮当作直接描写对象。比如,杨万里的《好事近·七月十三日夜登万花川谷望月作》:"月未到诚斋,先到万花川谷。不是诚斋无月,隔一林修竹。如今才是十三夜,月色已如玉。未是秋光奇绝,看十五十六。"词中说道,月光没有照书斋,却照到了万花川谷,月色如玉石一样晶莹美妙,可惜现在还没到赏月的最佳时刻,要等到十五、十六的夜晚才好。刘克庄的《清平乐·五月十五夜玩月》写得更有意思:"风高浪快。万里骑蟾背。曾识姮娥真体态。素面元无粉黛。身游银阙珠宫。俯看积气濛濛。醉里偶摇桂树,人间唤作凉风。"说是自己骑在银蟾的背上,乘风来到了月宫,还见到了素颜的嫦娥,喝醉酒后不小心摇了一下月亮上的桂树,结果变成了人间的一阵凉风。

几乎所有的宋朝大词人都写过与明月相关的词作,但在挑选今天的例词时,我们继续不走寻常路,选读吕本中的《采桑子》。

吕本中，字居仁，世称东莱先生，出生于官宦世家，四世祖吕夷简是仁宗时期的宰相，曾祖父吕公著则是哲宗时期的宰相，他虽然不能算宋词大咖，但所填的词风格清秀，别有一股民歌风味。在下面这首词里，吕本中借着明月来描写一个女子对丈夫的思念之情，但这次他没有借景抒情，而是以女子的口吻，直接和思念之人发起了对话。

采桑子
北宋　吕本中

恨君不似江楼月，南北东西，南北东西，只有相随无别离。
恨君却似江楼月，暂满还亏，暂满还亏，待得团圆是几时？

上阕"恨君不似江楼月，南北东西，南北东西，只有相随无别离"。词意一目了然：我恨你不像那江边楼头上高悬着的明月，无论在东西南北的各个地方，都和我紧紧相随，永不分离。无论人在哪里，晚上抬头都能见到一轮明月。词中的女子正是借月亮埋怨自己的丈夫，你为什么不能像月亮一样，和我在一起呢？

然而，到了下阕，这个埋怨丈夫的女子又陡然换了一套说辞，她不再抱怨丈夫"不像天上的月亮"，而是开始埋怨丈夫"恰似天上的月亮"，这个神奇的反转从何而来呢？

"恨君却似江楼月，暂满还亏，暂满还亏，待得团圆是几时？"满是指满月，即月圆时刻；亏是指月缺，即月亮呈月牙状的时刻。月有阴晴圆缺本是自然现象。女子却借此说道：我就恨你像那江边楼头上高悬着的明月，经过短暂的月圆时刻后，马上又会变成月缺，不知道下次的团圆又要等到什么时候。这里的团圆,是女子的一语双关,既是说月圆,也是指人的团圆。

读完这首词,相信每个人都会为这个女子的奇思妙喻而拍案叫绝,上下两阕,都是以"江楼月"为说辞,一会儿是赞它"南北东西不分离",一会儿是恨它"暂满还亏"。同一个月亮被赋予了不同的隐喻,而女子的丈夫似乎总是不懂人意,恰恰具备了"江楼月"的缺点,却丧失了"江楼月"的优点。在这深深的埋怨之后,是女子对丈夫的无限思念。

最后我们再聊聊词中"重章叠句"的笔法。所谓重章叠句又称"重章复沓",即作品中出现相同或者相似的用句用词,比如这首《采桑子》中"南北东西""暂满还亏"均被用了两遍,上阕的"恨君不似江楼月"与下阕的"恨君却似江楼月"也只有一字之差。这种现象在《诗经》中最早出现,比如那首《蒹葭》里说道:"蒹葭苍苍,白露为霜。所谓伊人,在水一方……蒹葭萋萋,白露未晞。所谓伊人,在水之湄……蒹葭采采,白露未已……所谓伊人,在水之涘。"这种重复运用同一句式的笔法读起来音律回环,就像在唱歌一样,能给人一种亲切的美感。

这种笔法,在宋词中也不少见,比如辛弃疾所写的《丑奴儿·书博山道中壁》:"少年不识愁滋味,爱上层楼。爱上层楼。为赋新词强说愁。而今识尽愁滋味,欲说还休。欲说还休。却道天凉好个秋。"

> 知识链接

欧阳修和晏几道的全词收录如下,一起欣赏下柳梢之月吧。

生查子·元夕

北宋 欧阳修

去年元夜时,花市灯如昼。月上柳梢头,人约黄昏后。

今年元夜时,月与灯依旧。不见去年人,泪满春衫袖。

鹧鸪天

北宋 晏几道

彩袖殷勤捧玉钟,当年拚却醉颜红。舞低杨柳楼心月,歌尽桃花扇底风。

从别后,忆相逢,几回魂梦与君同。今宵剩把银釭照,犹恐相逢是梦中。

第二十七章
雪 花

雪,一直倍受孩子们的喜爱,女孩子喜欢堆雪人,男孩子盼着打雪仗。这一点,北方的同学要幸运得多,每到冬天,鹅毛大雪纷纷坠下,才小半天,地上已经积了厚厚一层白雪,想怎么挥霍就怎么挥霍。但是,南方的同学要见到雪却不是一件容易的事,别说玩雪,能不能每年看到雪景还两说呢。

古人也很爱雪。《明文精选》里曾经有一篇赞美雪的文章:"天工翦水,宇宙飘花,品之,有四美焉;落地无声,静也,沾衣不染,洁也;高下平均,匀也;洞窗掩映,明也……"在古人的眼里,雪是由天上的能工巧匠精心裁剪出来的,是天地间飘散的花朵,它生来蕴含四种美德:落地却没有声响,是雪的"安静"之德;沾在衣服上而不会污染衣物,是雪的"洁净"之德;落在高低不同的地方而均匀铺洒,是雪的"公平"之德;雪花落下,屋里窗外亮色互相掩映,是雪的"明亮"之德。

在皑皑白雪覆盖下,任何景色都会呈现出另一番味道,各色优美雪景历来为人赞赏。宋人朱翌曾在一首《点绛唇·梅》中描述了一幅西湖雪景:"流水泠泠,断桥横路梅枝亚。雪花飞下。浑似江南画。白璧青钱,欲买春无价。归来也。西风平野。一点香随马。"西湖边,断桥残雪,寒梅映雪、飞雪迎春的美景顿时粲然可观。

大雪落下，万物都成了白茫茫的一片，因此，雪也是冬日严寒的象征。在诗词意象中，雪也经常被用来象征冷酷、艰难的环境。正如唐诗中的"大雪满弓刀""风雪夜归人"，宋词中也不乏肃杀的雪景。两宋之交有个词人叫向子諲（yīn），对于宋朝蒙受的靖康之耻一直心有不甘。绍兴五年（1135）冬日，他行进在江西鄱阳道中，联想到被掳到北方的徽钦二帝，慨然填下一首《阮郎归》："江南江北雪漫漫。遥知易水寒。同云深处望三关。断肠山又山。天可老，海能翻。消除此恨难。频闻遣使问平安。几时鸾辂还。"其中第一句便是"江南江北雪漫漫"，那种笼罩在失败下的气氛瞬间被营造出来，江南的雪尚且如此，江北的大雪更可想象，两位宋朝皇帝的命运，正如偏安苟且的南宋朝廷，在风雪交加中更加前景堪忧。只可惜，历史并没有吸取教训，北宋词人的悲哀一直延续到了南宋。南宋为蒙元所灭后，有个叫金德淑的南宋宫人填了一首《望江南》："春睡起，积雪满燕山。万里长城横玉带，六街灯火已阑珊，人立蓟楼间。"起首句也是大雪直落，寒气逼人，"春睡起，积雪满燕山"，一觉醒来，已经江山沦陷，亡国的悲恨顷刻间溢满心头。

雪花玲珑剔透，以雪花喻人，则更多地被用来象征光明磊落的品格。本章我们就要把南宋词人张孝祥请出来，跟着他的这首《念奴娇·过洞庭》，来理解他那晶莹如雪的品性。在解读词作之前，我们还得全面了解一下作者。

张孝祥，字安国，号于湖居士，南宋著名的爱国词人，一生创作了很多表达志在恢复、反对屈辱议和的诗词篇章。张孝祥很早就和主张议和的秦桧结下了梁子。绍兴二十四年（1154），二十三岁的张孝祥参加科举，当年秦桧的孙子秦埙也是考生之一，并且已被内定为状元。然而，当时的皇帝赵构已经和秦桧度过了"蜜月期"，他也想遏制下秦桧不断膨胀的势力，于是在殿试的时候亲自将张孝祥拔擢到秦埙之上，定为状元。特别要说的是，那年和张孝祥同中进士的还有范成大、杨万里、虞允文等人。

张孝祥一生坚持反对偏安，态度十分坚决。在他的仕途生涯中，数次因为主战立场而被奏劾罢职。隆兴二年（1164），张孝祥又因政治观点上的分歧而被外放，担任广南西路经略安抚使。一年后，张孝祥被召回任潭州知州，途经洞庭湖，在船上填下了这首词。

念奴娇·过洞庭

南宋　张孝祥

洞庭青草，近中秋、更无一点风色。玉鉴琼田三万顷，着我扁舟一叶。素月分辉，明河共影，表里俱澄澈。悠然心会，妙处难与君说。

应念岭海经年，孤光自照，肝胆皆冰雪。短发萧骚襟袖冷，稳泛沧溟空阔。尽挹［yì］西江，细斟北斗，万象为宾客。扣舷独啸，不知今夕何夕。

上阕前两句："洞庭青草，近中秋、更无一点风色。"写的依然是时间、地点。青草，是一个湖的名称，它和洞庭湖相连。临近中秋，洞庭湖上，风平浪静，水波不兴，这是一个安静祥和的秋夜，张孝祥泛舟湖上，经水路还乡。

"玉鉴琼田三万顷，着我扁舟一叶。""玉鉴"意为用美玉做的镜子，

"琼田"意为美玉铺成的田地,"三万顷"则意为湖面之宽广。空旷的洞庭湖湖水清澈见底,水面没有一丝波澜,一如刘禹锡笔下的"潭面无风镜未磨"。词人的一叶小舟和宽广无垠的湖面形成鲜明对比,那种幽静安详的感觉,既有着一种空灵的美感,又有一份难言的寂寞。

上阕五至七句:"素月分辉,明河共影,表里俱澄澈。""素月分辉"意为月光皎洁,映照在湖面上尤为光亮。"明河共影",是说湖面银光闪闪,仿佛是天上的银河投影到了湖中。"表里俱澄澈",是说词人借着月光,在舟中俯仰观察,从天空到湖水,整个世界清纯通透,不着一丝尘埃。这几句同样让人想起刘禹锡的"湖光秋月两相和"。两个相隔两百多年的文人,在描写洞庭湖时,竟然有着出奇一致的观感。词人在写景,其实也是在借景表明自己的心迹,他胸怀正如开阔的湖面,大气坦荡,他的品格正如清澈的湖水,洁净无瑕。

张孝祥在上阕最后说道:"悠然心会,妙处难与君说。"洞庭湖此番清澈的美景,和诗人光明磊落的内心互相映照,那是一种物我合一的境界,其妙处无法用语言来表达,只能用心灵来感受。词人借美景来自我期许,也为下阕的抒情进行了自然过渡。

下阕首句:"应念岭海经年,孤光自照,肝胆皆冰雪。"岭海,又可称为"岭表",是指现在的两广一带,泛指边远地区。岭海经年,是说几年里,词人因谗言而远离朝廷中心,出任广南西路经略安抚使。"孤光自照",意为词人在远方与孤月相伴。"肝胆皆冰雪",是说自己忠君报国、襟怀坦荡的品性并没有因为外放远地而改变,自己的品格仍像冰雪一样洁白晶莹。

"短发萧骚襟袖冷,稳泛沧溟空阔。""短发萧骚",意为头发稀疏短少;"襟袖冷"意为衣装简陋单薄;"沧溟"本指海水,这里代指洞庭湖广阔的水面。几年来,词人尝尽人间冷暖,现在虽已年老孤苦,但内心依然淡定从容,自己的报国之志并没有一丝一毫地动摇。

下阕六至八句:"尽挹西江,细斟北斗,万象为宾客。"那是作者极具浪漫主义气息的一声呐喊。挹,意为汲取、吸收;"西江",意为长江;"细斟北斗",是说以北斗星为盛酒的器皿,斟酒来喝;"万象"意为天地万物。在孤独的秋夜里,张孝祥把自己想象成主人,舀尽长江之水为美酒,以北斗星作为酒器,邀请天地万物来做自己的客人!浪漫如诗仙李白者,也不过"举杯邀明月,对影成三人",如此放纵的想象,让人叹为观止。

最后两句:"扣舷独啸,不知今夕何夕。"词人分别化用了苏轼《赤壁赋》中"扣舷而歌之",以及《念奴娇·中秋》中"起舞徘徊风露下,今夕不知何夕"的提法。秋高气爽,明月独照,在无边无际的湖面上,张孝祥独乘小舟,敲打船舷,发出仰天长啸:谁能告诉我,今天是一个什么样的日子啊?

是的,岁月无痕,心如霜雪。

> 知识链接

下面两首与雪有关的词,一首温婉,一首悲壮,皆可一记。

菩萨蛮·梅雪
北宋 周邦彦

银河宛转三千曲,浴凫飞鹭澄波绿。何处是归舟?夕阳江上楼。

天憎梅浪发,故下封枝雪。深院卷帘看,应怜江上寒。

饮马歌
宋 曹勋

边头春未到,雪满交河道。暮沙明残照,塞烽云间小。断鸿悲,陇月低,泪湿征衣悄。岁华老。

第二十八章
长 亭

"长亭外,古道边,芳草碧连天……天之涯,地之角,知交半零落。人生难得是欢聚,唯有别离多……"看到这些词句,你是不是已经情不自禁地哼唱了起来。没错,这正是弘一法师李叔同所作的歌曲《送别》。在聊唐诗的时候,我们说过,杨柳是象征离别伤情的重要意象。而这回到了宋词阶段,我们要介绍一下关于离别的另一个意象——长亭。

长亭,是古人为送别而建的场所。早在秦汉时期,人们就在乡村城郊每十里建一亭,负责为传递讯息的信使提供住宿和给养服务。古时的每个亭还设有亭长,他几乎是整个帝国最基层的官吏,不过你也别嫌官小,比如我们的汉高祖刘邦,人家就曾当过泗水亭长。随着时间推移,亭不再是光为信使提供服务,它逐渐还成了人们分别相送的地方,于是,人们又会每隔五里建一个简易的短亭。这就是所谓的"十里一长亭,五里一短亭",经过文人们的一番诗词吟咏,长亭短亭也就成了离别的象征。

在宋朝的离别词里,长短亭的意象使用频率非常高,不管是豪放派,还是婉约派;不管是玉玲珑,还是小清新,写起离别词了,都少不了要到亭子里去转悠一下。你看,精通音律的北宋词人周邦彦写过"不待长亭倾别酒",说是还没到长亭的话,你就别把酒拿出来,哥俩一定要到最后的时刻好好喝一杯。狂放的朱敦儒写过"十夜长亭九梦君",说是友情可贵,无数次梦到自己在长亭为你送别。婉约派高手晏几道写过"秋梦短长亭",说是自己秋天梦里总是回到送别时刻。能驾驭各种风格词作的文豪欧阳修也写过"过尽长亭人更远",可不是吗,千里送行,终有一别,长亭一别后,大家就天各一方了。

对唐诗宋词接触较少的同学可能会有个误解,觉得宋词就该是宋朝人写的,其实这是个概念定义问题。如果我们从文学角度来看,唐诗、宋词都可以看作一种文学形式的简称。词早在隋唐就有了雏形,到了元明清乃至现在,依然有人在写,只是词在宋朝最兴盛,我们就简称为宋词了。正如我们诗篇介绍唐诗时,很多宋朝、明朝的诗人都可以去凑热闹。本章我们选取大诗人李白的一首词。

菩萨蛮

唐 李白

平林漠漠烟如织,寒山一带伤心碧。暝色入高楼,有人楼上愁。玉阶空伫立,宿鸟归飞急。何处是归程,长亭连短亭。

"平林漠漠烟如织,寒山一带伤心碧。"所谓"平林"是指放眼望去,山丘上的林木簇立生长,连成一线;"漠漠"是烟雾升腾弥漫的样子。远处山林深处,烟雾缭绕,如织网一般锁住了山丘。山上树木苍翠碧绿,但因为主人公的心境不佳,这富有生命力的绿色也成了"伤心碧"。推此及彼,第一句的"烟如织",其实也是"愁如织"。

第三、四句"暝色入高楼,有人楼上愁",交代了观察视角的出发点。

"暝色",意为傍晚黄昏。落日斜阳照入高楼,有一个人正站在高楼之上,心事重重。如果大家仔细比较一下可能会发现,以往此类篇章,一般都是起句先介绍人物所处的时间、地点,然后再顺着人物的目光,逐次写景抒情。而这篇文章,却是先从远景写起,再将镜头慢慢地回缩到人物身上。楼上那位满腹心事的人到底是谁?是作者李白,抑或另有他人,我们不得而知。他究竟为何而愁?我们也只能继续看下阕。

"玉阶空伫立,宿鸟归飞急。""玉阶"意为精美的石阶,"宿鸟"意为回巢的鸟雀。楼上之人施施然地站立在石阶上,看着鸟儿一只只飞过,那些展翅疾飞的鸟儿,想必是急着回家呢。写到这里,我们应该已经能够明白,楼上伫立的人是一个思乡的人,鸟雀尚能归巢,自己却只能"叹年来踪迹,何事苦淹留"。

"何处是归程,长亭连短亭。"显然,主人公希望自己也能早日归乡,所以才会发问:哪里有自己的归路?很可能,现实中的他还不能马上回去,或许是事务缠身,或许是功名未立,"无颜见江东父老"。总之,他只能回忆来时走过的道路聊以安慰。"长亭连短亭",长短亭里有亲友为他送别时的回忆,有挂念、有嘱托、有期望、更有不舍……

> 知识链接

长亭、短亭，学词莫停哦。

点绛唇

北宋　林逋

金谷年年，乱生春色谁为主？馀花落处，满地和烟雨。

又是离歌，一阕长亭暮。王孙去。萋萋无数，南北东西路。

长相思

宋　万俟咏

短长亭，古今情。楼外凉蟾一晕生，雨馀秋更清。

暮云平，暮山横。几叶秋声和雁声，行人不要听。

第二十九章
栏　杆

在诗词中充当意象的，不是天文气象，就是飞禽走兽，而以普通的家常物件为意象的则较为罕见。但凡事都有例外，今天我们就要说一种物品意象——栏杆。

古代的栏杆是安装在亭台楼阁的回廊处，起到安全和装饰作用的建筑附属设施，也被称作围栏、护栏、栅栏等。后来，栏杆越做越精美，考究的栏杆上甚至还会雕上精致的花纹，它的作用不再局限于安全防护，而是成了一种建筑装饰。故而，栏杆又有了勾栏、阑干、雕栏等称谓。

栏杆能够成为意象缘于它兼具实用和审美两种功能。当古代的文人们登上阁楼，手抚精致的栏杆，极目远眺的时候，他们的视野豁然开朗，天际浮云、苍山大河、斜阳飞鸟、舟楫帆影，一切尽收眼底。此时，个人的思绪也会因为视野的扩张而活跃起来，很容易触景生情。有人会因为山川秀丽而赞叹，比如南唐词人冯延巳写过"且上高楼望，相共凭栏看月生"，苏门学士黄庭坚写过"四顾山光接水光，凭栏十里芰荷香"，这两人，一个赏月，一个赏荷花，好不快意。

当然，融入词里的栏杆还是悲情成分多一点。比如，柳永在《八声甘州·对潇潇暮雨洒江天》中感叹自己的羁旅生活："争知我，倚栏杆处，正凭凝愁";范仲淹的《苏幕遮·碧云天》也是表达思乡之情,其中有一句"明月楼高休独倚,酒入愁肠,化作相思泪"。写愁思缺谁都不能缺李清照,她在《点绛唇·闺思》里也靠了一回栏杆:"倚遍阑干,只是无情绪!"无怪乎,晏殊最后算是在《踏莎行·细草愁烟》中下了一个结语:"凭栏总是销魂处"。

宋词较之唐诗,悲伤情绪更多一点,所以宋词里的栏杆也比唐诗里更畅销,什么倚栏、凭栏、抚栏、拍栏之类的词汇随处可见,居然还有好事者统计过,说是宋词里的栏杆要比唐诗里面的多五倍。当然,文学不是数学,不能依赖数据分析就说宋朝的文人比唐朝的文人烦心事更多一些。前面在选取经典词作时我们选过唐朝李白的一首作品,这回我们继续让宋朝的文人歇一会,麻烦南唐后主李煜靠着栏杆来给我们现身说法。李煜词作中最著名的一次凭栏是在回忆中完成的,"雕栏玉砌应犹在,只是朱颜改",这位亡国之君思念故国时最先想到的恰恰是雕栏。栏杆还在,颜色已改,其实是说国土、百姓仍在,只是他们已经更换了主人。

下面这首词依然是李煜被羁囚在开封时所写,那时的李煜早就失去了自由和优渥的生活条件,甚至还要时刻为自己的生命安危而担心。春日的一次梦后,李煜起身来到栏杆前,念及故国故人,填写了一首《浪淘沙令》:

浪淘沙令

南唐　李煜

帘外雨潺潺[chán],春意阑珊。罗衾[qīn]不耐五更寒。梦里不知身是客,一晌[shǎng]贪欢。

独自莫凭栏,无限江山。别时容易见时难。流水落花春去也,天上人间。

上阕前三句"帘外雨潺潺,春意阑珊。罗衾不耐五更寒"。"潺潺"是流水的声音,"阑珊"则是凋零衰败的样子,"衾"是指被子,"罗衾"意为绫罗绸缎为被面的被子。春日将过,屋外细雨不停,即使身盖绸缎被子,无奈仍抵挡不住五更时刻的阵阵寒意。李煜所说的寒意,当然不光指外界温度,也是暗喻心中的凄凉。显然,他始终无法接受这个巨大的身份落差。

上阕第四、五句"梦里不知身是客,一晌贪欢"。"晌"是一会儿的意思。在梦中,李煜不知道自己客居他乡,也只有在梦里,他才能重回故国,重温片刻的快乐时光。然而,梦终究会醒。

下阕李煜诉说了自己梦醒后的感想。"独自莫凭栏,无限江山,别时容易见时难。"这几句更像是李煜醒后的喃喃自语:一个人的时候,千万不要倚靠栏杆,因为那是让人产生伤感的地方。曾经的故国江山,分别时容易,再要相见时却很困难。自然,宋朝绝不会将一个昔日的君主重新放回故土,尽管他已经没有丝毫威胁。

"流水落花春去也,天上人间。"春天将要逝去,正如东去的流水和凋落的鲜花,对比昔日的尊荣和现在的落寞,一个在天,一个在地。李煜想把自己的人生变故看成春去春来、花开花谢的自然现象,但这毕竟只是自欺欺人的宽慰,注定无法抚平他内心的痛苦。

> 知识链接

多"凭栏"几次,说不定能让你增加点才情呢。

点绛唇

北　王禹偁

雨恨云愁,江南依旧称佳丽。水村渔市,一缕孤烟细。

天际征鸿,遥认行如缀。平生事,此时凝睇,谁会凭栏意!

踏莎行

北宋　晏殊

细草愁烟,幽花怯露。凭栏总是销魂处。日高深院静无人,时时海燕双飞去。

带缓罗衣,香残蕙炷。天长不禁迢迢路。垂杨只解惹春风,何曾系得行人住。

第三十章
燕 子

接下来，我们要说说几种关于鸟类的意象，先说最常见的燕子。我一直认为，燕子是最能给人带来生活气息的鸟儿，它披着黑蓝色的羽毛，尾巴尖长分叉，飞起来像滑翔机一般，啾的一声，就能掠出很远。早前乡村的木结构房屋中，房顶、房梁等地方经常会被燕子筑上一个泥窝，里面养着几个嗷嗷待哺的小燕子，大燕子会忙着进进出出。那可是你不请自来的宠物，比起关在笼子里的金丝雀要好多了。燕子是候鸟，天冷时向南迁徙，到春暖花开时节才回到自己的繁殖地。因此，当家里的燕子窝又热闹起来的时候，人们就知道，春天来了。所以在文人的诗词里，它成了当之无愧的春天象征。

"几处早莺争暖树，谁家新燕啄春泥""泥融飞燕子，沙暖睡鸳鸯"。燕子到了唐朝诗人的笔下，总能给你带来暖暖的春意。在宋朝词人的笔下，燕子也是受人欢迎的报春使者。晏殊写过一首《破阵子·春景》，其中有两句："燕子来时新社，梨花落后清明。"意思是说：燕子飞来的时候正赶上社祭（古代祭祀土地神的日子，分春社和秋社，相传燕子春天社日北来，秋天社日南归），梨花落后就是清明节。晏殊能把春日景象写得清新自然，燕子功不可没。南宋词人史达祖则更有趣，他曾以燕为题目填了一首词，而使用的词牌名也和燕子有关,叫做"双双燕",那真是捅了燕子窝了。史达祖在《双双燕·咏燕》中写道:"过春社了,度帘幕中间,去年尘冷。差池欲住,试入旧巢相并。还相雕梁藻井,又软语商量不定。飘然快拂花梢,翠尾分开红影。"简单意译一下就是:社祭刚刚过去,燕子就在帘幕中穿飞,(房梁上)积满去年的灰尘,屋里显得格外冷清,燕子分开翅膀想停下来,试着重新进入昔日的巢穴。燕子一会儿目不转睛地盯着雕梁藻井(装饰有精美花纹的房梁和天花板);一会儿叽叽喳喳地"商量"个不停;又一会儿,燕子突然飞走,掠过花朵树梢,它那剪刀般的尾巴瞬间划开了花的影子。史达祖对燕子的这段描写堪称细致入微,如果啥时候老师布置作业描写燕子,完全可以学习借鉴一下。

迎春是喜,送春是愁,在宋朝的词作中,燕子穿梭来去,成为人们表达爱春、伤春、惜春之情的最佳寄托。而今天我们主讲的这首词,写景写人兼顾,堪称写春词中的翘楚,其中当然也少不了燕儿的影子:苏轼的《蝶恋花·春景》。

蝶恋花·春景

北宋 苏轼

花褪残红青杏小。燕子飞时,绿水人家绕。枝上柳绵吹又少,天涯何处无芳草!

墙里秋千墙外道。墙外行人,墙里佳人笑。笑渐不闻声渐悄,多情却被无情恼。

"花褪残红青杏小,燕子飞时,绿水人家绕。"词一开篇就告诉人们,那是暮春时节。"花褪"是说春天将过,花儿已经凋谢,"残红"意为落花。苏轼从一株杏树开始描绘他所见到的暮春景色。红色的杏花开始凋谢,片片花瓣飘落地面,树枝上开始结出青色的杏子。燕子绕着村舍飞舞,一湾绿水在村前流淌。无论远观近看,那都是一幅安静和美的乡村春景。

"枝上柳绵吹又少,天涯何处无芳草!"这是词中最为人称道的两句,尤其那句"天涯何处无芳草",早已成了安慰失恋男士的金句,当然,苏轼的本意并非如此。柳绵即为柳絮,枝头的柳絮在微风吹拂下越来越少,这和"花褪残红"一样,都是春天将过的信号。人们普遍留恋春光美好,每每遇到柳絮飞扬、花瓣飘落都会产生伤春的感情。苏轼是个豁达的人,他再次反其意而用之,说道:"天下之大,哪里没有芳草呢?"言外之意,美好的事物处处可见,无需因为眼前的一点点变化而徒然伤感。苏轼在自己身遇坎坷时经常自我鼓励,只是他肯定没想到,他的金句久而久之怎么就传成了一碗情感"鸡汤"?或许,这也和下阕的内容有关。

上阕是以景伤春,下阕苏轼开始着眼写人。"墙里秋千墙外道,墙外行人,墙里佳人笑。"这回,苏轼的观察视角从一堵围墙展开。围墙里,一个美丽的女子正笑意盈盈地荡着秋千,围墙外,一个行人正好路过。我们说,诗词中除了刻意的重章叠句外,一般是回避重复用词的,但苏轼这回却是墙里、墙外的一连用了四个"墙",但读起来并不显得啰唆,反而是错落有致。在这幅场景中,我们只能感受到充满活力的欢乐气息,却丝毫没有嗅到伤春的感觉。这当然不是苏轼的笔力不够,待你看到下面的笔锋妙转,便不得不乖乖地佩服这位宋词第一大咖了。

"笑渐不闻声渐悄,多情却被无情恼。"墙里的欢笑声渐渐消失了,多情的人儿总是被无情的人所伤害。"多情人"正是那个偶尔从墙外路过的行人，想必，那是一个翩翩少年，他听见了墙内甜甜的笑声，伫立遐思，浮想联翩。但是，片刻之后，他再也听不到墙内的笑声，心中不免怅然若失。墙外的男儿多情，墙内的女子却不知情，男子只能自己安抚内心的失落。或许，他只能苦笑一声，自嘲多情，最终悻悻地走开。

是啊，春天就像佳人的笑声一样，倏然即逝，不可挽回。每一个惜春之人，何尝不是那个多情的墙外人。

> 知识链接

看一下史达祖和晏殊的燕子吧,和你家乡那只相比如何?

双双燕·咏燕

南宋　史达祖

过春社了,度帘幕中间,去年尘冷。差池欲住,试入旧巢相并。还相雕梁藻井。又软语、商量不定。飘然快拂花梢,翠尾分开红影。

芳径,芹泥雨润。爱贴地争飞,竞夸轻俊。红楼归晚,看足柳昏花暝。应自栖香正稳,便忘了、天涯芳信。愁损翠黛双蛾,日日画阑独凭。

破阵子·春景

北宋　晏殊

燕子来时新社,梨花落后清明。池上碧苔三四点,叶底黄鹂一两声,日长飞絮轻。

巧笑东邻女伴,采桑径里逢迎。疑怪昨宵春梦好,元是今朝斗草赢,笑从双脸生。

第三十一章
鹧鸪

熟悉宋词的人都知道,有一个经常使用的词牌名叫"鹧鸪天",它还有几个别名叫"思佳客""思越人",一听就知道,这是个曲调哀婉的词牌。其实,鹧鸪本身就是宋词中经常出现的一个意象。鹧鸪和燕子不同,它是生长在我国南方的一种留鸟,所谓留鸟,就是长期生活在一个区域,无论春夏秋冬,都不迁徙的鸟类,习性和候鸟正好相反。鹧鸪天生喜欢阳光和温暖,它的外形、叫声等都很有特点,容易给人留下深刻记忆,这些特点在文人的发挥下,也完美地融入了诗词中。

鹧鸪外形看上去肥肥的,有点像母鸡,头部类似鹌鹑,胸前有白圆点,背部有紫赤浪纹。鹧鸪胸前的白圆点和背部的花纹是它最显著的特点,被称为"鹧鸪斑"。在词人的眼里,它是一种精致、美丽的象征,经常用来形容器物的斑纹。宋朝的一些达官贵人和文人骚客对饮茶很有讲究,爱屋及乌,他们对精美的茶具极为推崇。在一些关于茶的词作中,词人经常用鹧鸪斑来形容茶具上的花纹。比如,秦观的《满庭芳·北苑研膏》中有"纤纤捧,香泉溅乳,金缕鹧鸪斑"的提法,是说一个女子用纤纤玉手捧着茶具,茶具上镶刻着的金色斑纹像鹧鸪的羽毛斑纹。无独有偶,黄庭坚也曾有"冰瓷莹玉,金缕鹧鸪斑"的词句,无疑,在他们的眼里,鹧鸪是一种美丽的鸟儿。

鹧鸪在词作中的最常用元素是它的啼叫声。按照古人的说法,鹧鸪的鸣叫声是"钩辀[zhōu]格磔[zhé]",听起来像是"行不得也哥哥"。这"钩辀格磔"当然是形声词,但怎么就变成了"行不得也哥哥"就不清楚了。我们只能说古人确实具有丰富的想象力。既然啼叫声是"行不得也哥哥",那么鹧鸪所象征的自然是哀伤忧愁。比如,南宋词人赵长卿的《浣溪沙·春深》是一首感伤春天逝去的词,其中就有"薄暮归吟芳草路,落红深处鹧鸪声。东风疏雨唤愁生"一句,这里的鹧鸪声成了对春天的挽留。南宋词人李泳的《定风波·感旧》是首怀古词,其中有"试问越王歌舞地。佳丽。只今惟有鹧鸪啼",鹧鸪声在这里又成了感慨沧桑历史的咏叹调。而到了程垓的《菩萨蛮·去年恰好双星节》,又有"天涯消息近,不见乘鸾影。楼外鹧鸪声,几回和梦惊",此处的鹧鸪啼则成了离别愁绪的代名词。

鹧鸪声所能代表的愁绪很广泛,既可以包容个人离愁别绪,也可以是忧家忧国的情怀。下面我们重点说说辛弃疾的《菩萨蛮·书江西造口壁》。

菩萨蛮·书江西造口壁

南宋　辛弃疾

郁孤台下清江水,中间多少行人泪?西北望长安,可怜无数山。青山遮不住,毕竟东流去。江晚正愁余,山深闻鹧鸪。

南宋孝宗淳熙三年(1176),辛弃疾出任江西提点刑狱,在赣州(今江西赣州市)登上郁孤台(现位于赣州市城区西北部贺兰山顶),远眺山水，创作了这首感怀词。造口壁位于赣江西岸，当是词人记录下此词的地点。

"郁孤台下清江水，中间多少行人泪。"清江即赣江。郁孤台下滚滚流淌的清江水，其中汇入了多少行人的眼泪啊。辛弃疾的哀叹是有感于南宋初年的窘迫。当时，金人步步紧逼，宋高宗赵构为首的南宋朝廷只能东躲西藏，甚至一度要乘船跑到海上避敌。统治者尚且如此，普通的百姓更是生灵涂炭，无数财产、人口被强行掳掠。这是国耻，也是民难。辛弃疾念念不忘国耻，所以看到江水有感而发，说那些江水夹杂了多少草民之泪。

"西北望长安，可怜无数山。"长安是现在的西安，它是西汉和唐朝时期的首都，词人笔下的长安，其实是暗指北宋已经沦陷的都城汴京。站在郁孤台上，北望汴京，唯有满目青山。词人明说青山阻隔，其实是诉说着"江山不可复识"的悲愤。

"青山遮不住，毕竟东流去。"辛弃疾此时的感念，正如好友陈亮的"自笑堂堂汉使，得似洋洋河水，依旧只流东？"青山的遮蔽终究不能让我们忘却失去国土的耻辱，国仇家恨犹如绵绵江水，依旧东流。

"江晚正愁余，山深闻鹧鸪。"暮色苍茫，独立江边的辛弃疾因感念国事艰难而满腹愁绪，但是，此时的他并不能有太多的作为，他只能听到，从深山里传来的一声声鹧鸪哀鸣。

我们有理由相信，那清江水中，也有词人的泪水；那鹧鸪的哀啼，正是词人心中的不平。

知识链接

下面几声鹧鸪啼代表着词人的何种情绪?

浣溪沙

北宋 苏轼

风压轻云贴水飞,乍晴池馆燕争泥。沈郎多病不胜衣。
沙上不闻鸿雁信,竹间时听鹧鸪啼。此情惟有落花知!

渔家傲

金 段克己

春去春来谁作主,怨他昨夜江头雨。把酒问春春不语。头懒举,乱红飞过秋千去。

芳草澹烟江上路,鹧鸪声里斜阳暮。风外榆钱无意绪。空自舞,如何买得青春住。

第三十二章
鸿 雁

说完鹧鸪，接着聊另一种鸟类——鸿雁。鸿雁属于大雁的一种，据传是鹅的祖先，它和燕子一样，也属于候鸟，每年九、十月间都要成群结队地飞往南方过冬。如果从自然科学的角度看，这本是再正常不过的候鸟习性，但到了多愁善感的词人那里，当然不会是"一会儿排成一字，一会儿排成人字"那么简单，他们要趁机放飞一下才情的。比如，辛弃疾在《水龙吟·登建康赏心亭》中曾写道："落日楼头，断鸿声里，江南游子"，说是听到鸿雁的叫声，想起自己也是一个客居江南的异乡人。辛弃疾登临亭台楼阁后特别喜欢填词，咱们前面提过京口北固亭、江西郁孤台，这回则是建康（今江苏南京）的赏心亭。赵长卿在《临江仙·暮春》中也写过"过尽征鸿来尽燕，故园消息茫然"，这里鸿雁和燕子两种候鸟同时出现了，说的还是思念故土之情。

同样是以鸿雁来表达情感，但词人的具体描写角度会有所不同。鸿雁结队而飞的时候，会不时地发出鸣叫，声音洪亮，尾音很长，听起来非常悲凉，有词人就喜欢以雁声入词。比如，以写悲情词见长的柳永在《夜半乐·冻云黯淡天气》中有过一句"凝泪眼、杳杳神京路，断鸿声远长天暮。"而在《玉蝴蝶·望处雨收云断》中，他还写过"黯相望。断鸿声里，立尽斜阳"。巧合的是，以上两个"断鸿声"都是全词的收尾句，柳永的寂寞惆怅也恍如断鸿声一般，萦绕不散。

鸿雁的习性是成群结队，但有时也会出现一两只落单的孤雁，看上去煞是寂寞可怜。在词人眼里，那掉队的鸿雁又是可以和自己形影相怜的。比如，苏轼被贬黄州期间曾写过一首《卜算子·黄州定慧院寓居作》："缺月挂疏桐，漏断人初静。谁见幽人独往来，缥缈孤鸿影。惊起却回头，有恨无人省。拣尽寒枝不肯栖，寂寞沙洲冷。"当时他因"乌台诗案"而被贬官，到黄州后暂时居住在城东一个叫定慧院的古刹内。愤懑抑郁的苏轼以孤鸿自比，写尽了无处栖身的寂寞。又比如，朱敦儒写过一首《好事近》："摇首出红尘，醒醉更无时节。活计绿蓑青笠，惯披霜冲雪。晚来风定钓丝闲，上下是新月。千里水天一色，看孤鸿明灭。"那个孤独的渔翁和天边的孤鸿正是朱敦儒自身处境的写照。可见，很多人都争着用诗词告诉世人，自己就是那只受伤的小鸟。

中国自古还有鸿雁传书的说法，鸿雁不是信鸽，为什么能送信呢？这个说法要从苏武身上说起。汉武帝时期，苏武被匈奴扣留在北方苦寒地带。到了汉昭帝时，汉和匈奴议和了，汉朝派人向匈奴要人，匈奴谎称苏武已经死了。汉朝使者不便明说匈奴撒谎，就声称自家皇帝打猎的时候射下了一只大雁，大雁脚上正缠着苏武寄来的帛书，匈奴人被唬得一愣一愣，最终只好放苏武回去。从此，"鸿雁传书"的说法就流传开了。比如，李清照在《念奴娇·春情》中说过"征鸿过尽，万千心事难寄"；又比如，晏几道在《思远人·红叶黄花秋意晚》中说过"飞云过尽，归鸿无信，何处寄书得"，两人都是想把鸿雁当作自己的快递小哥。我们现在要说的这首《清平乐》中，鸿雁也是词人心目中的信使。

清平乐

北宋　晏殊

红笺小字，说尽平生意。鸿雁在云鱼在水，惆怅此情难寄。

斜阳独倚西楼，遥山恰对帘钩。人面不知何处，绿波依旧东流。

晏殊的这首词是一篇思念远人的作品，从整体词意看，应该是写给一个爱恋之人。

上阕："红笺小字，说尽平生意。"笺，原本是指小竹片，后指用来写信题诗的精美纸张。词人说，他拿出了一张红色的精美信笺，在上面写尽自己的相思之意。

"鸿雁在云鱼在水，惆怅此情难寄。"关于传递书信，古时除了鸿雁传书外，还有"鱼传尺素"的说法。"鱼传尺素"的说法来源于古诗《饮马长城窟行》，诗中有"客从远方来，遗我双鲤鱼。呼儿烹鲤鱼，中有尺素书"，说是客人给我带来了鲤鱼，杀鱼的时候发现鱼肚子里藏有帛书。后来人们开始将书信放入鱼形的匣子里，从此就有了"鱼传尺素"的说法。晏殊说他只看见鸿雁在云间飞，鱼儿在水里游，但他的惆怅之情却无人替他送达。

"斜阳独倚西楼。遥山恰对帘钩。""斜阳"说的是黄昏时刻，"独倚西楼"是说词人在楼上独倚栏杆。日暮黄昏，太阳西下，余晖映照到楼间，词人孤独地立在楼头，凭栏远眺，远处的青山恰好对着窗上的帘钩。

"人面不知何处，绿波依旧东流。"最后两句，晏殊化用了崔护《题都城南庄》中的名句"人面不知何处去，桃花依旧笑春风"，只是将风中摇曳的桃花变成了缓缓东流的碧水。晏殊、崔护所描写的,似乎都是多情人的宿命:窈窕淑女,寤寐求之。求之不得,寤寐思服。悠哉悠哉,辗转反侧……

知识链接

下面两只词中的鸿雁,带来了怎样的讯息?

霜天晓角·梅

南宋 范成大

晚晴风歇,一夜春威折。脉脉花疏天淡,云来去、数枝雪。

胜绝,愁亦绝。此情谁共说。惟有两行低雁,知人倚、画楼月。

诉衷情

北宋 晏殊

芙蓉金菊斗馨香,天气欲重阳。远村秋色如画,红树间疏黄。

流水淡,碧天长,路茫茫。凭高目断,鸿雁来时,无限思量。

第三十三章
落 花

在讲诗的时候,我们说过梅花、菊花等植物构成的意象,在宋词中这些梅兰松竹等意象依然沿用,但这回我们不谈具体的某种植物,而是要说说常见的"落花"意象。

"落花"意为花的凋零,象征着美丽事物的消逝。少年青春不再,美人容颜老去,壮士英雄迟暮,江山繁华骤逝,都可以用花的凋谢来象征。因此,它又成了词人笔下一种传递感伤的重要意象,"无可奈何花落去"是诸多词人的一种常态。当然,我们并不是说"落花"在诗里就没有,杜甫不也说过"落花时节又逢君"嘛。只是,关于"落花"的运用频率,宋词远高于唐诗。在唐诗中,你如果仔细去观察,会发现诗人在描述落花时大都直笔"落花"二字,偶尔还会用"飞花""残红"等字眼。可到了宋朝词人那里,花样可就多喽,不信咱们跟着数一数。

神童宰相晏殊在感慨人生短暂时写过一首《浣溪沙·一向年光有限身》,里面有"满目山河空念远,落花风雨更伤春。不如怜取眼前人"。晏几道在《临江仙·梦后楼台高锁》中则写过:"落花人独立,微雨燕双飞"。在大晏、小晏这里,落花还是落花,但是到秦观这里,"落花"就变成了"飞花","自在飞花轻似梦,无边丝雨细如愁。宝帘闲挂小银钩",

这是秦观在《浣溪沙·漠漠轻寒上小楼》里的句子，说是看到花儿轻轻飞舞，小雨淅淅沥沥，词人仿佛步入了梦境。

欧阳修的《蝶恋花·庭院深深深几许》更加出名，在这首词里，他用一个闺中妇女的口吻感叹自己仕途不顺，所谓"泪眼问花花不语，乱红飞过秋千去"。宋朝不少词人都特别讲究用字，心情乱了，落花也就变成了"乱红"，花瓣随风飘舞的景象浑似人世间不可捉摸的命运。无论"落花"，还是"飞红""乱红"，都是着眼花飘落的动态，待花瓣落地后，它又会变成"落红"。比如北宋词人张先在《天仙子·水调数声持酒听》中写过一句"风不定，人初静。明日落红应满径"，外面风儿紧吹，人们刚刚酣然入睡，词人想着，经过这一晚的风吹，明天落下的花瓣应该铺满石头小路吧？张先是写闲趣词的高手，这首词是他暮年喝酒赏花时的遣兴之作。

除了上面"落花""飞花""乱红""落红"等词汇外，词人们还用过"残红""落英""红雨""飞红"等用法。当然，要完整理解"落花"意象，不能只盯着一些固定的字词，其实它更是一个整体的概念。比如北宋初期的名相寇准曾填过一首《江南春》："波渺渺，柳依依。孤村芳草远，斜日杏花飞。江南春尽离肠断，蘋满汀州人未归。"其中的"杏花飞"其实也是一种落花的意象。在这首《江南春》里，词人伫立河畔，但见近处波光粼粼，柳树依依，远处只有一个孤零零的小村落，杏花开始纷纷凋谢，飘洒满地，湖中小岛长满蘋草，江南的春天即将消逝，思念的人儿却还未回来。寇准一生强硬刚直，曾以一己之力促成澶渊之盟，最终却在朝廷斗争中败北，流落远方，至死没有回到家乡。这首寄托思念之情的词，最后却成了他自己命运的谶语。

可见，研究落花的意象不能拘泥于一词一句，今天我们要精读的是南宋末年词人刘克庄的《卜算子》。刘克庄出身文人世家，以写豪放词见长，但也有不少婉约派的佳作。比如，今天这首《卜算子》通篇明笔写花，暗喻人生哲理，整篇构思也如花儿一样精致工巧。

卜算子

南宋　刘克庄

片片蝶衣轻，点点猩红小。道是天公不惜花，百种千般巧。

朝见树头繁，暮见枝头少。道是天公果惜花，雨洗风吹了。

词人在上阕先写了花的美丽可爱。"片片蝶衣轻，点点猩红小。""蝶衣"意为"蝴蝶的翅膀"，"猩红"意为"像血一样呈猩红色"。一片片花瓣如蝴蝶的翅膀一般轻盈，一个个花朵小巧精致，颜色如血般猩红，格外鲜艳。可见，词人眼中的花儿分外娇媚，让人一看就生怜爱之情。

"道是天公不惜花，百种千般巧。""道"就是"如果说"；"百种千般巧"意为极其巧妙精妙。词人看了美丽的花儿后感叹：如果说上天不爱惜这些花的话，为什么将它们设计得如此精巧？或许，你看到刘克庄的发问会感到很奇怪，词人缘何写着写着要乱入一个"老天爷"呢？不急，看了下阕，你马上就明白了。

下阕前两句"朝见树头繁，暮见枝头少"。早上赏花的时候，树头还是花团锦簇，到了傍晚，枝头的花儿已经所剩无几。刘克庄所看到的景象也和上面的"乱红""飞红"一样，经过一天的风吹雨淋，花瓣纷纷飘落下来。一朝一暮，一天时间里，那"百种千般巧"的花儿已经凋零殆尽，词人不写一个"落"字，却把人事代谢的迅速一语说尽。

"道是天公果惜花，雨洗风吹了。"看见花落，词人继续发出感叹：如果说上天真的爱惜花儿，为什么一下子就让它们在风雨中凋零了呢？原来如此，刘克庄此前对上天"惜花"的感慨，其实是在为现在的"不惜花"做铺垫。惯常的欲扬先抑笔法到这里变成了欲抑先扬，一起一落之间，道尽了人在时光面前的渺小。

> 知识链接

张先和秦观的词抄录如下,大家可以仔细赏花。

天仙子

北宋　张先

水调数声持酒听,午醉醒来愁未醒。送春春去几时回?临晚镜,伤流景,往事后期空记省。

沙上并禽池上暝,云破月来花弄影。重重帘幕密遮灯,风不定,人初静,明日落红应满径。

浣溪沙

北宋　秦观

漠漠轻寒上小楼,晓阴无赖似穷秋。淡烟流水画屏幽。

自在飞花轻似梦,无边丝雨细如愁。宝帘闲挂小银钩。

第三十四章
流 水

说完落花,接着说流水。落花、流水两个意象其实具有很多相似性,它们都是宋词中最常见的意象,且均用于抒发岁月蹉跎、相思眷恋的惆怅感。正如李清照在《一剪梅·红藕香残玉簟秋》中所说的"花自飘零水自流。一种相思,两处闲愁。"流水和落花绝对是词人们"晒愁绪"的最佳拍档。

如果从使用频率上来看,流水还要比落花更高一点,前面提到过的词作中,都少不了水的影子。比如辛弃疾的"不尽长江滚滚流",李煜的"恰似一江春水向东流",王安石的"六朝旧事随流水";再比如吴文英的"往事梦中休,花空烟水流",柳永的"唯有长江水,无语东流",等等。

既然是写忧愁,从来都少不了秦观,这位苏门学士虽然才华过人,但仕途走得非常不顺,参加了三次科考才取得功名,进入仕途后因和苏轼关系密切,在元丰年间先被贬为杭州通判,再贬监处州酒税,后又到了郴[chēn]州、横州、雷州,地方越来越远,官越做越小。在郴州(湖南郴县)的时候,秦观写过一首《踏莎行·郴州旅舍》,其中最后一句是"郴州幸自绕郴山,为谁流下潇湘去"。意思说,郴江啊,你应该绕着郴山流淌啊,为什么非要流到潇湘去呢?秦观笔下的郴江就是厌倦奔波生活的自己。秦观作词的风格和晏几道、柳永差不多，都是婉转含蓄、秀丽优美，属于典型的婉约派。此外，秦观的相貌也特别值得说道一下。看了他的作品，恐怕很多人都以为秦观必定是一个文弱儒雅的白面书生，事实上，秦观是一个五大三粗的壮汉，据说还长着一脸络腮胡子，如果大家还嫌不够直观，可以脑补一下张飞、李逵的形象。没错，这就是写出"两情若是久长时，又岂在朝朝暮暮"的秦观。

说完秦观的流水，再说说另一个苏门学子黄庭坚笔下的流水，他写过一首《望江东》，上阕是"江水西头隔烟树，望不见、江东路。思量只有梦来去，更不怕、江阑住"。这次流水表达的是两个人的相思之愁。黄庭坚的词中，一位主人公住在江水之西，另一位主人公则住在江水之东，两人盼望见面，却因路途遥远，只能在梦中相见。无独有偶，用流水阻隔来表现思念之愁的，还有下面这篇要精读的《卜算子》。李之仪不是苏门四学士之一，但也是苏轼门下的重要成员，和秦观、黄庭坚的关系都不错。虽然李之仪写词的整体成就不如秦观、黄庭坚，但这首《卜算子》的艺术成就丝毫不输秦、黄二人。

卜算子

北宋　李之仪

我住长江头，君住长江尾。日日思君不见君，共饮长江水。
此水几时休，此恨何时已？只愿君心似我心，定不负相思意。

李之仪的这首《卜算子》是以"长江水"为载体，述说了一个妇女怀念丈夫的感情。从句法上我们可以看出，它与此前吕本中的《采桑子·恨君不似江楼月》相似，都用了重章叠句的方法，听起来带着浓浓的民歌风味。

"我住长江头，君住长江尾。"开篇两句，词人用妇人的口吻告诉人们：我住在长江之头，你住在长江之尾。这种情景和黄庭坚所说的一个在江水之西，一人在江水之东十分相似。当然，妇人和丈夫在现实中的时空距离不会如此夸张。

"日日思君不见君，共饮长江水。"妇人承接上面两句继续哀叹：我每天都思念着你，却始终无法相见，只能共同饮用着这长江之水。因为万里相隔，妇人和丈夫只好接受思之不得的窘境，两人能共同感受到的，唯有眼前的长江之水。缓缓流淌的江水，如两人绵绵的情意，共饮一江水，一如同望江楼月，在他们心里，那是贯通思念之情的唯一纽带。

"此水几时休，此恨何时已。"共饮长江水毕竟只是人的主观祈望，并不能实现真正的感情互通。于是，在下阕里，妇人又暗自忖度：这滚滚东流的长江之水，不知道什么时候才会休止，这绵绵的相思之恨，又不知道什么时候才能停歇。所谓"人到情多情转薄，而今真个悔多情"，爱恨交织是思念者的常态，妇人的怨念更透着她的辛酸和无奈。

"只愿君心似我心，定不负相思意。"恨过之后，又是真挚的期盼，怨过之后，仍是深切的思念。在一番矛盾纠结之后，妇人让江水带去了对丈夫的寄语：但愿你的心思始终和我一样，我一定不辜负这片相思之情。激越之爱，足以跨越时空，虽千难万险，无所避。

问世间，情为何物，直教生死相许！

> 知识链接

以下为李清照和秦观的全词,皆是名作,值得赏析。

一剪梅

宋　李清照

红藕香残玉簟秋。轻解罗裳,独上兰舟。云中谁寄锦书来?雁字回时,月满西楼。

花自飘零水自流。一种相思,两处闲愁。此情无计可消除,才下眉头,却上心头。

踏莎行·郴州旅舍

北宋　秦观

雾失楼台,月迷津渡,桃源望断无寻处。可堪孤馆闭春寒,杜鹃声里斜阳暮。

驿寄梅花,鱼传尺素,砌成此恨无重数。郴江幸自绕郴山,为谁流下潇湘去?

第三十五章
梧 桐

最后，我们再聊一种特定的植物意象——梧桐。梧桐是一种常见的落叶乔木，古人经常把它种在庭院里。梧桐一到秋天，就早早地开始落叶，风乍起，大片大片的落叶就会铺满庭院，所以有"梧桐一叶落，天下尽知秋"的说法。因为梧桐有着鲜明的"知秋"特色，故而经常被词人用来渲染孤独、寂寥的气氛。比如，李之仪的"庭户深沈，满地梧桐影"，欧阳修的"卷绣帘、梧桐秋院落，一霎雨添新绿"，以及黄机的"秋萧索，梧桐落尽西风恶"等。反正不管出名的词人也好，不出名的词人也好，都拿梧桐树做过文章。

要说用梧桐来表现孤独的，最著名的莫过于李清照《声声慢·寻寻觅觅》中的那句"梧桐更兼细雨，到黄昏、点点滴滴。这次第，怎一个、愁字了得"。用梧桐和细雨来表现孤独并不是李清照的专利。比如，北宋末年的词人汪藻曾在《小重山·月下潮生红蓼汀》中写过一句"夜来秋气入银屏。梧桐雨，还恨不同听"；欧阳修也在《一落索·小桃风撼香红碎》中写过"窗在梧桐叶底，更黄昏雨细。枕前前事上心来，独自个、怎生睡"，你看，不但有梧桐和细雨，连句法上都有些相似。

再展开了说，关于梧桐和细雨的双重意象，曾有一个名句"梧桐叶上三更雨",它居然被三位知名词人用过,分别是苏轼《木兰花令·宿造口闻夜雨寄子由才叔》中的"梧桐叶上三更雨,惊破梦魂无觅处",周紫芝《鹧鸪天·一点残红欲尽时》中的"梧桐叶上三更雨,叶叶声声是别离"以及赵长卿《一剪梅·秋雨感悲》中的"梧桐叶上三更雨,别是人间一段愁"。当然,在诗词创作中,一些名句的相互引用借鉴也是常有的事,这可不能算抄袭,连融梗都算不上。

梧桐除了和细雨发生联系外,还会和琴瑟联系在一起,因为古人认为,弹琴是种高雅情趣的象征,而好的琴必然是用梧桐木为材料制成的。《后汉书》曾记载,东汉的大儒蔡邕看到有人在烧梧桐木,他从树木爆裂的声音中听出那是一段极好的木材,于是就想办法把那段木头留了下来,并将它做成了琴,一听果然音色优美。因为那把琴的尾部还有烧焦的痕迹,所以被人称为"焦尾琴"。《南唐书》中也有一段类似记载,说是南唐后主李煜的老婆大周后,能歌善舞,尤其擅长弹琵琶,曾经以弹琴为南唐中主李璟(李煜之父)祝寿,李璟觉得儿媳妇弹得太棒了,特意赐给了她一把"烧槽琵琶",之所以取名"烧槽",是说人家的琵琶和蔡邕的"焦尾琴"属于同款。后来,人们就经常以"丝桐""弦桐""焦琴""焦桐"等代指琴。比如,陆游曾在《风流子·佳人多命薄》中写过"更乘兴,素纨留戏墨,纤玉抚孤桐",描写的就是美人弹琴。

梧桐真是一种内涵深厚的植物,除了雨和琴外,它还能和凤凰搭边。有句话叫做"良禽择木而栖",而凤凰作为鸟中之王,能供它栖息的木头当然不简单。梧桐被古人看作是高大上的木材,于是成了凤凰的唯一指定居住场所。宋词里有个常用的词牌名叫"蝶恋花",它还有个别名就叫"凤栖梧"。所以,梧桐所象征的"孤独"中,又会带有知音难觅的意味。下面我们要精讲的词,乃是北宋词人贺铸悼念亡妻的一首《鹧鸪天》,其中,词人就以梧桐传递失去伴侣的痛苦。这首词与此前苏轼的《江城子·乙卯正月二十日夜记梦》一起,被称为宋朝悼亡词中的"双璧"。

鹧鸪天
北宋 贺铸

重过阊门万事非,同来何事不同归?梧桐半死清霜后,头白鸳鸯失伴飞。

原上草,露初晞。旧栖新垅两依依。空床卧听南窗雨,谁复挑灯夜补衣!

"重过阊门万事非。同来何事不同归。""阊门"就是苏州城的西门,这里代指苏州。贺铸和妻子赵氏曾经在苏州共同生活,后妻子病逝,葬于苏州。此次贺铸重回故地,想起贤良淑德的妻子,不禁悲从中来,喟叹道:重新来到苏州,早已物是人非,为什么你曾经与我一起来到此地,现在却不能和我一同归来呢?

"梧桐半死清霜后,头白鸳鸯失伴飞。""清霜"意指秋天,梧桐在秋后树叶凋零,呈半死之态,失去伴侣的鸳鸯孤独地飞过。梧桐半死,鸳鸯失伴,本该成双成对的爱情现在都破碎了。贺铸此时已经五十八岁,在古代,那是白发苍苍的年龄,其中的孤独和凄凉,只有他自己能体味。

下阕"原上草,露初晞。旧栖新垅两依依"。"晞"意为干燥;"旧栖",是指贺铸和妻子生前的住所;"新垅"是指新坟,即妻子赵氏下葬之地。词人说道:原野上的草,露水刚刚晒干,妻子的旧居和孤坟让我留连徘徊。

此时的贺铸，纵然不是"千里孤坟"，也是"无处话凄凉"，他和苏轼是不同的情境，一样的凄凉哀婉。

"空床卧听南窗雨，谁复挑灯夜补衣！"无论有如何的不舍，词人都只能接受一个人的现实，他躺在空荡荡的床上，听着南窗外的小雨，独自思量：还有谁能在深夜为我挑灯缝补衣裳呢？显然，贺铸是因为想念妻子而未能入睡。深夜，听着外面的雨声，看到眼前的灯烛，贺铸想起了以前妻子在灯下为他缝补衣服的场景。往日生活中的温馨场面勾起了词人的无限思念，昔日的伉俪情深，如今只剩下一份酸楚的回忆。

> 知识链接

一起来看看两位非著名词人的梧桐树吧。

品令

北宋　曹组

乍寂寞。帘栊静,夜久寒生罗幕。窗儿外、有个梧桐树,早一叶、两叶落。

独倚屏山欲寐,月转惊飞乌鹊。促织儿、声响虽不大,敢教贤、睡不著。

菩萨蛮

南宋　高观国

何须急管吹云暝,高寒滟滟开金饼。今夕不登楼,一年空过秋。

桂花香雾冷,梧叶西风影。客醉倚河桥,清光愁玉箫。

格律篇

第三十六章
词 牌

我们在诗篇中说过，诗的格律主要由平仄和韵脚两方面内容组成，根据平仄和入韵要求，格律诗可以分为十六种基本格式。而词的情况就不同了。词也讲究格律，但它的格律是由词牌决定的。一个词牌，就决定了一首词的句数、字数、平仄以及押韵的位置。比如我们很多同学接触到的第一首词是唐代张志和的《渔歌子》，《渔歌子》其实是一个词牌，它的基本格式就是：

渔歌子
中仄平平仄仄平（韵），中平平仄仄平平（韵）。

西塞山前白鹭飞，桃花流水鳜鱼肥。

平仄仄，仄平平（韵），平平仄仄仄平平（韵）。

青箬笠，绿蓑衣，斜风细雨不须归。

需要注意的是，这里的"中"，代表此处的字既可以用平声字，也可以用仄声字。标注"韵"字，代表此处需要押韵。接下来，我们将一直用这种方法标识词的格律。因此，如果你也想写一首《渔歌子》，就必须按照上面的格律来填写，不能随便使用平仄，更不能任意加字、减字，这好比做填空题，把符合平仄和押韵要求的字填到对应的位置上就可以了。

是的，词就是根据词牌填出来的，正所谓"作诗填词"。

如此看来，很多人可能会想，填词倒也有填词的好处，再也不需要像作诗一样考虑"一三五不论""孤平拗救"等五花八门的规则，只需要依葫芦画瓢就可以。但填词也有填词的烦恼，因为诗的基本格式只有十六种，而且有着固定的排列规律，你只要掌握了其中的规则，就能熟练运用。词就不同了，据统计，从古到今，先后存在一千多种词牌，一个人怎么可能把每种词牌的格式都记住呢？

古人考虑到这个问题，就创造了"词谱"，词谱类似于收录各种词牌的辞典，可以供填词的人翻阅参考。距今最早的词谱是明代人张綖所编的《诗余图谱》，后来还有了《啸余谱》《填词图谱》等词谱书。直到康熙年间，才出现了两本较为准确的大型词谱：《词律》和《钦定词谱》。不过，这些词谱书都太专业，收录的词牌太多，不适合初学者。到了乾隆年间，一个叫舒梦兰（字白香）的人，编写了一本《白香词谱》，收录了人们最常用的一百个词牌，既方便又简洁，很受初级填词爱好者的欢迎。

说到这里可能很多人会产生疑问，词在宋朝就很兴盛了，为什么直到明朝才产生词谱呢？事实上，词和诗不一样，诗一直被人们视为正规的文学形式，而词很长一段时间内只是文人雅士之间的一种消遣。此前也说过，在科举考试中，诗是重要的考试内容，词则根本连一个分值都不占。当然，就算有了词谱，恐怕填词爱好者也不能拿着本厚厚的书到处晃悠。你可以想象一下，一旦酒宴上需要填词助兴的时候，别人都显摆完，轮到你了，你总不好意思捧出一本词典，说等我查清楚了格式再填。其实，记住词牌的方式也不是没有，你可以尝试一下"以词记谱"。

所谓"以词记谱"，就是通过背诵一首最典型的词来记住这个词牌，《白香词谱》为每个收录的词牌都选取了一首例词，帮助记忆。当然，这属于初学者的一种学习方法，其实，一个词牌并不是机械地对应一种格式，很多词牌还会有它的"变格"，也就是在基本句式不变的前提下，某些字的用韵、平仄上出现一些变化，甚至某句里字数的细微增减。如果你看到同一词牌的两首词，格律形式略有差别，很可能就是遇到了"变格"。不过，学词和学诗一样，都有一个由易到难的过程，最终还是要靠熟能生巧。初学者可以先记住一种最标准的格式，然后靠多背多记来加深理解。

最后我们再说说词牌的来源，词牌的来源很多，其中一大部分来自唐代宫廷音乐，如《破阵子》《浣溪沙》等；有的来自民间的歌曲，如《祝英台》《苍梧谣》等；有的来自域外，比如《菩萨蛮》《苏幕遮》等；有的是词人自创出来的，比如姜夔就创制过《扬州慢》《淡黄柳》等词牌。今天，我们就来欣赏一下姜夔的名作《扬州慢》。

姜夔是南宋著名的文学家，也是一个精通诗词、书法、音乐的全才。姜夔的人生之路走得并不顺利，他曾经四次参加科考，却次次名落孙山，大多数时间都过着漂泊不定的生活。淳熙三年（1176）的冬天，姜夔路过扬州，看见昔日繁华的都市如今"四顾萧条"，有感家国的不幸遭遇，填了这阕词。

扬州慢

南宋　姜夔

淮左名都，竹西佳处，解鞍少驻初程。过春风十里，尽荠麦青青。自胡马窥江去后，废池乔木，犹厌言兵。渐黄昏，清角吹寒，都在空城。

杜郎俊赏，算而今、重到须惊。纵豆蔻词工，青楼梦好，难赋深情。二十四桥仍在，波心荡、冷月无声。念桥边红药，年年知为谁生？

上阕前三句："淮左名都，竹西佳处，解鞍少驻初程。"这里的"淮左名都"和"竹西佳处"都代指扬州，宋朝的扬州是淮南东路（类似于省一级的行政区）首府，所以说"淮左名都"。竹西，是指扬州禅智寺前的竹西亭，诗人杜牧曾在《题扬州禅智寺》中写过"谁知竹西路，歌吹是扬州"。少驻，意为短暂停留；初程，意为行程。姜夔到了扬州，解下马鞍稍作停留。

"过春风十里，尽荠麦青青。自胡马窥江去后，废池乔木，犹厌言兵。""春风十里"是指过去繁华的扬州，杜牧在《赠别》一诗中写过："春风十里扬州路，卷上珠帘总不如。"他曾有一段时间在扬州居住，为扬州留下了许多诗篇，姜夔在这首词里多次引用。荠麦，是指荠菜和野生的麦；胡马，代指金国的兵马；废池乔木，意为毁弃的池台和残存的树木，此处是形容眼前扬州城内的萧条。姜夔的上阕是依序写景，极力刻画扬州今昔的对比：路过那曾经无比繁华的扬州，如今到处长满青青的荠麦。自从金人渡江南下洗劫后，只留下废弃的池台和残留的树木，（人们）都不愿谈及那场战争。

上阕末三句"渐黄昏，清角吹寒，都在空城"。姜夔收回视线，从听觉角度描摹扬州的荒凉：临近黄昏时刻，凄凉的号角声响起，回荡在这座空城中……此处的"角"，指军营中的号角，姜夔是否真的听到了扬州城内的吹角声，我们不得而知。其实吹角也是词中经常运用的一种意象，比如我们常听到的"孤城画角""四面边声连角起"，都有助于渲染一种荒凉的氛围。

下阕前几句："杜郎俊赏，算而今、重到须惊。纵豆蔻词工，青楼梦好，难赋深情。"杜郎，正是指杜牧。豆蔻、青楼两词依然出自杜牧的诗句，分别是《赠别》中的"娉娉袅袅十三余，豆蔻梢头二月初"和《遣怀》中的"十年一觉扬州梦，赢得青楼薄幸名"。豆蔻原指一种花，现形容美艳的少女。姜夔上阕两次引用杜牧诗句，现在则直接借杜牧来抒发自己的感慨：杜牧虽然俊秀潇洒，如果他现在再到扬州的话，应该会感到十分震惊。即使香艳少女和青楼美梦能够引起他吟诗作赋的才情，但见此情景，恐怕也无心写作。

最后几句："二十四桥仍在，波心荡、冷月无声。念桥边红药，年年知为谁生？"二十四桥，是扬州城内的古桥，据说曾有二十四个美人在桥上吹箫，因此得名，杜牧也曾有"二十四桥明月夜，玉人何处教吹箫"的诗句。历史上的二十四桥已经荒败，现在的二十四桥为今人重修。红药，意为芍药花。姜夔最后的感叹停留在这座孤桥上：城内的二十四桥仍在，桥下波光荡漾，桥上月光清冷无声。那桥边的红芍药，你可知道，年年为谁而开？

> **知识链接**

"菩萨蛮"是一个使用频率非常高的词牌,这个词牌听起来有点古怪。相传,唐宣宗大中年间,女蛮国(相当于现在的缅甸地区)派使者来进贡,她们头戴金冠、身披珠宝,有点像"菩萨",所以称她们为"菩萨蛮",随她们而来的歌曲被称为"菩萨蛮曲"。

菩萨蛮

南宋　李好古

东园映叶梅如豆,西园扑地花铺绣。春水晓来深,日华娇漾金。

带烟穿径竹,步入飞虹曲。何处早莺啼。曲桥西复西。

菩萨蛮

南宋　张元干

春来春去催人老,老夫争肯输年少。醉后少年狂,白髭殊未妨。

插花还起舞,管领风光处。把酒共留春,莫教花笑人。

第三十七章
词牌名

从本章开始，我们将逐章介绍关于词的知识，并同步选取几个词牌举例分析。但是，词牌很多，大多数词牌又存在各种变体。为方便理解，我们将以"最常用词牌的最常用格式"为原则展开解读。

本章，先从"词牌名"说起。词牌名，顾名思义，就是词牌的名称，比如我们经常听到的《满江红》《水调歌头》等。那么多的词牌名是谁取的呢，主要分三种情况：

一种是乐曲的名称。词既然脱胎于曲子，那么曲子的名称当然容易成为词牌名，比如《蝶恋花》《菩萨蛮》等。观察一些词牌名，我们还会发现，很多词牌都有"令""引""慢""摊破""减字""偷声"等字眼，比如《摊破浣溪沙》《减字木兰花》等。这些词牌的前后缀大多与曲调长短、乐曲节奏急缓、字数增减相关，类似于在一个曲子基础上，通过略微的修改，谱成了新曲。

第二种情况是来源于一首词中的几个字。比如词牌名《忆江南》，本来称《谢秋娘》，后因为白居易根据这个词牌填了一首歌颂江南风光的词，里面有一句"能不忆江南"，这个词牌的名称就变成了《忆江南》。又比如我们的《念奴娇》又被称为《大江东去》《酹江月》，那是因为苏轼那首《念奴娇·赤壁怀古》写得太好了，人们就把最前面的四个字"大江东去"和最后三个字"酹江月"当成了词牌名。

第三种情况是来源于"词题"。所谓"词题"就是词的题目，它和词牌名可不同，比如上面说的《念奴娇·赤壁怀古》，"念奴娇"就是词牌名，"赤壁怀古"就是词题。可见，词题是反映创作内容的，而词牌名是决定创作格式的。可有时候，词牌名和词题又是合二为一的，比如前章所提到的《渔歌子》本来就是写打鱼的，又比如《浪淘沙》原本就是歌咏"大浪淘沙"的。值得一提的是，词和诗不一样，我们并不是在每首词里都能看到词题，有的虽然有词题，却只是简单的"遣兴""感怀"等几个字。因此，为了准确区分哪位作者的哪首词，人们经常对没有词题的作品，以"词牌名"加"第一句"来区分。在本书中，我们也如此处理。

当然，随着词的广泛创作，在绝大多数作品中，词牌名和内容失去了关联，纯粹变成了一种格式规范，甚至连感情色彩也无法代表。比如，有一个叫《贺新郎》的词牌，乍一听，你可能以为是带有喜庆色彩的词牌，其实旋律慷慨悲壮。

不过，物以稀为贵，今天我要介绍几篇词牌名和词作内容高度合一的作品，涉及的第一个词牌为《长相思》。《长相思》又有《双红豆》《相思令》等别名，双调，三十六个字，基本格式如下：

长相思

中中平（韵），中中平（叠韵）。中仄平平中仄平（韵），中平中仄平（韵）。

中中平（韵），中中平（叠韵）。中仄平平中仄平（韵），中平中仄平（韵）。

从名称上看,《长相思》旋律特别适合抒发缠绵悱恻的相思之情,我们不妨欣赏几首名作。

长相思
唐　白居易

汴水流,泗水流,流到瓜州古渡头。吴山点点愁。
思悠悠,恨悠悠,恨到归时方始休。月明人倚楼。

这是唐朝大诗人白居易写的一首闺怨词,描述了一个女子独居高楼之上,遥望远方,深切怀念着自己久别未归的丈夫。这首词本身不难理解,唯一需要关注的是四个地名:汴水、泗水、瓜州和吴山。汴水是源于河南境内的一条河流,在宋朝时穿过京城开封,一度成为支撑漕运的重要水系;泗水源于山东,和汴水汇合后一起流入淮河;瓜州是位于长江北岸的一个重要渡口;吴山则是杭州的一处山名,这里泛指吴地(江南)的群山。当然,这些地名并不是实指,女子也不可能同时看到上述地点,这些河流、渡口、山脉都只是女子脑中的想象和情感寄托:汴水、泗水静静地向南流淌,一直流到瓜州渡口。思念之情如江南的青山一般,连绵起伏,时而思念无限,时而又怨恨无穷。这心中的恨,到何时才会罢休?除非你回到我身边。明月当空,而我,依旧独倚高楼。

长相思

北宋　林逋

吴山青，越山青，两岸青山相送迎。争忍有离情？
君泪盈，妾泪盈，罗带同心结未成。江头潮已平。

　　林逋就是宋朝那位号称"梅妻鹤子"的隐逸诗人，他的这首《长相思》也是以一个女子的口吻诉说对情人的思念，不同的是，白居易笔下的女子是期盼丈夫归来，林逋笔下的女子是不忍和情人离别。吴山、越山分别代指钱塘江两岸的青山，和上首词一样，此处也是泛指南方群山，因为古时江南为吴国、越国的地盘。在词里，这位南方女子一路陪送情郎来到江边，行将分手之际，含泪诉说：吴山青青、越山青青，钱塘江两岸的青山相向耸立，它们似乎也在默默地为我们送行，问世间，谁能忍受这离别之情？你泪眼盈盈，我也泪眼盈盈，这香罗带，终究未打成你我的同心结（古代结婚或定情时用罗带打"同心"结，象征永结同心），不说也罢，江头潮水已平，你的船儿即将远行……

　　说完《长相思》，我们再说另一个词牌《鹊桥仙》。一听名字大家就能猜到，它取自牛郎织女鹊桥相会的故事，很多词人以这个词牌吟咏七夕，抒发情人之间的思念。《鹊桥仙》为双调，五十六个字，基本格式如下：

鹊桥仙

　　中平中仄，中平中仄，中仄中平中仄（韵）。中平中仄仄平平，仄中仄、平平中仄（韵）。

中平中仄，中平中仄，中仄中平中仄（韵）。中平中仄仄平平，仄中仄、平平中仄（韵）。

鹊桥仙·七夕
北宋　秦观

纤云弄巧，飞星传恨，银汉迢迢暗度。金风玉露一相逢，便胜却、人间无数。

柔情似水，佳期如梦，忍顾鹊桥归路。两情若是久长时，又岂在、朝朝暮暮。

一听到"两情若是久长时"，相信很多人都会念出下一句"又岂在朝朝暮暮"，没错，这个名句正出自秦观的《鹊桥仙》。这首词实在写得太美了，堪称秦观最著名的词作，没有之一。纵览所有写情的词作，它也当属翘楚。秦观借着牛郎织女，写尽了人间的各种缠绵不舍：轻盈的云彩在天空中变幻出各种精巧图案，飞驰的流星传递着牛郎织女的相思之苦，今夜，他们终于渡过漫无边际的银河，在鹊桥相会。在这秋风白露（"金风玉露"语出李商隐的诗句，代指秋风白露）之夜，一次美好的相逢，就胜过了人间一切的荣华富贵。你的柔情宛如绵绵不断的流水，美好的约会像梦幻一般。短暂的相会后，马上又要分别，谁又能忍心去回望那鹊桥的归路呢。只要两人情投意合、感情真挚，又何必追求朝夕相处、日夜厮守。

> 知识链接

下面的两首《长相思》和《鹊桥仙》,同样是词牌名和词作内容高度一致,了解一下吧。

长相思

北宋 晏几道

长相思,长相思。若问相思甚了期,除非相见时。

长相思,长相思。欲把相思说似谁,浅情人不知。

鹊桥仙

南宋 范成大

双星良夜,耕慵织懒,应被群仙相妒。娟娟月姊满眉颦,更无奈、风姨吹雨。

相逢草草,争如休见,重搅别离心绪。新欢不抵旧愁多,倒添了、新愁归去。

第三十八章
诗变词

本章我们来讲述一下词和诗的关系。有些同学可能会发现,有些词和诗的格式十分相像,比如那首《渔歌子》就和七言绝句差不多,只是将七绝的第三句镂去一个字,变成了两个三字短句而已。是的,在最初的时候,人们将绝句和律诗配上音乐就成了词。比如,唐诗《凉州词》本来就是一个曲调名,只是当时诗词还未分家而已。

因此,词和诗一开始区分是不明显的。如果你仔细琢磨一下,有些诗稍微改动一下,就能成为一首词。仍以《凉州词》为例,相传就有个"减字变词"的小故事。说是清朝的一个秀才,奉命为慈禧太后在扇子上书写王之涣的《凉州词》,结果他把第一句"黄河远上白云间"的"间"字给漏掉了,这可不是考试扣分那么简单了,那是掉脑袋的事情啊。结果他灵机一动,为这首诗重新断句,变成了"黄河远上,白云一片,孤城万仞山。羌笛何须怨,杨柳春风,不度玉门关",并声称自己写的就是一首词,而不是王之涣的那首诗。最后,居然让他蒙混过关了!

当然,故事很可能是虚构的,却很能说明诗和词的关系。不过,随着人们创制的词牌越来越多,词和诗的区别越来越明显,最终词也就"自立门户",成了一种独立的文学形式。这次我们要讲解两种和格律诗特别相似的词牌，重温诗与词的特殊关系。

第一个词牌叫《木兰花》，双调、五十六个字，它和另一个词牌《玉楼春》非常相似，经常被人混用。从格式上看，《木兰花》活脱脱就是一首七言律诗，下面我们可以一起来欣赏。

木兰花

中平中仄平平仄（韵），中仄中平平仄仄（韵）。中平中仄仄平平，中仄中平平仄仄（韵）。

中平中仄平平仄（韵），中仄中平平仄仄（韵）。中平中仄仄平平，中仄中平平仄仄（韵）。

木兰花·拟古决绝词柬友
清　纳兰性德

人生若只如初见，何事秋风悲画扇。等闲变却故人心，却道故人心易变。

骊山语罢清宵半，泪雨霖铃终不怨。何如薄幸锦衣郎，比翼连枝当日愿。

纳兰性德是清朝初年的词人，康熙朝重臣纳兰明珠的儿子。这首词尤以第一句最为知名。纳兰性德以一个被男友抛弃的女子的口吻，表达着内心的委屈和幽怨：人生如果一直像最初相识时那样，那该多么美好，为什么现在我要遭受被冷落、厌弃的痛苦（秋扇意为秋天的扇子，经常代指女子被抛弃）。明明是你无故变了心，却反而说情人之间，时日一久就容易变心。唐明皇和杨贵妃曾在骊山华清池山盟海誓，即使此后不得不诀别，却也未生怨言（唐明皇在西逃途中，被迫赐死杨贵妃，后在路上听到雨声、铃声心生悲戚，作曲《雨霖铃》）。而你这个薄情郎（薄幸锦衣郎）还真不如当年的唐明皇，他毕竟和杨玉环有过"在天愿为比翼鸟、在地愿为连理枝"的誓言啊。

木兰花

北宋　欧阳修

樽前拟把归期说，未语春容先惨咽。人生自是有情痴，此恨不关风与月。

离歌且莫翻新阕，一曲能教肠寸结。直须看尽洛城花，始共春风容易别。

以《木兰花》为词牌的作品，还是写柔情的多一些。现在这首是以情侣感伤离别为主题的词。上面那首是以女性口吻切入，这次则是从男性的角度出发，既有离别前的伤感，又透露着一丝豁达和乐观：在离别的酒宴上（樽意为酒器，代指宴席），就曾打算把回来的日期说好，可是话还没开口，你已经面带忧伤，声音哽咽（春容，意为女子面容）。人世间自然会有你我一般痴情的人。我们的离愁别恨来自内心，而与春风明月等外在的事物无关。告别了，请不要再为我弹唱新的曲子，那一首曲子，足以让人愁肠寸结。现在，还是让我们一起赏尽这满城的牡丹花，在共沐春风之后，潇洒辞别。

第二个词牌《浣溪沙》，双调，四十二个字，只比《木兰花》上下阕各少了一句，似乎可以看成七绝和七律的折中。《浣溪沙》旋律相对舒缓，比较适合营造恬淡的氛围。晏殊的《浣溪沙·一曲新词酒一杯》即是这个词牌中的名作。今天我们再来看两首抒发闲适心情的词。

浣溪沙

中仄平平仄仄平（韵），中平中仄仄平平（韵），中平中仄仄平平（韵）。中仄中平平仄仄，中平中仄仄平平（韵）。中平中仄仄平平（韵）。

浣溪沙

北宋　苏轼

细雨斜风作晓寒，淡烟疏柳媚晴滩。入淮清洛渐漫漫。
雪沫乳花浮午盏，蓼茸蒿笋试春盘。人间有味是清欢。

这是北宋元丰七年十二月，苏轼和朋友一起游安徽南山时的作品。此时的苏轼已经外放多年，他早已习惯了远离纷争的闲适生活，全词透着一种难得的轻松之情：冬春之交的早晨，山间斜风细雨，让人感到一阵清冷，雨收放晴后来到河滩，但见轻烟缥缈，杨柳青青，景色尤显妩媚多姿。清澈的洛涧水（清洛，即洛涧水）缓缓注入淮河，汇成浩浩荡荡的长流。喝一口浮着乳白色泡沫的午后茶（午盏即午后茶），来一份蓼茸（蓼菜的嫩芽）和蒿笋（嫩蒿）凑成的春盘（当时有立春时用蔬菜水果装盘的习俗），茶蔬虽然简单清淡，但这才是人间生活的真正滋味。末了，苏轼还是没忘记自己的现实遭遇，一语双关地表达了自己达观的生活态度。

浣溪沙

南宋　张元干

山绕平湖波撼城，湖光倒影浸山青，水晶楼下欲三更。
雾柳暗时云度月，露荷翻处水流萤，萧萧散发到天明。

　　张元干是南宋初年著名的爱国词人，曾因得罪秦桧而被削名除籍，甚至一度入狱。他和张孝祥政治观点相近，词风相似，被人称为"南宋词坛双璧"。这首词为张元干晚年游览江浙一带时所作：连绵的青山环绕着平湖（嘉兴平湖），湖水波浪翻滚，似乎要撼动整个城池。山脉的倒影被清澈的湖水所浸染，更显苍翠。三更时分，我仍坐在水晶楼（湖州的一处楼阁）中，观赏夜景。天上的浮云遮住了月亮，柳树在雾中更显朦胧。挂着露珠的荷叶上下摇曳翻动，水波在月色下荡漾，恰似点点萤光闪烁。面对此情此景，我披散着稀疏的头发，静静地等待天明。和东坡先生一样，张元干也在最后一句中隐隐透露洒脱情怀。

> 知识链接

补充两首《木兰花》和《浣溪沙》,同学们请收好。

木兰花

北宋　钱惟演

城上风光莺语乱,城下烟波春拍岸。绿杨芳草几时休,泪眼愁肠先已断。

情怀渐变成衰晚,鸾镜朱颜惊暗换。昔时多病厌芳尊,今日芳尊惟恐浅。

浣溪沙

南宋　吴文英

门隔花深梦旧游,夕阳无语燕归愁,玉纤香动小帘钩。

落絮无声春堕泪,行云有影月含羞,东风临夜冷于秋。

第三十九章
押 韵

本章我们要说一下词的押韵。首先，我们必须说明一点，词的押韵并不如诗那么严格，原因前面也说了，那只是一种消遣。所以很多关于词韵的知识都有不同的说法，更多是靠约定俗成，以致很多名家都会出现出韵的情况。直到清朝道光年间，才出了一本《词林正韵》，这才算有了相对统一的说法。

词韵和诗韵既有联系又有区别，词韵是在诗韵的基础上形成的，却比诗韵灵活得多。诗一般押平声韵，而词却是既有平声韵，也有仄声韵。在讲诗韵时我们说过，《平水韵》一书中共分了106个韵（其中30个平声韵），你要选韵脚，只能在同一韵部中选，而词韵则对韵部进行了大合并，不但将发音相近的平声字整合在一个韵目，连韵母相同或相近的平声字、仄声字也整合在一起。根据《词林正韵》，词韵共分成十九部，每一部都包含了诗韵中的若干个韵。比如：词韵的第一部，包含了平声【东】【冬】韵，上声【董】【肿】和去声【送】【宋】六个韵部；第二部包含了平声【江】【阳】韵、上声【讲】【养】韵和去声【绛】【漾】韵。

简言之，词韵就好比灵活宽松的诗韵，比如，"红"字属于【东】韵，"容"字属于【冬】韵，如果你作诗，"红""容"二字是不能出现在同一首诗里的，但是你填词就没关系，按照词韵规则，【东】【冬】两个韵部是通用的，同属第一部。欧阳修的《浪淘沙令·把酒祝东风》就有"且共从容""今年花胜去年红"这样的句子。

知道了词韵的韵部后，你只要按照词牌决定的格式，在规定位置填上韵脚就可以了。由于填词的灵活性大，有些词牌还派生了一些更加特殊的规则。接着，我们要熟悉了解三种特殊的押韵方式。

第一种押韵规则叫"平仄韵转换格"。即在同一首词里，一阕用平声字押韵，另一阕又用仄声字押韵。比如，下面要说的《清平乐》就是上阕需用仄声韵，下阕需用平声韵。

清平乐

中平中仄（韵），中仄平平仄（韵）。中仄中平平仄仄（韵），中仄中平中仄（韵）。

中平中仄平平（韵），中平中仄平平（韵），中仄中平中仄，中平中仄平平（韵）

清平乐

北宋　黄庭坚

春归何处？寂寞无行路。若有人知春去处，唤取归来同住。

春无踪迹谁知？除非问取黄鹂。百啭无人能解，因风飞过蔷薇。

黄庭坚是北宋书法家，"苏门四学士"之一。此首送春词作于他被贬宜州的第二年，同年九月他便溘然长逝于宜州贬所。谁都不会料到，如此美丽轻松的一首词,居然是一个大词人的绝唱:春天,你究竟去了哪里?我无法寻觅到你的踪迹,心中的寂寞不断滋生。如果有人知道春天的去处,请千万要把它叫来,让我和它长住在一起。谁也不知道春天的踪迹,除非你去问一问枝头的黄鹂。黄鹂的啼叫清脆婉转,但是谁又能听懂它的声音呢?一阵风吹起,它已经拍拍翅膀,飞过那一丛丛绽放的蔷薇花。

我们观察这首词的韵脚会发现,上阕中的韵脚"处、路、住"押了仄声韵,属于第四部中的【遇】韵和【语】韵。下阕的"知""鹂""薇"押了平声韵,属于第三部中的【支】韵和【微】韵。这就是所谓的平仄转换格。

第二种押韵规则叫"平仄韵通叶格"。即在同一首词里,平声字和仄声字通押。比如,下面要说的《西江月》里,上下阕里都出现了平声韵脚和仄声韵脚。

西江月

中仄中平中仄,中平中仄平平(韵)。中平中仄仄平平(韵),中仄中平中仄(韵)。

中仄中平中仄,中平中仄平平(韵)。中平中仄仄平平(韵),中仄中平中仄(韵)。

西江月·佳人

北宋　司马光

宝髻松松挽就，铅华淡淡妆成。青烟翠雾罩轻盈，飞絮游丝无定。

相见争如不见，有情何似无情。笙歌散后酒初醒，深院月斜人静。

司马光，字君实，号迂叟，北宋著名的历史学家，他主编的《资治通鉴》与司马迁的《史记》并称"史家双璧"。七岁的时候，司马光因为"破瓮救人"（即司马光砸缸救人的故事）而闻名。虽然他少时机智灵活，但纵观整个仕途生涯，他却是一个非常保守的人，在政治上和主张变法的好友王安石针锋相对。在治学为文上，司马光也是一副老学究的姿态，对填词等消遣性活动，从来不屑一顾。用现在的眼光看，他的形象和他的"迂叟"名号高度相符，纯粹是一个严肃古板、不苟言笑的怪老头。因此，很多人都怀疑，上面那首描写妙龄女子的词是否真出自司马光之手？其实，怀疑大可不必，即便刻板如司马光，有些场面上的应酬还是推托不掉的，不屑填词也不代表没有才华，据说此词是司马光在一次酒宴上的应和之作，描写对象应该是一位酒宴旁献艺的歌女。

挽上一个松松的发髻（女子将头发挽结到头顶的发式），插上珍贵的头饰，敷上淡淡的脂粉（铅华，即脂粉）。精美纤薄的衣裳（青烟翠雾，形容精美的服饰）勾勒出她轻盈的身姿。她的歌声像柳絮一样轻柔，飘忽不定，绕梁三日。此番相见，还真不如不见，自作多情，还真不如无情，因为短暂的相见后，就是分别后的无奈。笙歌作罢，酒意初醒，我只能在深深庭院里，看着天上的一轮明月，一个人，一片寂静。

最后再来观察词的韵脚，"成""盈""情"三字属于平声【庚】韵，"定""醒""静"三字分别属于仄声【径】【迥】【梗】韵。当然，这几个韵都被整合于词韵第十一部，互通使用是符合规则的。

第三种押韵规则叫"平仄韵错叶格"。即在同一首词里，平韵与仄韵交替使用。它和"平仄韵通叶格"最大的区别在于，平声韵脚和仄声韵脚并不属于同一个韵部，更不能看作通押，而是分属不同韵部的几组韵脚在词中交替出现。我们以词牌《定风波》为例，仔细区别一下。

定风波

中仄平平仄仄平（韵），中平中仄仄平平（韵）。中仄中平平仄仄（韵），平仄（韵），中平中仄仄平平（韵）。

中仄中平平仄仄（换仄韵）。平仄（韵），中平中仄仄平平（韵）。中仄中平平仄仄（韵），平仄（韵），中平中仄仄平平（韵）。

定风波·南海归赠王定国侍人寓娘

北宋　苏轼

常羡人间琢玉郎，天教分付点酥娘。自作清歌传皓齿，风起，雪飞炎海变清凉。

万里归来颜愈少。微笑，笑时犹带岭梅香。试问岭南应不好？却道，此心安处是吾乡。

这首词是苏轼为好友王巩（北宋诗人，名相王旦的孙子）的一个歌妓所写。苏轼遭逢"乌台诗案"后，好友王巩也受到了牵连，被贬谪到偏远的宾州（今广西宾阳县）。王巩被贬时，他的歌妓柔奴（别名寓娘）自愿随行。四年后，王巩北归，与苏轼相逢，并将柔奴自愿随行的事告诉了苏轼，苏轼问及岭南的艰苦生活，柔奴回答："此心安处，便是吾乡。"苏轼听后，非常感动，特地填词记下这件事：常常羡慕你这美玉雕琢般的男子，老天送给你一个如此柔美体贴的佳人。清新悦耳的歌声从她口中传出（皓齿，即雪白的牙齿），如同凉风乍起、雪花飞下，岭南这酷暑烟瘴之地立刻就变成了清凉之地。她跟着你从万里之外归来，虽然经历了磨难，看上去却更加年轻貌美。她微微一笑，笑容里似乎还带着岭南梅花的香味。我试着问她："在岭南的生活非常艰苦吧？"她却回答："我心安定的地方，便是故乡。"

　　苏轼这首词里"郎""娘""凉""香""乡"属于平声【阳】韵，归属词韵第二部；"齿""起"二字属于仄声【纸】韵，归属于词韵第三部；"少""笑""好""道"四字分别属于仄声【啸】【号】【皓】韵，归属于词韵第八部。看上去是不是有点绕？此种押韵方式确实比较罕见，初学填词者可以先避开此类词牌。

知识链接

介绍一些关于《词林正韵》的知识。

《词林正韵》将词韵分成十九部,《平水韵》中的一百零六组韵分别归属各部,韵部后带有"半"字的,代表该韵部的字拆分成了不同部分,分别归属不同的词韵韵部,具体如下:

第一部:平声一东二冬通用。上声一董二肿,去声一送二宋通用。

第二部:平声三江七阳通用。上声三讲二十二养,去声三绛二十三漾通用。

第三部:平声四支五微八齐十灰(半)通用。上声四纸五尾八荠十贿(半),去声四寘五未八霁九泰(半)十一队(半)通用。

第四部:平声六鱼七虞通用。上声六语七麌,去声六御七遇通用。

第五部:平声九佳(半)十灰(半)通用。上声九蟹十贿(半),去声九泰(半)十卦(半)十一队(半)通用。

第六部:平声十一真十二文十三元(半)通用。上声十一轸十二吻十三阮(半),去声十二震十三问十四愿(半)通用。

第七部:平声十三元(半)十四寒十五删一先通用。上声十三阮(半)十四旱十五潸十六铣,去声十四愿(半)十五翰十六谏十七霰通用。

第八部：平声二萧三肴四豪通用。上声十七筱十八巧十九皓，去声十八啸十九效二十号通用

第九部：平声五歌独用。上声二十哿，去声二十一个通用。

第十部：平声九佳（半）六麻通用。上声二十一马，去声十卦（半）二十二祃通用。

第十一部：平声八庚九青十蒸通用。上声二十三梗二十四迥，去声二十四敬二十五径通用。

第十二部：平声十一尤独用。上声二十五有，去声二十六宥通用。

第十三部：平声十二侵独用。上声二十六寝，去声二十七沁通用。

第十四部：平声十三覃十四盐十五咸通用。上声二十七感二十八俭二十九豏，去声二十八勘二十九艳三十陷通用。

第十五部：入声一屋二沃通用。

第十六部：入声三觉十药通用。

第十七部：入声四质十一陌十二锡十三职十四缉通用。

第十八部：入声五物六月七曷八黠九屑十六叶通用。

第十九部：入声十五合十七洽通用。

第四十章
叠句叠韵

叠句叠韵也是词中常见的一种现象，所谓"叠句"就是句子的重叠，所谓叠韵是指韵脚的重叠。关于"叠句"，我们在"明月"意象一章时已有过介绍，严格来说，它是一种修辞方法。叠句和叠韵能够带来一种回环的旋律，具有很强的音乐性，读来缠绵悠长，极具美感，词人经常会运用这一手法来增强词的艺术性。而在某些词牌中，叠句叠韵成了一种必须遵循的规矩。比如，《如梦令》的第五句和第六句，总是相同的两个字，因此才有了李清照的"知否、知否""争渡、争渡"。包含此类特殊要求的词牌当然不止《如梦令》，下面我们再介绍两个，同学们可轻读体味，感受一下叠句叠韵带来的妙处。

《忆秦娥》，又名《秦楼月》《双荷叶》，双调，四十六字。依照格式要求，《忆秦娥》的上下阕第三句都要重复前一句的末尾三字。关于这个词牌，曾有一个美丽的传说。相传秦穆公有个女儿叫弄玉，特别爱听吹箫，后来嫁给了善于吹箫的萧史。婚后，萧史天天教弄玉吹箫，并让其学会用箫来吹出凤凰的鸣叫声，以此召来凤凰。秦穆公还特地建了一座凤台，供夫妇二人居住。数年后，两夫妻真的随着凤凰飞去，飘然成仙。

忆秦娥

平中仄(韵),中平中仄平平仄(韵)。平平仄(叠韵,重复前三字),中平中仄,仄平平仄(韵)。

中平中仄平平仄(韵),中平中仄平平仄(韵)。平平仄(叠韵,重复前三字),中平中仄,仄平平仄(韵)。

忆秦娥·秋思

唐 李白

箫声咽,秦娥梦断秦楼月。秦楼月,年年柳色,灞陵伤别。

乐游原上清秋节,咸阳古道音尘绝。音尘绝,西风残照,汉家陵阙。

这首词的作者是否为李白,尚有争议,从风格上看,似乎也非李白所偏好,不过在没有明显的反证前,我们还是把这首闺怨词放在诗仙的名下。这首词是借用"秦娥"的典故,描写一个少妇的秋日思念:箫声呜咽,惊醒了梦中的佳人,佳人梦醒时分,只看见楼外的一轮明月。一轮明月啊,年复一年。灞陵桥边柳色青青,见证着桥边的每次依依惜别。乐游苑上的重阳佳节(乐游原,即长安的乐游苑,为游览胜地),佳人遥望咸阳古道,可惜她望穿秋水,依然音信全无。音信全无啊,只有秋风萧瑟,夕阳西下,残照那汉家帝王陵阙。

忆秦娥

南宋　黄机

秋萧索，梧桐落尽西风恶。西风恶，数声新雁，数声残角。

离愁不管人飘泊，年年孤负黄花约。黄花约，几重庭院，几重帘幕。

黄机是南宋中期词人，这首词同样也是写秋思：秋日天气萧索，梧桐叶纷纷凋零，西风呼啸劲吹。西风呼啸劲吹啊，只听得几声鸿雁的悲鸣，几声楼头的凄凉号角。离乡的愁思时时萦绕在漂泊者的心头。他年年都辜负了菊花（黄花，即菊花）的约会。辜负了花之约啊，只剩下深深的庭院，重重的帘幕。

《钗头凤》，又有《折红英》《撷芳词》《惜分钗》等别名，双调，六十字，以陆游和唐琬两人应和所作的词最为著名。上下阕的末尾三句都是相同的三个字，用以突出强调作者的感情。

在介绍这两首词前，我们不得不说说陆游和唐琬的爱情故事。陆游和唐琬都生于官宦人家，两人自小相识，又都喜好文学诗词，意趣相投。二十岁那年，两人结为夫妻，从此，青梅竹马变成了伉俪情深。婚后，陆游和唐琬十分恩爱，生活也非常幸福。但是，陆游的母亲对唐琬却日益不满，因为她觉得唐琬使儿子沉溺于儿女情长，丧失了求学和入仕为官的志向。此外，唐琬婚后没有为陆家添丁也成了一大罪状。在母亲的干预下，唐琬被逐出了家门。陆游只好偷偷在外面租了一栋房子让唐琬住下，可是金屋藏娇的把戏并没有瞒过母亲，最后唐琬还是无奈地被赶回娘家。此后,唐琬再嫁皇族宗亲赵士程,陆游也在母亲的安排下续娶王氏为妻,从此两人彻底分离。七年后的一天,陆游信步来到沈园(现位于绍兴市越城区)闲游,正好遇到与赵士程一同出游的唐琬,曾经如胶似漆的一对情人再次相见,各种酸楚一齐涌上心头。两人虽没有什么直接交流,却在心底激起了巨大的波澜。陆游回去后,深情地填了一首《钗头凤》,唐琬得知后,也和了一首。两首《钗头凤》写尽了才子佳人的无奈和哀伤。

钗头凤

平平仄(首韵),平平仄(首韵),仄平平仄平平仄(首韵)。平平仄(次韵),平平仄(次韵),中平平仄,仄平平仄(次韵)。仄(次韵),仄(叠韵,重复前字),仄(叠韵,重复前字)。

平平仄(首韵),平平仄(首韵),仄平平仄平平仄(首韵)。平平仄(次韵),平平仄(次韵),中平平仄,仄平平仄(次韵)。仄(次韵),仄(叠韵,重复前字),仄(叠韵,重复前字)。

钗头凤

南宋 陆游

红酥手,黄縢酒,满城春色宫墙柳。东风恶,欢情薄。一怀愁绪,几年离索。错,错,错!

春如旧,人空瘦,泪痕红浥[yì]鲛[jiāo]绡透。桃花落,闲池阁。山盟虽在,锦书难托。莫,莫,莫!

你用那红润酥软的小手,颤颤地端起一杯黄縢酒(一种官府酿造的酒）。春色染满全城，绿色的柳枝摇曳在高高的宫墙。春风微冷，欢情短暂。一杯黄縢酒中装满了分离的愁绪，那是几年来的痛苦离索（离群索居）。想起这一切，只能感叹：错，错，错！

春色依旧，人已憔悴消瘦。泪水划过你的脸庞，洗刷了你的胭脂（红，即胭脂），湿润（浥，即湿润）了你的绸帕（鲛绡）。桃花已经凋谢，楼阁上、池塘边，再也见不到旧人的踪影。当年的海誓山盟仍在，如今写满思念的书信却无处寄托。感念当下，只能说声：莫，莫，莫！

钗头凤

南宋　唐琬

世情薄，人情恶，雨送黄昏花易落。晓风干，泪痕残。欲笺心事，独语斜阑。难，难，难！

人成各，今非昨，病魂常似秋千索。角声寒，夜阑珊。怕人寻问，咽泪装欢。瞒，瞒，瞒！

世态人情，稀疏淡薄，黄昏时候，大雨袭来，花儿竞相飘落。昨夜以泪洗面，但晨风拂过，吹干了脸上的泪水，留下了淡淡的泪痕。我想把心事写下来（笺，即信纸），最终却无处下笔，只好倚着栏杆，自言自语。纵然想要回到往日的时光，却只能摇头：难，难，难！

我们已经各自选择新的人生，今时之情也不同于往日，我拖着病体，魂儿就像秋千索（秋千上面的绳子）一样摇荡。夜色阑珊（凄凉），远处的号角声透着一股寒意。生怕别人追问我的近况，我只能咽下泪水，强颜欢笑。既是欺人，也是欺己：瞒，瞒，瞒！

> **知识链接**

要想弄懂词的押韵，确实不简单。

忆秦娥

南宋 范成大

楼阴缺，栏杆影卧东厢月。东厢月，一天风露，杏花如雪。

隔烟催漏金虬咽，罗帏暗淡灯花结。灯花结，片时春梦，江南天阔。

钗头凤·寒食饮绿亭

南宋 史达祖

春愁远，春梦乱，凤钗一股轻尘满。江烟白，江波碧。柳户清明，燕帘寒食。忆，忆，忆。

莺声晓，箫声短，落花不许春拘管。新相识，休相失。翠陌吹衣，画楼横笛。得，得，得。

第四十一章
断　句

在介绍关于词的"断句"知识前，我们必须先了解一个词牌和两首例词。今天所选的词牌是我们非常熟悉的《念奴娇》。

《念奴娇》得名于唐玄宗时期一个歌女的名字，相传每年长安举办酒宴的时候，群臣总是喧哗不止，只有唤出一个名为"念奴"的歌女来唱歌，才能让人们安静下来。《念奴娇》的通常格式为双调，一百字，所以又称《百字令》，它属于豪放派词人所喜欢的词牌，正所谓"词调音节高亢，英雄豪杰之士多喜用之"。

念奴娇

中平中仄，仄平中中仄，中平平仄（韵）。中仄中平平仄仄，中仄中平平仄（韵）。中仄平平，中平中仄，中仄平平仄（韵）。中平中仄，仄平平仄中仄（韵）。

中仄中仄平平，中平中仄，中仄平平仄（韵）。中仄中平平仄仄，中仄中平平仄（韵）。中仄平平，中平中仄，中仄平平仄（韵）。中平平仄（韵），仄平平仄平仄（韵）。

念奴娇·赤壁怀古
北宋　苏轼

大江东去,浪淘尽、千古风流人物。故垒西边,人道是、三国周郎赤壁。乱石穿空,惊涛拍岸,卷起千堆雪。江山如画,一时多少豪杰!

遥想公瑾当年,小乔初嫁了,雄姿英发。羽扇纶巾,谈笑间,樯橹灰飞烟灭。故国神游,多情应笑我,早生华发。人生如梦,一尊还酹江月。

前面说过,这是苏轼谪居黄州期间所写的作品。月色下,苏轼游赏赤壁,感念古战场的壮阔场景,追思过往英雄,产生瑰丽想象:长江之水,滚滚向东奔流,浪花飞去,洗尽千古英雄人物。人们说,那江边陈旧的营垒,正是三国时期周郎大破曹兵的赤壁古战场。那里乱石林立,如巨锷刺破苍穹,一朵朵巨浪拍击着江岸,撞击礁石后散落的浪花一如从天而降的雪花。江山壮美如画,一时间,吸引了多少英雄豪杰。遥想当年,周公瑾刚刚迎娶小乔,英姿盖世,雄心万丈。他手摇羽扇,头戴纶巾(古人所戴的头巾),谈笑之间,就把曹军水师杀得灰飞烟灭。见到此情此景,我不禁神游了那段荡气回肠的历史,莫笑我如此多情,老朽早已两鬓斑白,也只能空念过往英雄。人生如梦,就让我临江洒酒一杯,祭奠这江上的明月!

念奴娇

元　萨都剌

石头城上，望天低吴楚，眼空无物。指点六朝形胜地，惟有青山如壁。蔽日旌旗，连云樯橹，白骨纷如雪。一江南北，消磨多少豪杰。

寂寞避暑离宫，东风辇路，芳草年年发。落日无人松径里，鬼火高低明灭。歌舞尊前，繁华镜里，暗换青青发。伤心千古，秦淮一片明月！

萨都剌是元代著名的文学家、画家，他本是回族人，因为出生于雁门（今山西代县），故人称"雁门才子"。萨都剌创作了很多诗词，尤其以两首"金陵怀古"词最为著名，此为其中一首：站在石头城上，放眼望去，天阔云低，远处天地相接（南方旧时曾为吴国、楚国的领地），一片空旷开阔。这里曾经是六朝繁华形胜之地，如今，这里只有青山峭壁林立。当年此处也曾战火纷飞，战旗遮蔽了天空，战船的樯橹直连天上的云彩。恶战之后，遍地是雪一般的白骨。一条长江分隔南北，多少英雄豪杰的故事随着江水而流逝。旧时的避暑行宫（离宫，天子京城外的居所）如今孤寂冷清，东风吹过昔日天子所经过的道路（辇，意为天子的车驾；辇路，即天子车驾所经过的道路），路上早已长满荒草。日暮时刻，松林小路里幽寂无人，只有那时明时灭的一簇簇鬼火（鬼火，即坟墓间的磷火）。多少美女曾在酒宴前轻歌曼舞，如今再看镜中人，她们头上的青丝已然变成了白发。千古兴亡多少事，最终只剩下这秦淮河上的一轮明月。

好了，词欣赏完了，我们再来讲一讲"断句"。想要看懂词谱，必须了解一些关于词的句式知识。格律诗的句子很简单，只分为五字和七字两种，但词就不同了，它号称"长短句"，一字、二字、三字、四字、六字、八字、九字、十字，乃至十一字都有，这时候你就需要学会断句。十个字以上的句子很少见，我们就略去不说了，这里单说一字到九字句。

一字句到三字句很简单，一般都是自成一个节奏单位。四字句经常为"二二格式"，通常还会连着使用，形成对仗。比如，苏轼的"乱石穿空，惊涛拍岸"，萨都剌的"蔽日旌旗，连云樯橹"都是工整的对仗。

五字句的断句方式和诗中的绝句类似，一般是"上二下三"，比如苏词中的"卷起千堆雪"和萨词的"白骨纷如雪"。

六字句的节奏通常是"上二下四"或者"上四下二"，"上三下三"的情况非常少见。比如，苏词中的"遥想公瑾当年""樯橹灰飞烟灭"和萨词中的"寂寞避暑离宫""鬼火高低明灭"。

七字句的断句方式则和律诗相似，多为"上四下三"，比如萨词中的"指点六朝/形胜地"。不过，词中有时也会出现"上三下四"结构，如秦观《鹊桥仙》中的"又岂在/朝朝暮暮""便胜却/人间无数"，而这种情况在格律诗中是非常少见的。

八字句的节奏一般是"上三下五""上四下四""上一下七"和"上二下六"。比如，柳永《雨霖铃》中的"更那堪/冷落清秋节"和"应是/良辰好景虚设"，分别是"上三下五"和"上二下六"结构。需要说明的是，因为八个字以上的句子，看起来已经比较长，所以在有些词书中，会主动用逗号断句。比如将"更那堪冷落清秋节"写成"更那堪、冷落清秋节"，这里的顿号，也能帮助我们区分某个句子究竟是"八字句"还是"三字句+五字句"。

九字句一般可分为"上三下六""上四下五""上五下四""上六下三"四种断句模式。如苏词中的"浪淘尽、千古风流人物","人道是、三国周郎赤壁",都是"上三下六"的断法。

值得一提的是,细心的同学可能会发现,在萨词中,同样的地方对应的句子是"望天低吴楚,眼空无物",这可不是九字句的"上五下四"模式,而是一个五字句和一个四字句。如果我们再仔细对照,会发现苏词与上面所列的词牌《念奴娇》平仄格式不一致,那是因为苏词所使用的平仄格式其实是《念奴娇》词牌的一种变体,而萨词倒是按照《念奴娇》的标准格式所填。可为什么人们一提到《念奴娇》,就参照苏词的格式呢?很简单,人家是大牌嘛。

> 知识链接

词的断句中还有一种特殊的"一字顿"现象,它的特点在于整句第一个字相对独立,读的时候需要有所停顿,但又不能当作"一字句"对待。比如,上面萨词中的"望天低吴楚"为一个五字句,其中第一个"望"字形成相对独立的"一字顿"。下面这首苏轼的《念奴娇·中秋》中,"见长空万里"中的"见"字,也是"一字顿"。

念奴娇·中秋
北宋 苏轼

凭高眺远,见长空万里,云无留迹。桂魄飞来,光射处,冷浸一天秋碧。玉宇琼楼,乘鸾来去,人在清凉国。江山如画,望中烟树历历。

我醉拍手狂歌,举杯邀月,对影成三客。起舞徘徊风露下,今夕不知何夕?便欲乘风,翻然归去,何用骑鹏翼。水晶宫里,一声吹断横笛。

第四十二章
单双调

本章来聊聊词的分段。大家可能已经发现，大多数词牌都分成上下两段，比如前面提到的《鹊桥仙》《定风波》等，也有少数词只有一段，比如最初提到的《渔歌子》。除了以上两种情况外，其实词还可以分成三段和四段。我们称一段的词为单调，称两段的词为双调，称三段的词为三叠，称四段的词为四叠。三叠和四叠的词较为罕见，可以忽略。对于双调的词，我们称第一段为上阕，称第二段为下阕，也可称上片和下片。

今天，我们就分别介绍一个常见的单调和双调词牌，来帮助大家加深印象。先说单调《如梦令》，又称《忆仙姿》《宴桃源》，简简单单三十三个字，基本格式如下：

如梦令

中仄中平平仄（韵），中仄中平平仄（韵）。中仄仄平平，中仄仄平平仄（韵）。平仄（韵），平仄（叠韵），中仄仄平平仄（韵）。

如梦令

宋　李清照

常记溪亭日暮，沉醉不知归路。兴尽晚回舟，误入藕花深处。争渡，争渡，惊起一滩鸥鹭。

李清照的两首《如梦令》都是她早期的作品，记录了她昔日悠闲自在的生活。《如梦令·昨夜雨疏风骤》写的是春睡后惜花的感情，这首则是以回忆的方式，讲述溪边亭中游玩时的欢悦：我时常记起溪边亭中游玩时的情景，那时经常乘兴玩到日暮，直到酒意沉沉，全然忘记了回家的路。一次游玩尽兴后，很晚才乘船返回，小船不小心走错路，驶进了藕花深处。赶紧用力划出去呀！赶紧用力划出去呀！船桨声惊起了一群鸥鹭。

如梦令

北宋　曹组

门外绿阴千顷，两两黄鹂相应。睡起不胜情，行到碧梧金井。人静，人静，风动一庭花影。

曹组是北宋末年的词人，擅长写一些有生活情调的词，这首词是作者春日睡醒后的所见所感，大家可以和李清照的第一首《如梦令》做个比较：屋门外，有千顷绿荫地，树梢上，有成双成对的黄鹂叽叽喳喳啼叫个不停。我睡醒起来，耐不住这春日的寂寞惆怅（不胜，意为不堪、不能承受），独自步行到一棵梧桐树和水井旁（金井，意为华丽的井栏）。我静静伫立，静静伫立。一阵风拂过，吹动了满院的花影。

如梦令

南宋　吴潜

江上绿杨芳草。想见故园春好。一树海棠花，昨夜梦魂飞绕。惊晓。惊晓。窗外一声啼鸟。

吴潜是南宋后期的名臣，这首词也写于春日梦醒之后，如此看来，《如梦令》这词牌还真适合在梦醒时分来创作。吴潜的思绪不是伤春惜春，而是牵挂千里外的家乡：江边处处是翠绿的杨树，茂盛的芳草。我想，故乡的春天应该更加美好。昨夜在梦中，思绪飞回了家乡，梦到了庭院中那株美丽的海棠花。我突然在梦中惊醒，原来，窗外传来了一声鸟的啼叫。

接着再说一个常见的双调词牌《点绛唇》。《点绛唇》又名《南浦月》《沙头雨》《点樱桃》，共四十一个字，基本格式如下：

点绛唇

中仄平平，中平中仄平平仄（韵）。中平中仄（韵），中仄平平仄（韵）。

中仄中平，中仄平平仄（韵）。中中仄（韵），中平中仄（韵），中仄平平仄（韵）。

点绛唇

宋　李清照

蹴罢秋千,起来慵整纤纤手。露浓花瘦,薄汗轻衣透。

见有人来,袜刬[chǎn]金钗溜。和羞走,倚门回首,却把青梅嗅。

本章的主角看来非李清照莫属。此首《点绛唇》也是李清照描写早期生活的名作,她用清新细腻的文字为自己的少女生活留下了一个美丽影像:荡完秋千(蹴,即踩踏),起来慵懒地整理一下纤细柔嫩的小手。庭院中,娇小的花朵上沾满了一滴滴露珠,恰如少女的汗水湿透了轻薄的衣服。忽然,看见有客人进了庭院,慌得连鞋子都顾不上穿,头上掉下的金钗也来不及去捡,拖着袜子(袜刬,只穿袜子行走)就赶紧溜走。羞答答地跑开了,却又想看看来的究竟是谁,故而靠着门回头往外看,明明是要看人,却要装作是闻一闻门口青梅的味道,咱们得掩饰一下啊。

点绛唇

宋　汪藻

新月娟娟,夜寒江静山衔斗。起来搔首,梅影横窗瘦。

好个霜天,闲却传杯手。君知否?乱鸦啼后,归兴浓于酒。

汪藻是活跃于两宋之交的词人,这回我们先看词的字面意思,再猜猜他想传递的真实思想:一弯美丽(娟娟,类似婵娟,意为美丽、美好的样子)的月亮高挂在夜空中,在这寒冷的夜晚,江水静静流淌,北斗星（斗指北斗星）静静地倚靠在山头。我心神不定，辗转难眠，于是独自起来（搔首，意为挠头，形容焦虑的样子），只见几枝干瘦的梅花影横斜在窗前。好一个寒冷的日子（霜天，一般指深秋或冬天的天空）！这样的时光，本该和亲朋好友一起，在家中尽情推杯换盏（传杯手，意为传递的酒杯），而现在，我这端酒杯的手却闲了下来。你知道吗？听着外面乌鸦的聒噪喧闹，我回家的念头可比喝酒的心思强烈多了。听完汪藻的描述，大家应该已经明白，这又是一个厌倦纷争、渴望归隐的人。而败坏词人酒兴的"乱鸦"，到底是指什么，相信都不用我多说。

点绛唇·绍兴乙卯登绝顶小亭

宋　叶梦得

缥缈危亭，笑谈独在千峰上。与谁同赏，万里横烟浪。
老去情怀，犹作天涯想。空惆怅。少年豪放，莫学衰翁样。

叶梦得与汪藻是同时代人，他出生文人世家，从祖父是北宋仁宗年间的名臣叶清臣，与范仲淹、宋庠等都有交往。这首词是宋高宗绍兴五年（1135），叶梦得退居吴兴，登临绝顶亭（位于吴兴弁山南山峰顶）时所写：小亭耸立在高山之巅，远远望去，隐隐约约，若隐若现。登上绝顶亭，在千峰上谈笑自若，我与谁共同欣赏，那万顷波涛一般的云雾奇景。我虽然已经老去，但情怀未泯，仍然幻想着有朝一日驰骋天涯。然而，现实又迫使我无奈惆怅。少年们，你们可要胸怀豪情，志在千里，千万不要学我这个老头子啊。

> 知识链接

这两个词牌好懂易学,适合初学者学习掌握,大家不妨多记几首。

如梦令
北宋 秦观

莺嘴啄花红溜,燕尾点波绿皱。指冷玉笙寒,吹彻小梅春透。依旧,依旧,人与绿杨俱瘦。

点绛唇·丁未冬过吴松作
南宋 姜夔

燕雁无心,太湖西畔随云去。数峰清苦,商略黄昏雨。第四桥边,拟共天随住。今何许,凭阑怀古,残柳参差舞。

第四十三章
小令中长调

说完词牌的分段,我们接着聊词的长短,词按照长短,一般分为三种:小令、中调、长调。小令最短,中调次之,长调最长。但究竟多少字属于小令,多少字属于中调、长调,学术上有不同的说法。依照清代毛先舒《填词名解》中的说法,一般将五十八字以内的称为小令,比如我们前章学的《如梦令》《点绛唇》都属于小令;五十九字至九十字的为中调,比如我们熟悉的《破阵子》《渔家傲》等;九十一字的为长调,比如《水调歌头》《满江红》等。当然,毛先舒的观点是一家之言,只供我们做一个大致的分类。接着,我们就分别介绍一个小令、中调和长调。

先介绍一个最"小"的小令——《苍梧谣》,它还有个别称叫《十六字令》,顾名思义,一共才十六个字。所以,《苍梧谣》的格式绝对值得你记一下,只要你按照格式填上十六个字,就可以自豪地吼一声:我已经成为当代词人了!

苍梧谣

平(韵)。中仄平平仄仄平(韵),平平仄,中仄仄平平(韵)。

苍梧谣
宋 蔡伸

天。休使圆蟾照客眠。人何在,桂影自婵娟。

蔡伸是宋朝书法四大家之一蔡襄的孙子,在文坛小有名气。这首词的主题很常见——月下思人:天啊,请不要让这轮圆月(圆蟾,代指月亮)照到我这客居异乡的人,我已经无法安眠。思念的人儿在哪里?我只看到,月宫里,那桂树的影子分外美妙多姿。

接着一起来看一个中调——《青玉案》,又称《横塘路》,双调,六十七个字。《青玉案》为宋代一个著名的词牌,因为辛弃疾的那句"众里寻他千百度。蓦然回首,那人却在,灯火阑珊处",这个词牌更是广为人知。

青玉案

中平中仄平平仄(韵),仄中仄、平平仄(韵),中仄中平平仄仄(韵),中平平仄,中平中仄(韵),中仄平平仄(韵)。

中平中仄平平仄(韵),中仄中平仄平仄(韵)。中仄中平平仄仄(韵)。中平平仄,中平中仄(韵),中仄平平仄(韵)。

青玉案
北宋 贺铸

凌波不过横塘路,但目送、芳尘去。锦瑟华年谁与度?月桥花院，琐窗朱户，只有春知处。

飞云冉冉蘅皋暮，彩笔新题断肠句。试问闲情都几许？一川烟草，满城风絮，梅子黄时雨。

以《青玉案》为词牌的词作，除了辛弃疾的《青玉案·东风夜放花千树》，当属贺铸的《青玉案·凌波不过横塘路》，《横塘路》的别称正出自这里。在北宋词坛，贺铸是一个非常怪异的人，据说他长得非常丑陋，面色青黑，眉目高耸，人称"贺鬼头"。贺铸还是一个出名的直肠子，看谁不爽就当面斥责，为人豪爽狂放。然而，猛男贺铸却不乏婉转清丽、充满柔情的作品，比如我们之前说到的《鹧鸪天·重过阊门万事非》。这首《青玉案》作于贺铸晚年退隐苏州时期，全词描写了一段路遇佳人的情景：我只能眼睁睁看着她，轻盈地（凌波，形容女子步态轻盈）从横塘（苏州一处地名）走过，像芳尘一样随风飘去。谁能与她共度青春年华（锦瑟华年）呢？她究竟到了哪里？在长满美丽花朵、拱着月形小桥的深院里？还是在那装有雕花窗户（琐窗，饰有美丽花纹的窗户）、朱漆大门的大户人家里？又或许，只有春天才会知道她的住处。黄昏时刻，水边香草丛生（蘅皋，长满香草的水边高地），天空中飞云缓缓浮动（冉冉，意为缓慢流动）。我想拿起彩笔题写伤感的句子，试问忧愁究竟有多少？就如那遍地（一川，意为遍地）烟雾笼罩的青草，满城随风飘荡的柳絮，黄梅时节的连绵细雨。贺铸一连用青草、柳絮、黄梅雨三个比喻描述忧愁，是举世公认的妙笔。从此，"贺鬼头"为自己赢得了一个非常文艺的名字"贺梅子"。

说完中调，让我们做个深呼吸，该轮到长调了。这回推出的是柳永所创词牌《望海潮》，双调，共一百零七个字。

望海潮

中平平仄，中平平仄，中平中仄平平（韵）。平仄仄平，平平仄仄，中平中仄平平（韵）。中仄仄平平（韵）。仄中平仄仄，中仄平平（韵）。中仄平平，中平中仄，仄平平（韵）。

中平中仄平平（韵）。仄中平中仄，中仄平平（韵）。平仄仄平，平平仄仄，中平中仄平平（韵）。中仄仄平平（韵）。仄中平仄仄，中仄平平（韵）。仄仄平平仄仄，中仄仄平平（韵）。

望海潮

北宋　柳永

东南形胜，三吴都会，钱塘自古繁华。烟柳画桥，风帘翠幕，参差十万人家。云树绕堤沙。怒涛卷霜雪，天堑无涯。市列珠玑，户盈罗绮，竞豪奢。

重湖叠巘[yǎn]清嘉。有三秋桂子，十里荷花。羌管弄晴，菱歌泛夜，嬉嬉钓叟莲娃。千骑拥高牙，乘醉听箫鼓，吟赏烟霞。异日图将好景，归去凤池夸。

在介绍柳永时我们提到，《望海潮》是他献给杭州知州孙何的词，写得极致精美。相传，金主完颜亮就是因为听说了这首词，才对江南产生了觊觎之心。接着我们就来看看柳永是如何夸杭州的：杭州（钱塘，即杭州）乃东南形胜之地，更是三吴大地的都会（三吴：即吴兴、吴郡、会稽三郡，此处泛指江南地区),自古以来极度繁华。城内翠柳如烟,小桥如画,家家门前都挂着挡风的帘子和青色的帐幔。江南人口稠密,参差不齐地坐落着十万户人家。如云的树木环绕江堤,江上波浪翻滚,宛如卷起的漫天霜雪。江面异常空阔,一望无际。街市上到处陈列着珍珠美玉,家家户户藏满绫罗绸缎,仿佛争着夸耀谁更富有。西湖景色美轮美奂,里外两湖和层峦叠嶂的青山(重湖,指里湖和外湖;叠巘,意为重重叠叠的山峰)尤显清秀美丽。那里,秋日有金桂飘香,夏日有十里荷花,晴日有悠扬的羌笛,晚上有采菱的歌声,有休闲垂钓的老翁,有欢快嬉闹的采莲女。远看,有数千骑兵簇拥着高耸的军旗(高牙,意为高举的军旗)。你可以带着醉意,欣赏优美的箫鼓奏乐,还可对着晚霞美景吟诗作赋。这是何等惬意的画面,他日你可以将这美丽的风景画成一幅画,送到朝廷(凤池,即凤凰池,代指朝廷)去夸耀一番。

> **知识链接**
>
> 现存最长的词牌叫《莺啼序》,四叠,整整二百四十个字。不过,有人说其实《莺啼序》还不是最长的词牌,清代还有人创制过叫《梅影》的词牌,足足二百七十三字。

莺啼序

南宋 吴文英

残寒正欺病酒,掩沉香绣户。燕来晚、飞入西城,似说春事迟暮。画船载、清明过却,晴烟冉冉吴宫树。念羁情、游荡随风,化为轻絮。

十载西湖,傍柳系马,趁娇尘软雾。溯红渐、招入仙溪,锦儿偷寄幽素。倚银屏、春宽梦窄,断红湿、歌纨金缕。暝堤空,轻把斜阳,总还鸥鹭。

幽兰旋老,杜若还生,水乡尚寄旅。别后访、六桥无信,事往花委,瘗[yì]玉埋香,几番风雨。长波妒盼,遥山羞黛,渔灯分影春江宿,记当时、短楫桃根渡。青楼仿佛。临分败壁题诗,泪墨惨淡尘土。

危亭望极,草色天涯,叹鬓侵半苎。暗点检,离痕欢唾,尚染鲛绡,𬘘凤迷归,破鸾慵舞。殷勤待写,书中长恨,蓝霞辽海沈过雁,漫相思、弹入哀筝柱。伤心千里江南,怨曲重招,断魂在否?

第四十四章
凄 婉

　　我们常说，词根据风格的不同可分为婉约派和豪放派。婉约派的词往往具有语言清新细腻、音律婉转悦耳的特点，是一种阴柔之美，特别适合表达忧愁、哀伤等感情。婉约派的代表人物很多，柳永、秦观、李清照、晏殊晏几道父子都可归为此类。豪放派则正好相反，语言奔放豪迈，音律铿锵激昂，展现的是一种阳刚之美，适合表达愤怒、喜悦的感情，代表人物有苏轼、辛弃疾、王安石等。有一则笔记史料记载，苏轼曾向人请教，自己的词作和柳永的作品有什么区别，人回应："柳郎中词，只合十七八女郎，执红牙板，歌'杨柳岸，晓风残月'。学士词，须关西大汉，铜琵琶，铁绰板，唱'大江东去'。"这则小故事生动说明了婉约和豪放的区别。

　　那么，词牌和婉约词、豪放词之间有什么联系呢？应该说，两者并没有必然的联系，因为词牌只规定了词的平仄、押韵规则，并不决定词的内容。但是，由于词牌本身带有曲谱的特性，所以有些词牌填出来的词就适合音律柔美的作品，有的则只适合富有豪迈气概的作品。有的词牌则相对中性，能够驾驭各类作品。

　　本章开始，我们要讲述若干个不同风格的词牌，先从凄婉柔美的调子说起。

《蝶恋花》是典型的婉约属性词牌，它又名《鹊踏枝》《凤栖梧》，双调，六十个字。在这个词牌下，从来都是佳句不断，苏轼的"天涯何处无芳草"，欧阳修的"庭院深深深几许"，晏殊的"昨夜西风凋碧树，独上高楼，望尽天涯路"等等，可谓数不胜数。

蝶恋花

中仄中平平仄仄（韵）。中仄平平，中仄平平仄（韵）。中仄中平平仄仄（韵），中平中仄平平仄（韵）。

中仄中平平仄仄（韵）。中仄平平，中仄平平仄（韵）。中仄中平平仄仄（韵），中平中仄平平仄（韵）。

蝶恋花

北宋　柳永

伫倚危楼风细细，望极春愁，黯黯生天际。草色烟光残照里，无言谁会凭栏意。

拟把疏狂图一醉，对酒当歌，强乐还无味。衣带渐宽终不悔，为伊消得人憔悴。

柳永最擅长情人思念题材，这首《蝶恋花》是他的代表作之一：我独自登上高楼，斜靠栏杆，静静地伫立，极目远望，只有无穷无尽的春愁。萧条的景色正如我黯淡的心情，弥漫天际。残阳投射到草色烟光之中，心中的愁思无法用语言表达，谁又能理解我凭倚栏杆的心意？本想放浪形骸喝个烂醉如泥。然而，对酒高歌，勉强作乐，过后只能让人徒感索然无味。

为了你，我形销骨立，衣带宽松，但我心依然无悔。为了你，我情愿满脸憔悴。

蝶恋花
北宋　晏几道

梦入江南烟水路，行尽江南，不与离人遇。睡里消魂无说处，觉来惆怅消魂误。

欲尽此情书尺素，浮雁沉鱼，终了无凭据。却倚缓弦歌别绪，断肠移破秦筝柱。

晏几道这首词也是怀人之作，与柳永的词相比，用语更加雅致一些：在梦中，我进入了烟雨迷离的江南，行遍江南，我都没有遇到那个当年与我离别的人。梦境里，我失魂落魄，却无处诉说苦闷。梦醒时分，我依然无比惆怅，这样的失魂落魄，到头来，还是耽误自己。想要写一封书信表达思念之情，可是大雁在云中高飞，鱼儿沉入了水底，它们终究无法依靠。我缓缓地弹奏秦筝（原产于秦国的一种乐器），歌咏离愁别绪。然而，即使我毫不停歇地弹奏着，却仍然无法准确表达内心的伤悲。

第二个词牌叫《踏莎行》，又有《芳心苦》《柳长春》等别称，双调，五十八个字，相传此调为北宋名相寇准所创制。莎[suō]，意为莎草，那是一种常见的野草，"踏莎"指古人清明节的踏青活动。

踏莎行

中仄平平,中平中仄(韵)。中平中仄平平仄(韵)。中平中仄仄平平,中平中仄平平仄(韵)。

中仄平平,中平中仄(韵)。中平中仄平平仄(韵)。中平中仄仄平平,中平中仄平平仄(韵)。

踏莎行

北宋 晏殊

小径红稀,芳郊绿遍。高台树色阴阴见。春风不解禁杨花,蒙蒙乱扑行人面。

翠叶藏莺,朱帘隔燕。炉香静逐游丝转。一场愁梦酒醒时,斜阳却照深深院。

晏殊的《踏莎行》描写了一幕暮春初夏的景色:小路旁,红花凋谢,日渐稀少,郊外已是绿草遍地,生机盎然。高大繁茂的树叶遮蔽了高高的楼台,阁楼在幽暗中若隐若现(阴阴,幽暗的样子)。春风不知道约束杨柳,让柳絮如细雨一般漫天飞舞,直扑行人的面孔。黄莺藏在翠绿的树叶里,燕子被门外的红帘子所阻隔。炉子里静静地燃着沉香,香味如游丝一样在室内飘荡。酒意过后,我也从夹杂着春愁的梦中醒来,此时,斜阳已经照到了幽深的院落里。

踏莎行

北宋 欧阳修

候馆梅残,溪桥柳细。草薰风暖摇征辔。离愁渐远渐无穷,迢迢不断如春水。

寸寸柔肠,盈盈粉泪。楼高莫近危栏倚。平芜尽处是春山,行人更在春山外。

晏殊写暮春时节,而欧阳修写的是初春景色:迎候宾客的馆舍前,梅花已经凋落,溪水桥旁,纤细的柳枝轻轻垂下。春风送来温暖,也送来青草和花儿的芳香(薰,意为花草香)。骑马人在暖风花香中摇动着缰绳(辔,驾驭马用的缰绳),缓缓行向远方。然而,走得越远,离愁也越多,就像那一江春水连绵不绝,无法穷尽。一寸寸柔肠因离愁而痛断,一串串泪珠从粉面上滑落。你可千万不要登上高楼,凭栏远望,因为那只会让你更加伤感。平坦的草地(平芜)尽头,是那春日的青山,而远去的行人,早就走到了春山之外。

> **知识链接**

《蝶恋花》和《踏莎行》堪称"口水词牌",但越是看上去简单的东西,越难写出精品。君不见,本章里出现的都是大腕词人。

蝶恋花

北宋 欧阳修

越女采莲秋水畔。窄袖轻罗,暗露双金钏。照影摘花花似面。芳心只共丝争乱。

鸂[xī]鶒[chì]滩头风浪晚。雾重烟轻,不见来时伴。隐隐歌声归棹远。离愁引著江南岸。

踏莎行

南宋 周紫芝

情似游丝,人如飞絮。泪珠阁定空相觑。一溪烟柳万丝垂,无因系得兰舟住。

雁过斜阳,草迷烟渚。如今已是愁无数。明朝且做莫思量,如何过得今宵去?

第四十五章
凝 重

婉约派的词给人的印象总是这也愁,那也愁,读来让人很沉重,没办法,词人的触角总是较常人敏感得多,见花落泪也是常事。但还有一些婉约词,却是另一番凝重的哀愁,他们不明说心中的苦楚,或托物言志,或借事喻理,给人一种更加深沉的思考。照例,我们还是选两个词牌,帮助我们理解此类词的风格。

《卜算子》又叫《百尺楼》《眉峰碧》,双调,四十四个字,曾是北宋非常流行的一个词牌。关于这个词牌名,有人说它源自唐朝诗人骆宾王的绰号,因为他的很多诗里面都有数字,也有人说是算命摆卦的意思。如果这种说法为真,我们不如也试着算下,这几首《卜算子》的真正含义到底是什么?

卜算子

中仄仄平平,中仄平平仄(韵)。中仄平平仄仄平,中仄平平仄(韵)。

中仄仄平平,中仄平平仄(韵)。中仄平平仄仄平,中仄平平仄(韵)。

卜算子·咏梅

南宋　陆游

驿外断桥边，寂寞开无主。已是黄昏独自愁，更著风和雨。
无意苦争春，一任群芳妒。零落成泥碾作尘，只有香如故。

我们先从字面意思理解这首词：驿站外的断桥边，一株没有主人的梅花孤孤单单地绽放。已是黄昏，梅花因为寂寞孤单而哀愁，更艰难的是，它还要经受风吹雨淋。梅花并不想和其他的花儿争芳斗艳，它也不在意其他花儿的嫉妒与排斥。哪怕是花瓣凋零，碾作尘土，也要散发自身特有的清香。这首词中，陆游当然不光是为了写一株梅花，更多的还是以梅花自喻，表达自己坚守理想、不与世俗同流合污的信念。陆游填此词时才二十多岁，他肯定不会料到，笔下的梅花，真成了自己一生抗争不屈的预言。

卜算子

南宋　严蕊

不是爱风尘，似被前缘误。花落花开自有时，总赖东君主。
去也终须去，住也如何住！若得山花插满头，莫问奴归处。

严蕊是一个充满故事的女词人，她生活在南宋中期，因家道中落而沦为歌妓。在这首词的背后，有一段说不清、道不明的公案，版本实在太多，现仅挑其中之一，说个大略。据说，严蕊因为才艺吸引了很多社会名流，台州知府唐仲友也和她有所交往，还积极帮助她脱籍（改变歌妓身份）。

当时，理学大师朱熹出任浙东常平使，他认为唐仲友肯定和严蕊有私情，这么做是徇私舞弊。朱熹一边上书弹劾唐仲友，一边拿下严蕊审讯，严蕊抵死不肯承认。朱熹改官后，岳霖继任，严蕊填了这首词给岳霖，诉说自己的委屈：我本性并不喜欢风尘生活，沦落到如此地步，都缘于前世的因果。正如花开花落，都有它们的定数，一切都是由春神（东君，意为司春之神）来决定。该离去总要离去，住又如何住得下去（指终要获得自由）？有朝一日，若能将山花插到我的头上，请不要问我，到底去了哪里？

从词作内容看，严蕊没有激动地辩解事实，而是巧妙地以花自比，表明自己只是一个弱女子，并没有决定自己命运的权力，从事低贱的职业也是身不由己，如今只想乞得一个自由身而已。她把自伤自怜表达得恰到好处，读来让人顿生恻隐之心。据说，严蕊的词为她赢来了很多同情支持，最终获许从良，后来还嫁给了一个赵宋宗室子弟。回到开头，我们还要特别提醒，从各种笔记小说到凌濛初的《二刻拍案惊奇》，严蕊的故事被反复演绎，其中的具体情节，甚至所涉及的人物，都有不同说法，有兴趣者可另去了解。在此，我们只是就词论词。

卜算子·兰

北宋　曹组

松竹翠萝寒，迟日江山暮。幽径无人独自芳，此恨凭谁诉。
似共梅花语，尚有寻芳侣。着意闻时不肯香，香在无心处。

最后我们再看一首曹组以"空谷幽兰"为主题的词：春日傍晚的空山里，松树、竹子、翠萝（绿色地衣类植物）被寒气所包围，荒无人烟的小路上，兰花独自开放，它能向谁诉说寂寞委屈呢？幽兰似乎只有和梅花在一起，才有共同的语言。但是，我们还是看到了前来欣赏兰花的人。你刻意地闻兰花香味，并不一定感受到它的香味，但在不经意间，又会真正领略到它的芳香。不用说，曹先生也和陆先生一样，仍是以花言志，希望能遇到欣赏自身才华的人。

《阮郎归》又名《醉桃源》《碧桃春》，双调，四十七字。这个词牌名的背后，还有一个典故。阮郎，是指东汉时期浙江剡[shàn]县（今浙江嵊州）人阮肇，相传他和好友刘晨一起到天台山采药，途中迷路遇到了两个仙女，被邀至家中逗留。等他们半年后回家，发现自己的子孙已过去七代。两人重新返回天台山寻访仙女，却再也找不到了。听起来，还真是个蒙着神秘面纱的词牌。

阮郎归

中平中仄仄平平（韵），平平中仄平（韵）。中平中仄仄平平（韵），平平中仄平（韵）。

平仄仄，仄平平（韵），平平中仄平（韵）。中平中仄仄平平（韵），平平中仄平（韵）。

阮郎归
北宋　晏几道

天边金掌露成霜，云随雁字长。绿杯红袖趁重阳，人情似故乡。
兰佩紫，菊簪黄，殷勤理旧狂。欲将沉醉换悲凉，清歌莫断肠。

在汴京的一次重阳节宴会上，晏几道即兴填了这首词：天边仙人的金掌（铜制仙人的手掌，相传汉武帝时曾铸造高达二十丈的铜柱，上有金铜仙人，手捧承接雨露的盘子，汴京并无铜人金掌，这里只是代指自己所身处的汴京）正承接雨露，露水立刻凝成了白霜，浮云仿佛也随着大雁飞翔，排成一字长队。在九九重阳之际，我们端起酒杯，歌女舞起红袖，此处的温情，让我产生了回到故乡的感觉。于是，我身佩紫兰（花草名），头簪黄菊，重温着昔日的放纵颠狂。现在的我，就想借一次大醉来冲淡内心的悲凉，请你千万不要再咏唱那些令人悲伤断肠的歌曲。如果光从前面几句来看，我们似乎会认为这是一首以欢乐为主基调的词，直到最后的"悲凉"一出，才恍然大悟，晏几道还是喜欢"凉凉"的调调。

阮郎归

南宋　曾觌［dí］

柳阴庭院占风光，呢喃清昼长。碧波新涨小池塘，双双蹴水忙。萍散漫，絮飘飏，轻盈体态狂。为怜流去落红香，衔将归画梁。

这是南宋词人曾觌描写燕子的词：庭院里杨柳成荫，占尽春日风光，你们整日躲在树荫里呢喃细语。小池塘里碧波荡漾，池水丰沛，你们轻舒翅膀，双双掠过水面。池塘中，浮萍散漫；池塘边，柳絮飞扬。你体态轻盈，纵情飞舞。花瓣落到水中，随水流去。你怜惜那落下的红花，将一片片花瓣轻轻衔起，放回梁上的巢穴中。这首词是借燕子惜花来表达自己珍惜春光之情，最精妙的地方在于，通篇绘声绘色地讲了燕子，却没有出现一个"燕"字。所谓意味深长，大致如此。

> 知识链接

凡事都不绝对,上述两个词牌也能填欢悦之词。你看,苏轼这首《阮郎归·初夏》就写得极富生活气息,辛弃疾则拿"老来掉牙"一事自我调侃,填了首《卜算子·齿落》。

卜算子·齿落

北宋 辛弃疾

刚者不坚牢,柔者难摧挫。不信张开口了看,舌在牙先堕。已缺两边厢,又豁中间个。说与儿曹莫笑翁,狗窦从君过。

阮郎归·初夏

北宋 苏轼

绿槐高柳咽新蝉,薰风初入弦。碧纱窗下水沉烟,棋声惊昼眠。

微雨过,小荷翻,榴花开欲然。玉盆纤手弄清泉,琼珠碎却圆。

第四十六章
豪 迈

我们有时会有一种感觉，婉约词的数量似乎要远多于豪放词，而豪放词虽然数量少，却经典作品频出。那是因为豪放词往往寄托了作者的凌云壮志，作品或为追记某项重大事件而作，或为激赏志同道合者而写，言之有物，主题明确，容易让人产生共鸣。本章我们就来认识两个豪放派常用的词牌，感受一下词人的狂放豪迈。

苏轼的《水调歌头·明月几时有》被人盛赞为词中极品，《水调歌头》这个词牌也为人所熟知。《水调歌头》源自隋朝的《水调》曲，相传为隋炀帝杨广所创制，《水调歌头》是截取《水调》的首章改进而成，"歌头"二字意为某个曲调的第一章。

水调歌头

中仄中平仄，中仄仄平平（韵）。中平中仄平仄，中仄仄平平（韵）。中仄中平中仄，中仄中平中仄，中仄仄平平（韵）。中仄中平仄，中仄仄平平（韵）。

中平仄，平中仄，仄平平（韵）。中平中仄，平仄中仄仄平平（韵）。中仄中平中仄，中仄中平中仄，中仄仄平平（韵）。中仄中平仄，中仄平平（韵）。

水调歌头·闻采石战胜
南宋　张孝祥

雪洗虏尘静，风约楚云留。何人为写悲壮，吹角古城楼？湖海平生豪气，关塞如今风景，剪烛看吴钩。剩喜燃犀处，骇浪与天浮。

忆当年，周与谢，富春秋。小乔初嫁，香囊未解，勋业故优游。赤壁矶头落照，肥水桥边衰草，渺渺唤人愁。我欲乘风去，击楫誓中流。

这是张孝祥听到采石战役胜利后所填的一首词。绍兴三十一年（1161）十一月，金主完颜亮率军大举入侵南宋。战争初期，南宋接连溃败，形势十分危急。虞允文本是奉命去犒赏慰劳军队，却临时承担起了指挥任务，他组织军民在采石矶击溃金朝军队，取得了关键性胜利。消息传来，朝野震动，也让张孝祥激动万分，在与友人一起庆贺时，他特填词抒发了自己的兴奋之情：

大雪洗净了北方强虏扬起的尘土（意指采石大胜），楚天（代指南方）的风云终于能够继续留驻。谁来为英雄们书写这曲悲壮的战歌？唯有古城楼头那雄壮的吹角声。我素来就有陈元龙那样的豪情壮志（陈元龙，即三国人物陈登，人称湖海之士，豪迈旷达，但同时又有骄狂之气，这里是褒义用法），眼看边关狼烟四起，形势危急，常常夜不能寐，点烛夜看吴钩宝刀，恨不能效力疆场。令人高兴（剩喜，意为甚喜）的是，当年温峤点燃犀牛角的地方，惊涛骇浪直冲天际（传说晋朝人温峤在途经采石矶，见水深不可测，就点燃犀牛角来照看，发现里面有奇形怪状的水族，这里代指宋朝在采石矶取得一场荡气回肠的胜利）。

想当年，三国时期的周瑜和东晋的谢玄（谢安的侄子），当时正值青春鼎盛。周瑜刚与小乔结婚不久，谢玄还未解下身上的香囊（相传谢玄少时喜欢佩戴紫罗香囊），但他们都在谈笑间建立了不朽的功业（周瑜和谢玄分别取得赤壁之战和淝水之战的胜利，两场战役都是南方政权抗击北方来敌的大胜，词人认为虞允文取得了足以和两人媲美的功绩）。如今，赤壁矶头斜阳残照，淝水桥边荒草丛生，只能唤起人们的绵绵愁绪。我要像宗悫那样乘长风破万里浪（南朝宋宗悫曾豪言"乘长风破万里浪"），像祖逖那样坚持北伐，到中流击水（东晋祖逖北伐时曾敲着船楫发誓："祖逖不能清中原而复济者，有如大江"），誓死收回中原失地！

词牌《满江红》因岳飞的"三十功名尘与土，八千里路云和月"而知名，关于这个词牌名的含义，有人说那是残阳铺水的江景，有人说那是一种红色的水草。《满江红》的风格正如词牌名，有着火一般的热情，读来慷慨激昂，历来为豪放派词人所青睐。

满江红

中仄平平，中中仄、中平中仄（韵）。中中仄、中平中仄，中平平仄（韵）。中仄中平平仄仄，中平中仄平平仄（韵）。仄中平、中仄仄平平，平平仄（韵）。

平中仄，平中仄（韵）。平中仄，平平仄（韵）。仄中平仄仄，仄平平仄（韵）。中仄中平平仄仄，中平中仄平平仄（韵）。仄中平、中仄仄平平，平平仄（韵）。

满江红·登黄鹤楼有感
南宋 岳飞

遥望中原，荒烟外、许多城郭。想当年、花遮柳护，凤楼龙阁。万岁山前珠翠绕，蓬壶殿里笙歌作。到而今、铁骑满郊畿，风尘恶。

兵安在？膏锋锷。民安在？填沟壑。叹江山如故，千村寥落。何日请缨提锐旅，一鞭直渡清河洛。却归来、再续汉阳游，骑黄鹤。

很多人都熟知岳飞的《满江红·怒发冲冠》，其实岳飞还写有另一首《满江红》。南宋绍兴四年（1134）岳飞出兵收复襄阳六郡，取得了南宋自抗击金朝以来前所未有的大胜利，巩固了宋朝的中部防线。此后岳飞希望乘胜进军，收复中原，但提议被朝廷拒绝。绍兴八年（1138），岳飞驻兵鄂州（今湖北武汉），登上黄鹤楼，想着北方还未收复的国土，填词咏怀：

北望中原，遍地荒草狼烟，隐隐看到许多破败的城池。想当年，那里百花齐放，柳树成荫，到处都是雕龙刻凤的亭台楼阁，何其繁华美丽。万岁山（汴京的皇家园林）前、蓬壶殿（殿名）里，总是一派管弦齐奏，歌舞欢悦的场景（珠翠，意指宫女）。如今，金人的铁骑在中原大地肆意抢掠（郊畿本指京师周围，此处代指中原），百姓饱受苦难。

将士们在哪里？他们用血肉之躯阻挡敌人的兵器（锋锷，兵刃）。百姓们在哪里？他们的尸体填满了沟壑。只叹江山依旧，中原故土却已荒败寥落。什么时候我才能请缨受命，率领一支精锐军队挥师北伐，长鞭一指，直渡长江，一举扫清横行中原的金人（河洛，意为黄河、洛河，同样代指中原）。待我收回失地，定要故地重游，再登上这黄鹤楼！

> 知识链接

张元干用一首《水调歌头》诉说自己的江湖侠气,文征明则用一首《满江红》为岳飞叫屈。

水调歌头·追和

南宋 张元干

举手钓鳌客,削迹种瓜侯。重来吴会三伏,行见五湖秋。耳畔风波摇荡,身外功名飘忽,何路射旄头?孤负男儿志,怅望故园愁。

梦中原,挥老泪,遍南州。元龙湖海豪气,百尺卧高楼。短发霜粘两鬓,清夜盆倾一雨,喜听瓦鸣沟。犹有壮心在,付与百川流。

满江红

明 文征明

拂拭残碑,敕飞字,依稀堪读。慨当初,倚飞何重,后来何酷。岂是功成身合死,可怜事去言难赎。最无辜,堪恨更堪悲,风波狱。

岂不念,封疆蹙。岂不念,徽钦辱。念徽钦既返,此身何属?千载休谈南渡错,当时自怕中原复。笑区区、一桧亦何能,逢其欲。

第四十七章
壮 烈

前面所说的《水调歌头》《满江红》，都是适合填豪放词的词牌，字里行间都透着词人内心的激烈情绪。而本章我们则要介绍一个升级版"豪放"词牌——《六州歌头》。如果说《水调歌头》属于奔放热烈风格的话，那么《六州歌头》只能以壮烈激越来形容了。

《六州歌头》，双调，一百四十三字，出自唐代的《六州曲》。所谓六州是指盛唐时期，位于西域地带的凉州、甘州、渭州等六个州。当时每个州都有鼓舞士气的军乐，一般用鼓、箫、笳等来演奏，后人把六州的军乐组合在一起演奏，成了一组类似交响乐的大合奏，听起来极其雄浑悲壮。《六州歌头》脱胎于《六州曲》，它大量运用三字短语，读来急促热烈，字里行间透着词人的激动心情。

六州歌头

仄平仄仄，平仄仄平平（韵）。平仄仄（韵），平仄仄（韵）。仄平平（韵），仄平平（韵），仄仄平平仄（韵）。平仄仄，平平仄（韵），平仄仄（韵），平平仄，仄平平（韵）。平仄仄平，平仄平仄仄（韵），仄平平（韵）。平平平仄仄，仄仄仄平平（韵），仄仄平平，仄平平。

仄平平仄（韵），平平仄（韵），平仄仄（韵），仄平平（韵）。平仄仄（韵），平仄仄（韵），仄平平（韵），平仄平（韵）。仄仄平平仄（韵），平平仄（韵），仄平平（韵）。平仄仄（韵），平平仄（韵），仄平平（韵），仄仄平平，仄仄平平仄（韵），仄仄平平（韵）。仄平平平仄，仄仄仄平平（韵），仄仄平平（韵）。

六州歌头

北宋　贺铸

少年侠气，交结五都雄。肝胆洞，毛发耸。立谈中，死生同。一诺千金重。推翘[qiáo]勇，矜[jīn]豪纵。轻盖拥，联飞鞚[kòng]，斗[dǒu]城东。轰饮酒垆，春色浮寒瓮，吸海垂虹。间呼鹰嗾[sǒu]犬，白羽摘雕弓，狡穴俄空。乐匆匆。

似黄粱梦。辞丹凤，明月共，漾孤篷。官冗从，怀倥偬，落尘笼。簿书丛，鹖[hé]弁[biàn]如云众，供粗用，忽奇功。笳鼓动，渔阳弄，思悲翁。不请长缨，系取天骄种，剑吼西风。恨登山临水，手寄七弦桐，目送归鸿。

贺铸的词写于北宋哲宗元祐年间，当时朝廷内有党争，外有强敌，统治危机日益加深。贺铸此时正担任和州管界巡检，只是一个低级别的武官，他既忧心国事，又为自己的怀才不遇而愤慨，抚今追昔，填下这首《六州歌头》：

少年时期，我曾有着一股江湖侠气，结识了各地的（五都，泛指大城市）英雄豪杰。我们彼此肝胆相照，同声共气；心存正义，为不平之事而怒发冲冠（毛发耸）。在坐立交谈中，我们誓要同生共死，许下的诺言价值千金（秦末人季布，重守诺言，人称"得黄金百斤，不如得季布一诺"）；崇尚勇敢出众（推翘勇，"翘"意为出众）、豪迈不羁（矜豪纵，"矜"意为自夸）。想当年，我们轻车快马，簇拥着并排前行（鞚，马笼头），在京郊快意游玩（斗城，意为京城），在酒店里开怀畅饮，春意都浮映在酒坛里。那时，我们的聚饮何其豪迈，正如长鲸和垂虹一般，似乎能把大海吸干。有时，我们还要带着猎鹰、猛犬前去打猎，顷刻间，狡兔的巢穴就被一扫而空。那时的岁月多么快乐啊，只可惜，时间太短了。

过往的一切，就像黄粱一梦（唐代传奇小说《枕中记》讲述了一个"黄粱美梦"的故事：书生卢生在一家客店里遇到了道士吕翁，卢生向吕翁自叹穷困潦倒，吕翁就拿出一个枕头让他先睡一觉，当时店家正煮着黄粱饭。在梦中，卢生获得高官厚禄、声色富贵，享尽人间欢乐。而待卢生梦醒时，吕翁还在身边，黄粱饭还没烧熟）。此后，我孤零零地离开了京城（丹凤，意为京城），乘着一艘小船，远赴外地任官，一路只有明月相伴。我官位卑微（冗从，形容低级武官），每日为琐事奔忙，从此陷入世俗的牢笼。和我一样的低级武官（鹖，一种好斗的鸟；鹖弁，意为武官戴的帽子）多如牛毛，我只能忙于一些低级的案牍事务，却没有机会效命疆场，建立奇功。笳鼓敲响了，《渔阳弄》《思悲翁》等军乐曲奏响了，我听得热血澎湃，却无处请缨受命去生擒强敌（天骄种，代称北方少数民族），徒留宝剑在秋风中空吼。如今，我只能登山临水，手抚七弦琴（桐，代指琴），远望归来的鸿雁。

六州歌头

南宋 刘过

中兴诸将,谁是万人英?身草莽,人虽死,气填膺[yīng],尚如生。年少起河朔,弓两石[dàn],剑三尺,定襄汉,开虢洛,洗洞庭。北望帝京,狡兔依然在,良犬先烹。过旧时营垒,荆鄂有遗民。忆故将军,泪如倾。

说当年事,知恨苦:不奉诏,伪耶真?臣有罪,陛下圣,可鉴临,一片心。万古分茅土,终不到,旧奸臣。人世夜,白日照,忽开明。衮佩冕圭百拜,九泉下、荣感君恩。看年年三月,满地野花春,卤簿迎神。

刘过是南宋中期的文学家,无论是政治观点,还是创作风格,都和陆游、辛弃疾等相似,平时喜欢谈论兵事。这首词是刘过为纪念抗金名将岳飞所写,岳飞为高宗、秦桧所害,但他的忠诚勇敢早就深入人心,天下人都为岳飞的死而感到痛惜。宋孝宗即位后,岳飞立刻被平反,并追赠谥号"武穆",因此,人们经常称岳飞为岳武穆。宁宗嘉泰四年(1204),岳飞又被追封为鄂王。同年,刘过游历鄂州,途经当地岳飞庙(现已不存),填词凭吊岳飞:

为赵宋王朝的中兴(指南宋建立)立下功勋的诸位将领,谁是万里挑一的英豪?英雄身葬草莽,人已逝去,浩气长存,虽死犹生。岳鄂王年少时就在河朔一带(河朔,指黄河以北地区)扬名,能拉开两石力的强弓(石,古代重量单位,一石约一百二十斤,宋朝弓手标配为一石弓),腰佩三尺宝剑。鄂王平定襄阳,拓开虢洛,清洗洞庭,为大宋朝立下不世功勋（分别指岳飞收复襄阳六郡，郾城大捷，平定洞庭湖钟相、杨幺［yāo］之乱等战绩）。向北遥望京师，狡兔依然在，良犬却先被烹杀！路过岳鄂王曾经驻屯的军营，那些曾受其庇护的荆州、鄂州百姓，回想起昔日的岳将军，无不洒泪如倾。

　　说起岳鄂王当年的遭遇，谁不知其中的悲恨痛苦：朝廷居然指责他不奉诏书，这个罪名是真是假？臣子如果有罪，圣明的陛下大可亲自鉴察，岳飞的一片赤胆忠心！自古以来，分封诸侯（分茅土，古时分封诸侯时，以茅草包土，然后授予），就不应该轮到那些奸恶之臣！人世纵有漫漫长夜，可一旦白日升空，一切终会变得明朗。岳鄂王享受着王侯的待遇（衮佩冕圭，分别代表王公贵族所用的礼服、玉佩、礼帽和上朝礼器），接受百姓祭拜，九泉之下，想必也会感到无比荣耀。你看，每年的三月，春日野花遍地盛开，人们像尊奉神仙一样（卤簿，本是帝王仪仗，代指人们在庙前举行的迎神赛会），祭祀岳鄂王的英灵！

> **知识链接**

隆兴二年(1164),南宋因北伐失利而笼罩着一种消极情绪,在一次宴会上,张孝祥即席创作此词,将痛恨金人、反对苟且的感情表达得淋漓尽致。

六州歌头

南宋　张孝祥

长淮望断,关塞莽然平。征尘暗,霜风劲,悄边声。黯销凝。追想当年事,殆天数,非人力;洙泗上,弦歌地,亦膻腥。隔水毡乡,落日牛羊下,区脱纵横。看名王宵猎,骑火一川明,笳鼓悲鸣,遣人惊。

念腰间箭,匣中剑,空埃蠹,竟何成!时易失,心徒壮,岁将零。渺神京。干羽方怀远,静烽燧,且休兵。冠盖使,纷驰骛,若为情!闻道中原遗老,常南望、翠葆霓旌。使行人到此,忠愤气填膺,有泪如倾。

第四十八章
多 变

前面说了词牌的"性格",有的适合填婉约词,有的则偏好豪放词。但我们必须强调,以上总结只是针对通常情况,不能当作定律。比如,有一个叫韩元吉的南宋词人,用《六州歌头》这般刚猛的词牌,填了一首题为"桃花"的词,专门讲述了自己的一段香艳往事,用词竟比婉约还婉约。

本章我们要聊一些比较中性的词牌,既能风花雪月,又能金戈铁马。为此,我们特地为每个词牌挑选两首不同风格的词,让大家感受一下截然不同的画风。

《江城子》,又名《江神子》,双调,三十五字。这是一个被苏轼捧红的词牌,自从苏轼填了以后,才陆续为人所用。苏轼填过好几首《江城子》,名作《江城子·十年生死两茫茫》前面已经介绍了。接着咱们再看两首。

江城子

中平中仄仄平平(韵)。仄平平(韵),仄平平(韵)。中仄平平,中仄仄平平(韵)。中仄中平平仄仄,平仄仄,仄平平(韵)。

中平中仄仄平平(韵)。仄平平(韵),仄平平(韵)。中仄平平,中仄仄平平（韵）。中仄中平平仄仄，平仄仄，仄平平（韵）。

江城子·江景

北宋　苏轼

凤凰山下雨初晴，水风清，晚霞明。一朵芙蕖，开过尚盈盈。何处飞来双白鹭，如有意，慕娉婷。

忽闻江上弄哀筝，苦含情，遣谁听！烟敛云收，依约是湘灵。欲待曲终寻问取，人不见，数峰青。

北宋神宗熙宁年间，苏轼任杭州通判，一日与好友张先同游西湖，填下此词记录美景：凤凰山（西湖南岸一座山）下，细雨过后，天气刚刚放晴，西湖水面清澈，湖面微风习习，晚霞映照下，尤显明艳美丽。一朵荷花（芙蕖，即荷花）绽放了，花开后，分外美丽可人（盈盈，丰满的意思）。不知从什么地方飞来了一对白鹭，它们似乎是因为倾慕美丽聪慧的弹筝人（娉婷，美丽的样子，代指湖上的弹筝女子）而来。忽然，我们听到从江上传来哀伤的乐曲，曲声中含着无尽悲苦，让人不忍心倾听。曲调如此清苦，使烟霭敛容，云彩收色，似乎是湘水女神（湘灵）在弹奏。待一曲终了后，我们想要去问个究竟，却发现，人已不见踪影，江上只剩下几簇青山伫立。在这首词的下阕，苏轼巧妙化用了唐朝诗人钱起《省试湘灵鼓瑟》一诗中的尾联"曲终人不见，江上数峰青"，从立意到遣词造句，化用得天衣无缝。

江城子·密州出猎

北宋 苏轼

老夫聊发少年狂,左牵黄,右擎苍,锦帽貂裘,千骑卷平冈。为报倾城随太守,亲射虎,看孙郎。

酒酣胸胆尚开张,鬓微霜,又何妨!持节云中,何日遣冯唐?会挽雕弓如满月,西北望,射天狼。

杭州通判任满后,苏轼转任密州知州,南方的秀丽山水变成了北方的空旷平原,苏轼的《江城子》也由清新婉转,变成了奔放热烈。全词记录了苏轼带领众人出猎的一次过程:我这个老头,今日姑且逗一逗少年时的轻狂,左手牵着黄狗,右臂擎着苍鹰,戴着锦缎帽子,穿着貂皮裘衣,带领着众多骑手,一举席卷山岗。全城的人都跟着我出猎(太守,是苏轼自指;倾城为夸张说法),为了报答他们,我要像三国时的孙权一样,亲自射杀猛虎(孙权曾骑马射虎)。喝下美酒之后,心胸旷达,胆气更壮,即使我已经两鬓斑白,那又有什么关系?!我正持节"云中",什么时候派"冯唐"来赦免我呢。(汉文帝时云中太守魏尚曾经战功卓著,后因犯小错而获罪。冯唐竭力为魏尚辩解,文帝接受冯唐意见,并派其赦免他,官复原职。此处苏轼用典故来表达渴望重新被朝廷重用的心情。)到时候,我要将雕弓挽成满月一般,瞄准西北,射向天狼星。

《临江仙》,双调,五十八字,又有《瑞鹤仙令》《庭院深深》《谢新恩》等别名,是一个使用非常广泛的词牌,晏几道的《临江仙·梦后楼台高锁》,苏轼的《临江仙·夜饮东坡醒复醉》都是其中的名篇。

临江仙

中仄中平平仄仄,中平中仄平平(韵)。中平中仄仄平平(韵),中平平仄仄,中仄仄平平(韵)。

中仄中平平仄仄,中平中仄平平(韵)。中平中仄仄平平(韵),中平平仄仄,中仄仄平平(韵)。

临江仙

明 杨慎

滚滚长江东逝水,浪花淘尽英雄。是非成败转头空。青山依旧在,几度夕阳红。

白发渔樵江渚上,惯看秋月春风。一壶浊酒喜相逢。古今多少事,都付笑谈中。

尽管苏轼、欧阳修、辛弃疾等一众宋词大家都曾以《临江仙》词牌填词,而流传至今的作品中,最为人所熟知的却是明代杨慎所写的《临江仙·滚滚长江东逝水》。这是一首气势磅礴的咏史词,毛宗岗删改版的《三国演义》中,这首词被放在卷首,后来还成了央视版电视剧《三国演义》的主题曲歌词。作者杨慎是明代名臣杨廷和的儿子,系明朝三大才子之一,他的政治生涯非常坎坷,经历了长达三十余年的贬戍生涯。可以说,这首词除了他对历史的深悟外,还有对人生的无尽感慨:长江之水,滚滚向东流淌,多少英雄豪杰,终如浪花般消逝。所有的是与非、成与败,转念之间,尽皆成空。只有远处的青山依然静静矗立,夕阳依然每日染红江面。江边白发苍苍的渔夫、樵夫,早已看惯了秋月春风、时事变化。老朋友见面，高兴地喝上一壶浊酒。古往今来，多少人事沉浮、兴衰成败，都不过是席间的一场笑谈。

临江仙

南宋　史达祖

　　愁与西风应有约，年年同赴清秋。旧游帘幕记扬州。一灯人著梦，双燕月当楼。

　　罗带鸳鸯尘暗淡，更须整顿风流。天涯万一见温柔。瘦应因此瘦，羞亦为郎羞。

　　离开厚重的历史感怀，我们来看一首婉约派词人史达祖的作品。史达祖曾深受韩侂胄信任，后来随着韩的倒台而困顿，在士人中的口碑并不太好，但他的婉约词成就还是不容否定。这首《临江仙》是史达祖以女性视角所写的一首闺怨词：忧愁与西风（即秋风）想必早有约定吧，每年都一起在萧瑟的秋天相会。回忆起昔日繁华多姿的扬州生活（帘幕记扬州，应杜牧"春风十里扬州路，卷上珠帘总不如"一句），一盏孤灯下，一个人沉浸梦中。明月照着高楼，两只燕子安静地栖息梁上。绣着精美鸳鸯图案的衣带（罗带鸳鸯，绣有鸳鸯图案的衣带）已经暗淡蒙尘，我还是要梳妆打扮一番，保持自己的绰约风姿。万一有一天，那个浪迹天涯的人回来见到温柔的我，我要告诉他，消瘦憔悴是因为你，惭愧害羞也是因为你。

> 知识链接

《破阵子》也是个适应性很好的词牌。

破阵子·为陈同甫赋壮词以寄

南宋 辛弃疾

醉里挑灯看剑,梦回吹角连营。八百里分麾下炙,五十弦翻塞外声,沙场秋点兵。

马作的卢飞快,弓如霹雳弦惊。了却君王天下事,赢得生前身后名。可怜白发生!

破阵子

五代 李煜

四十年来家国,三千里地山河。凤阁龙楼连霄汉,玉树琼枝作烟萝,几曾识干戈?

一旦归为臣虏,沈腰潘鬓消磨。最是仓皇辞庙日,教坊犹奏别离歌,垂泪对宫娥。

第四十九章
优 美

　　词本由曲而来，带着天然的音乐性，很多词即便没了曲谱，读起来也是抑扬顿挫、和谐悦耳，甚至让人情不自禁地想唱起来。有些词为音乐人所引用，进入了现代歌曲，比如李煜的《虞美人·春花秋月何时了》、苏轼的《水调歌头·明月几时有》，等等。词的优美，在于意境，更在于旋律。在行将结束我们的宋词学习之旅时，我们要介绍两个特别合乎音律，读起来非常富于美感的词牌。

　　《诉衷情》这个词牌，变体非常多，我们仅以宋朝最通行的"双调，四十四字"体例为基本格式。

诉衷情

　　中平中仄仄平平（韵），中仄仄平平（韵）。中平中仄平仄，中仄仄平平（韵）。

　　平仄仄，仄平平（韵），仄平平（韵）。中平平仄，中仄平平，中仄平平（韵）。

诉衷情·寒食

北宋　仲殊

涌金门外小瀛洲,寒食更风流。红船满湖歌吹,花外有高楼。晴日暖,淡烟浮,恣嬉游。三千粉黛,十二阑干,一片云头。

  仲殊是一个北宋的僧人,原名张挥,字师利,仲殊是他的法号。仲殊在填词上颇有成就,尤其善用《诉衷情》这个词牌。仲殊曾长期寓居杭州宝月寺,在这首词里,他用简练的笔触记录了寒食节的西湖风光:西湖正在杭州涌金门(城门)外,湖中有一处小瀛洲(西湖内小岛),到了春日寒食时节,湖边风光更显美艳风流。装饰华美的船只在湖中游荡,湖中响起了袅娜的歌声。湖边百花争艳,在花丛之外,可以看到高楼林立。天气放晴,阳光和煦温暖,湖上浮着一层淡淡的烟霭。如此美丽风光,引人尽情嬉戏游玩。那里有数不尽的佳人、亭台楼阁和多彩的祥云(粉黛,代指美女;阑干,即栏杆;三千、十二等为虚数,形容数量之多)。在仲殊眼里,此时的西湖,美如仙境。

诉衷情

北宋　周邦彦

出林杏子落金盘,齿软怕尝酸。可惜半残青紫,犹印小唇丹。南陌上,落花闲。雨斑斑。不言不语,一段伤春,都在眉间。

  周邦彦是北宋后期婉约派词人中的代表,他精通音律,在宋徽宗时期还当上了大司乐(掌管宫廷音乐的官员)。周邦彦的词兼具清新自然和精致工巧的特点，这首词精细刻画了一个少女尝青杏的片段：金色的盘子上放着刚出林的杏子。杏子还很生涩，刚尝了一口，便觉牙齿发软，一股酸劲溢满嘴里。真可惜，刚咬了半口就吃不下去了，这半颗青紫色的杏子上，还留着红唇的胭脂印呢。南面的小路上，遍地落花，春天的小雨淅淅沥沥，打在花瓣上，留下斑斑痕迹。春日又将逝去，一段伤春的酸楚，尽在少女蹙眉之时。

《行香子》，双调，六十六字，这个词牌名的本意是"佛教徒行道烧香"，曲子也是为歌咏拜佛上香所作。不过听起来充满烟尘气的词牌，却是音节流畅优美，尤其是后面连续三个三字短语，读来如曲水流觞，韵味悠长。

行香子

中仄平平（韵），中仄平平（韵）。中平中、中仄平平（韵）。中平中仄，中仄平平（韵）。仄、中平中，中平仄，仄平平（韵）。

中仄中仄（韵），中仄平平（韵）。中平中、中仄中平（韵）。中平中仄，中仄平平（韵）。仄、中平中，中平仄，仄平平（韵）。

行香子

北宋　秦观

树绕村庄，水满陂［bēi］塘。倚东风、豪兴徜徉。小园几许，收尽春光。有桃花红，李花白，菜花黄。

远远围墙，隐隐茅堂。飏［yáng］青旗、流水桥旁。偶然乘兴，步过东冈。正莺儿啼，燕儿舞，蝶儿忙。

秦观的词少有热烈活泼之作，而这首描写春日农村风光的《行香子》当属特例：绿树环绕着村庄，清水溢满了池塘（陂塘，即池塘），沐浴在暖暖的春风里，兴致盎然地漫步田间（徜徉，意为安闲地步行）。那个小园子里，揽尽了春日的风光，你看，那里桃花粉红，李花雪白，菜花金黄。远处有一排排围墙，透过围墙顶，隐隐约约间，能看到几处茅草房舍。小桥下流水淙淙，桥旁隐着一处酒家，青色的酒旗（青旗，即酒旗）迎风招展。乘着好兴致，偶然路过东面的山冈。只见那里黄莺啼叫，燕子飞舞，蝴蝶在花间奔忙。

行香子·过七里濑
北宋 苏轼

一叶舟轻，双桨鸿惊。水天清、影湛波平。鱼翻藻鉴，鹭点烟汀。过沙溪急，霜溪冷，月溪明。

重重似画，曲曲如屏。算当年、虚老严陵。君臣一梦，今古空名。但远山长，云山乱，晓山青。

苏轼的这首词和前面那首《江城子·凤凰山下雨初晴》一样，都属于他出任杭州通判时的作品。当时，苏轼乘船沿富春江前往桐庐，经过七里濑（又名七里滩，今浙江桐庐境内），在记下美丽江景的同时，又开始指点江山人物：驾一叶轻便的小舟，在江中荡起双桨，桨声惊起了水洲中栖息的水鸟，鸟儿飞快地掠过水面。天光水色，通体清澈，万物倒映江面，江面平静如镜（藻鉴，意为镜子）。鱼儿不时跃出水面，白鹭舒展双翅，用细长的腿轻点水面，优雅地飞去。白日里，船儿疾驰，江水清澈，能见到江底的淤沙；早晨，江水如白霜覆盖，透着清冷；晚上，明月高悬，江水又是一派明亮安详。两岸群山层峦叠嶂，重重叠叠，起起伏伏，宛如精美的画屏。我笑当年的严子陵，在此虚度光阴（严陵，指东汉隐士严子陵，他曾在江边隐居）。所谓皇帝、所谓隐士（严子陵受到汉光武帝的征召，仍不愿出来做官），他们的故事如今都已成了梦幻，古往今来，只留下一段空名。如今，只看到，远处群山，连绵不绝；云绕山间，朦胧莫测；晨曦青山，绿意盎然。

> 知识链接

能够带来听觉享受的词,多学几首吧。

诉衷情
北宋 黄庭坚

小桃灼灼柳鬖鬖[sān],春色满江南。雨晴风暖烟淡,天气正醺酣。

山泼黛,水挼蓝,翠相挽。歌楼酒旆,故故招人,权典青衫。

行香子·七夕
宋 李清照

草际鸣蛩,惊落梧桐。正人间、天上愁浓。云阶月地,关锁千重。纵浮槎来,浮槎去,不相逢。

星桥鹊驾,经年才见,想离情、别恨难穷。牵牛织女,莫是离中。甚霎儿晴,霎儿雨,霎儿风。

第五十章
联章词

关于词的知识讲完了，看了以后，可能很多人会感叹，填一首好词实在是太难了！这有点像某些同学写作文，眼前的事物和脑瓜里的词汇永远只有那么几个，两句话就写没了，比挤牙膏还难。可事情到了大词人那里就不一样，人家填起词来就像吃饭喝水。最牛的是，有些词人不但喜欢填词，还能一组组地填，也就是说，针对一件事物，一连填上好几首，连词牌都不换一个。这种围绕同一格式、同一内容写成的一组词，称为词的联章体。下面，我们就要介绍一组由大文豪欧阳修写的联章体词。

这组词足足有十首，是欧阳修游览颍州西湖的所见所感。颍州也有一处名为"西湖"的湖水，虽然名气没有杭州西湖大，但一样景色怡人。当时欧阳修六十五岁，处于辞官闲居的状态，他自然不会错过这当地的盛景。

欧阳修所填的十首词的词牌名为《采桑子》。《采桑子》又名《丑奴儿》，出自唐教坊大曲《杨下采桑》，双调，共四十四个字。这个词牌适应范围很广，写景抒情均可。

采桑子

中平中仄平平仄,中仄平平(韵)。中仄平平(韵),中仄平平中仄平(韵)。
中平中仄平平仄,中仄平平(韵)。中仄平平(韵),中仄平平中仄平(韵)。

采桑子十首

北宋 欧阳修

其一

轻舟短棹西湖好,绿水逶迤。芳草长堤,隐隐笙歌处处随。
无风水面琉璃滑,不觉船移。微动涟漪,惊起沙禽掠岸飞。

乘着轻舟,划着船桨,让我尽享这西湖美好风光。碧绿的湖水蜿蜒曲折,长长的堤岸上花草飘香。远处隐隐传来吹笙唱歌之声,随着船儿四处飘荡。湖面没有一丝风吹过,光滑得如琉璃一般,让人感觉不到船的移动。船儿轻轻驶过时,泛起一层层涟漪。一群胆小的水鸟受到了惊吓,扑棱着翅膀飞翔起来,纷纷掠过湖岸。

其二

春深雨过西湖好,百卉争妍。蝶乱蜂喧,晴日催花暖欲然。
兰桡画舸悠悠去,疑是神仙。返照波间,水阔风高扬管弦。

春雨过后,西湖景色尤其美好,百花争奇斗艳,蝴蝶蜜蜂在花丛中纷飞喧闹,晴日里的阳光和煦温暖,花儿暖艳得仿佛要燃烧("然"通"燃")了一般。坐在美丽的画船中,划着木兰做的船桨,悠闲地驶在水面,此情此景，宛如神仙一般。阳光返照在波浪上，湖面更显空阔，风高气爽，船上传来了悠扬的管弦声。

其三
画船载酒西湖好，急管繁弦。玉盏催传，稳泛平波任醉眠。
行云却在行舟下，空水澄鲜。俯仰留连，疑是湖中别有天。

乘着画船，喝着美酒，领略这西湖的美好风光。船上的管弦吹奏得急促热闹，美玉做成的精致酒杯在手中传递。船儿稳稳地徜徉于湖面，湖面风平浪静，此时正适合乘着醉意在船上酣睡片刻。俯视湖中，白云在船下浮动，湖水清澈空灵，一俯一仰之间，越发觉得美景值得留恋。此情此景，不禁使人怀疑，湖中还有另一个世界。

其四
群芳过后西湖好，狼籍残红。飞絮濛濛，垂柳阑干尽日风。
笙歌散尽游人去，始觉春空。垂下帘栊，双燕归来细雨中。

百花开过后的西湖，景色依然美好。红花遍地飘落，柳絮漫天飞舞，湖边一片烟雾迷蒙。春日里微风习习，柳枝低垂，轻轻抚摸栏杆。笙歌已经吹奏完毕，游人纷纷离去，顿然感觉到暮春的寂静、空旷。我默默地垂下窗帘，只见一对燕子从细雨中穿过，飞进家里，回到巢中。

其五

何人解赏西湖好，佳景无时。飞盖相追，贪向花间醉玉卮。

谁知闲凭阑干处，芳草斜晖。水远烟微，一点沧洲白鹭飞。

有谁能真正欣赏西湖的美好风光？西湖的美景，无时无刻不在。有人乘坐装有华丽车盖的马车，在路上追逐嬉戏；有人端着玉杯在花间饮酒作乐，贪恋春光。有谁知道，在那凭倚栏杆的地方，还可以远眺到更美的景色，斜阳照射在芳草上，水面升起些许雾气，水洲恰似湖中灵动的一点，那里不时有白鹭翩翩飞起。

其六

清明上巳西湖好，满目繁华。争道谁家，绿柳朱轮走钿车。

游人日暮相将去，醒醉喧哗。路转堤斜，直到城头总是花。

春日的清明节和上巳节（传统节日，相传黄帝诞辰，人们会在那天出来郊游宴饮），西湖风光格外美好，满眼都是繁华忙碌的景象。这是谁家的马车在抢道？一辆镶嵌金丝花纹（钿车）的马车从柳树丛中疾驰而出，翠绿的柳枝和红色的轮子交相辉映。到了日暮时分，湖边宴饮过后的游人纷纷散去。他们醒的醒，醉的醉，在喧哗声中各自归家。道路弯弯转转，堤岸歪斜，人们走在前往城里的路上，沿途尽是艳丽的花朵。

其七
荷花开后西湖好，载酒来时。不用旌旗，前后红幢绿盖随。
画船撑入花深处，香泛金卮［zhī］。烟雨微微，一片笙歌醉里归。

荷花绽放后，西湖风光异常美好。乘船载着美酒来到湖中，绽放的荷花正如红色的帐幔（幢），层层的莲叶正如绿色的车盖，有了荷花和莲叶，我们不需要什么旌旗仪仗，自然会有"红幢绿盖"相随。画船驶进了荷花深处，金色的酒杯（金卮）上漂浮着荷花的香味。路上烟雨朦胧，一番玩赏之后，我们在笙歌声中怀着醉意归来。

其八
天容水色西湖好，云物俱鲜。鸥鹭闲眠，应惯寻常听管弦。
风清月白偏宜夜，一片琼田。谁羡骖［cān］鸾［luán］，人在舟中便是仙。

西湖的月夜，天光水色融为一体，云彩风物都清丽鲜艳，风光极为美好。鸥鸟和白鹭早就习惯了人们吹奏的管弦声，安闲地睡眠在树丛中。风清月白，最适宜装饰西湖的夜色，银辉洒落，湖面恰似一片晶莹剔透的"玉田"。如此美景，人只要坐在这船里，就是快活神仙，还有谁会羡慕那些乘着鸾车（"骖鸾"意为仙人驾乘的神鸟）飞升的仙人。

其九
残霞夕照西湖好,花坞苹汀,十顷波平,野岸无人舟自横。
西南月上浮云散,轩槛凉生。莲芰[jì]香清,水面风来酒面醒。

黄昏时分,夕阳映照下的西湖,景色同样美好。岸边有花坞(坞意为水边建筑),湖中有水洲("汀"意为水中陆洲),在那无人的岸边,一艘小船悠闲地静躺着。月亮从西南边露出头来,浮云开始消散,人倚在栏杆边,能感受到阵阵凉意。湖面风儿吹过,夹杂着荷花和菱角的清香味,凉风吹到脸上,吹散了浓浓的酒意。

其十
平生为爱西湖好,来拥朱轮。富贵浮云,俯仰流年二十春。
归来恰似辽东鹤,城郭人民。触目皆新,谁识当年旧主人。

平生最爱西湖的美好风光,所以我依然来到这个地方当官(皇祐年间,欧阳修曾担任颍州知州,二十余年后,他向朝廷申请辞官到颍州闲居,朝廷为示恩宠,允许他带一个荣誉官衔。朱轮,原指达官贵人的车驾,此处代指欧阳修再次来到颍州)。转瞬之间,已经过去了二十多个春秋,富贵功名如浮云般散去。再次归来,正如辽东的骑鹤仙人(传说辽东有个道人叫丁令威,修炼成仙后骑鹤回到家乡),城郭、百姓,举目所见,都已经是新的事物,还有谁能认出我这个当年的地方官啊!

喘口气,终于把十首《采桑子》讲完了,花卉、水鸟、画船、美酒……

一个西湖，容纳的事物可能也不多，但在欧阳修的眼里，或从夏日、暮春等不同时节观察，或从月夜、黄昏等不同时刻描写，或从船中饮酒、故地重游等角度品味，写尽了颖州西湖的千般美丽。

> 知识链接

白居易创作的《忆江南》也是一组联章词,共有三首。

忆江南三首

唐　白居易

其一

江南好,风景旧曾谙。日出江花红胜火,春来江水绿如蓝。能不忆江南?

其二

江南忆,最忆是杭州。山寺月中寻桂子,郡亭枕上看潮头。何日更重游?

其三

江南忆,其次忆吴宫。吴酒一杯春竹叶,吴娃双舞醉芙蓉。早晚复相逢。